suhrkamp taschenbuch 1484

D1396201

Walter Kolbenhoff, geboren 1908 in Berlin, lebt in Germering bei München. Veröffentlichungen: *Untermenschen* (1933; 1979), *Von unserem Fleisch und Blut* (1946; 1983), *Die Kopfjäger* (1960), *Das Wochenende* (1970), *Schellingstraße 48* (1984) u. a.

Heimkehr in die Fremde erschien 1949. Der Erzähler, aus amerikanischer Kriegsgefangenschaft entlassen, versucht, in einer Großstadt im Westen Fuß zu fassen. Über sein Schreiben sagt er: »...ich muß ihnen erzählen, wie es dem geht, der wieder nach Hause kommt... Ich muß mich selber schildern, denn ich bin einer von Hunderttausenden, ich muß meine Träume schildern, meinen Hunger und meine Sehnsüchte. Sie werden sich vielleicht in mir wiedererkennen, und ich muß ihnen sagen, daß sie nicht verzweifeln sollen, daß sie wieder von vorn anfangen müssen.« Hungrig, am Rande der Verzweiflung, geht der Erzähler durch die Stadt, er beobachtet seine Umgebung, unterhält sich mit Freunden und Zufallsbekannten – und immer geht es ihm darum, die Stunde Null, die Chance zu Besinnung und Neubeginn zu verdeutlichen, wahrzunehmen und festzuhalten – auch dann noch voll Trauer und Bitterkeit festzuhalten, als um ihn herum das Leben sich – wie immer notdürftig – blindlings neu, aber nach den alten Mustern zu organisieren beginnt. Die Überlebenden, scheint es, haben nichts gelernt oder können von dem, was sie gelernt haben, im Kampf ums Brot keinen Gebrauch machen. Und so wandert der Erzähler aus dem Zentrum der Stunde Null an den Rand der Überlebenskämpfe der Nachkriegsjahre. Er wandert aber gar nicht, sondern bleibt stehen, und die Gesellschaft zieht an ihm vorüber, in die falsche Richtung.

Kolbenhoffs Roman hat seine dringende Unmittelbarkeit, die den Leser mit dem Augenblick der Freiheit – zwischen Ende und Beginn – konfrontiert, behalten.

Walter Kolbenhoff
Heimkehr in die Fremde

Roman

Suhrkamp

Die erste Ausgabe des Romans erschien
1949 in der Nymphenburger Verlagshandlung
München
Umschlagfoto: Peter Ludwig

suhrkamp taschenbuch 1484
Erste Auflage 1988
Suhrkamp Verlag Frankfurt am Main 1988
Suhrkamp Taschenbuch Verlag
Alle Rechte vorbehalten, insbesondere das
des öffentlichen Vortrags, der Übertragung
durch Rundfunk und Fernsehen
sowie der Übersetzung, auch einzelner Teile.
Satz: Uhl + Massopust, Aalen
Druck: Nomos Verlagsgesellschaft, Baden-Baden
Printed in Germany
Umschlag nach Entwürfen von
Willy Fleckhaus und Rolf Staudt

1 2 3 4 5 6 – 93 92 91 90 89 88

Heimkehr in die Fremde

I

Sie blieb stehen, sagte: »Paß besser auf, Großvater!«, als ein Mann fluchend gegen sie rannte, entfaltete mitten im Straßengewühl die Zeitung, die sie unter dem Arm getragen hatte, und verglich die Nummer, die in der Annonce angegeben war, mit der Nummer des Hauses vor ihr. Dann ging sie langsam auf den Eingang zu. Das Tor stand weit offen, sie ging in den breiten Hausflur, und dort, wo die Treppe begann, hing das Schild mit dem Namen. Es war eine schwarze Glasplatte mit goldenen Buchstaben, der Abstand zwischen den Buchstaben war breit genug, um ihr Gesicht widerzuspiegeln. Sie sah eine Weile hinein. Dann holte sie ihre Puderdose aus der Handtasche, klappte sie auf und sah stirnrunzelnd in den kleinen runden Spiegel. Ein Mann in Arbeitskleidern kam die Treppe herunter, er ging langsam an ihr vorbei und starrte sie unverwandt an. Sie dachte: Glotz nur, bei mir kannst du nichts erben! – klappte die Dose wieder zu, ließ sie in die Tasche gleiten und ging zur Treppe.

Das Haus roch nach Säure und Farbe und Papier. Von irgendwoher kam das rhythmische Gedröhn irgendwelcher Maschinen. Sie ging langsam die Treppe hinauf. Unterwegs kamen ihr lärmend zwei Mädchen in Arbeitskitteln entgegen. Die eine rief der anderen zu: »Stell dir vor, er setzte sich direkt auf seinen Hut!« Sie rannten kreischend vor Lachen an ihr vorüber. Sie blieb stehen. Von weiter unten hörte sie das andere Mädchen sagen: »Was hat er dazu gesagt, Anna? Ist er wieder blau angelaufen?« – Dann verloren sich ihre Stimmen und das eilige Geklapper ihrer Absätze. Zurück blieb die leere Treppe, der Geruch nach Säure, Farbe und Papier und das dumpfe rhythmische Gedröhn irgendwelcher Maschinen hinter den Mauern. Sie ging lächelnd weiter.

Im dritten Stock sah sie eine zweite Ausgabe des schwarzen Glasschildes an der Wand und blieb erneut stehen. Vor allen Dingen Ruhe, dachte sie, der erste Eindruck ist immer der beste, nur keine Angst haben. Sie zupfte ihr Kleid zurecht, schüttelte sich, wie es junge Hunde tun, die eben dem Wasser entstiegen sind, und drückte die Klinke herunter.

Sie trat in ein mittelgroßes Büro, die Fenster vor ihr waren breit und gingen zur Straße hinaus. Am Tisch rechts saß ein junges Mädchen, auf dem Tisch vor einem der Fenster hockte, die Arme auf die Tischplatte gestützt, ein dicker, rothaariger Mann und las die Zeitung. Er wandte langsam den Kopf, begann zu grinsen und legte die Zeitung fort. Das junge Mädchen stand auf und fragte: »Was wünschen Sie?« Sie hatte eine leise, schüchterne Stimme, ihre Augen waren gut und freundlich.

»Sie kommen wegen der Stellung, wie?« fragte der Rothaarige.

»Ja«, sagte sie.

Er ließ sich von der Tischplatte gleiten und ging langsam auf sie zu. »Sie müssen zum Chef«, sagte er und wies mit dem Daumen auf eine Tür. Er hatte nicht aufgehört zu grinsen. Sein Gesicht war rot und voller Sommersprossen, unter den Augen hingen dicke, bläuliche Säcke, seine Zähne waren weiß und gleichmäßig. »Gehen Sie nur hinein«, sagte er, »es ist niemand drin.«

Sie sah ihm gerade in die Augen. Sie dachte: Warum grinst du so? Das hat alles keinen Zweck. Mir machst du nichts vor, du geiler Bock, ich weiß, was du willst. »Darf ich einfach so hineingehen?« fragte sie.

»Gehen Sie nur«, sagte er.

Sie ging die paar Schritte zur Tür.

»Es waren schon vier Damen vor Ihnen da«, sagte der Rothaarige. »Aber lassen Sie sich dadurch nicht einschüchtern. Immer ran an den Speck.« Er lachte laut.

»Danke«, sagte sie und klopfte.

Hinter der Tür saß Herr Kostler an seinem Tisch und schrieb. Er rief »Herein!«, als er das Klopfen hörte und sah von seiner Arbeit auf. »Treten Sie näher«, sagte er, als er sie erblickte.

»Mein Name ist Steffi Müller«, sagte sie. »Ich komme wegen der Stellung.«

Herr Kostler schob sich die Brille auf die Stirn und sah sie eine Weile schweigend an. Er war ein Mann in mittleren Jahren, seine Augen waren müde und schienen in die Ferne zu blicken. Die Haare an seinen Schläfen waren grau. Ihr schien, es begänne ein ganz kleines Lächeln um seinen Mund zu spielen, als er sie ansah. Warum lächelt er? – dachte sie verwirrt. Was will er von mir? – Sie wich seinen Blicken aus, sie wurde unruhig. Ich hätte doch nicht hergehen sollen, dachte sie hilflos, vielleicht hat Molly recht gehabt. –

»Nehmen Sie Platz«, sagte er, »und lassen Sie uns darüber sprechen.«

Ich war an diesem Tage, wie sooft zuvor, durch die staubigen Straßen dieser Stadt gegangen, hatte, als es Abend wurde, in einem überfüllten, halbdunklen Lokal eine schlecht zubereitete Mahlzeit zu mir genommen und war wieder hinaus auf die Straße getreten. Die Menschen hasteten an mir vorüber, sie gingen nach Hause. Ich schloß mich ihnen an. Ich empfand den brennenden Wunsch, mit ihnen nach Hause gehen zu dürfen, in eine Wohnung, in der Freunde auf mich warteten und Kinder mir entgegenliefen. Während ich neben ihnen herging, die Hände in den Taschen, die erloschene Pfeife zwischen den Zähnen, begann die Einsamkeit an mir zu fressen. Wann wirst du einmal nach Hause gehen? – fragte ich mich, während die Einsamkeit wütend und höhnisch an mir fraß.

Auf dem großen Platz blieb ich stehen und ließ die Menschen an mir vorüberhasten. Da gingen sie, zu Hunderten, zu Tausenden, und niemand sah mich an und fühlte meine Einsamkeit. Ich dachte: Es muß auch Einsame unter ihnen geben, wie soll ich sie herausfinden? Ich versuchte in ihre Gesichter zu sehen, aber sie erwiderten meine Blicke kaum.

Die Dunkelheit kam, und mit ihr kam der sanfte, süße Duft des Holunders, der in den Ruinen blühte, das Lachen der jungen Mädchen und die Melancholie des violetten Himmels. Ich verließ den großen Platz und ging langsam nach Hause. Wohin soll ich mich wenden? – dachte ich. Es wird in einer anderen Stadt genau so sein. Wie soll ich mich zurechtfinden in diesem Lande? – Ich kletterte die Stufen in meinem Hause empor, stieß die Tür der Bude, in der ich wohnte, auf und drehte das Licht an. Auf dem verbeulten Diwan in der Ecke lag Steffi. Sie richtete sich auf und sah blinzelnd in die von der Decke herabhängende Birne. Dann sah sie mich an und lächelte.

»Mach, als wenn du zu Hause wärst«, sagte ich.

»Ich bin eingeschlafen«, sagte sie. »Ich sitze hier seit fünf Uhr und warte auf dich, und dann muß ich eingeschlafen sein.«

Ich setzte mich auf die Diwankante neben sie und fragte: »Wie geht's?«

»Ich weiß es nicht«, sagte sie. »Ich habe heut nachmittag eine Stellung angenommen.«

»Wie hast du das gemacht?« fragte ich.

Sie sah mich bittend an und sagte: »Warum machst du dich lustig über mich? Ich habe tatsächlich eine Stellung angenommen und fange schon morgen an zu arbeiten.«

»Das ist gut. Und als was?«

»Als Sekretärin beim Chef einer Druckerei. Du glaubst sicher, ich kann nichts, aber ich bin vorher lange Zeit Sekretärin gewesen.«

»Es ist nicht, weil ich daran zweifle, daß du etwas kannst«, sagte ich. »Aber was hat der Chef gesagt, als er dich sah?«

»Was soll er gesagt haben?« fragte sie verwundert.

Ich sah sie an. Sie sah aus wie eine billige Hure. Sie hatte ein intelligentes Gesicht, das war wahr, aber alles andere an ihr war billig. »Was hat deine Freundin Molly dazu gesagt?« fragte ich.

»Sie weiß es noch nicht. Ich war noch nicht in unserem Zimmer. Ich bin erst zu dir gekommen, und dann bin ich eingeschlafen.« Sie zündete sich eine Zigarette an und blies den Rauch geräuschvoll von sich.

»Warum nimmst du mich nie ernst?« fragte sie.

Ich stand auf und ging an den wackeligen Tisch, der beinahe die ganze Seite der Bude einnahm, und sah auf meine Manuskripte. Da lagen die Blätter, ich hatte seit dem Tage meiner Entlassung an ihnen geschrieben. Da lagen meine Träume und Sehnsüchte und wilden, zärtlichen Hoffnungen. Niemand würde sie kaufen, ich wußte es. Durch das offene Fenster über dem Tisch sah die warme Nacht herein.

»Willst du mir einen Gefallen tun?« fragte ich plötzlich.

»Natürlich«, sagte sie. »Was willst du?«

»Laß mich bitte allein.«

»Oh –«, sagte sie und stand auf.

»Ich will noch etwas arbeiten«, sagte ich.

»Es ist gut«, sagte sie, »ich weiß –«

Sie senkte den Kopf, ich sah, daß sie unter der dicken Schminke sehr rot wurde. Plötzliches Mitleid ergriff mich, ich ging auf sie zu, nahm ihre Hände und sagte: »Verzeih mir, Steffi –« Ich wollte noch mehr sagen, brachte aber kein Wort hervor.

»Es ist gut«, sagte sie. »Ich gehe schon.«

»Nein«, sagte ich mühsam. »Bleib. Es war nur eine vorübergehende Stimmung. Bitte setz dich wieder.«

Sie sah mich unglücklich an.

»Du mußt mir erzählen, wie es dir ergangen ist«, sagte ich hastig. »Was hat er gesagt, als du dich bei ihm vorstelltest? Was sind das für Leute?«

»Im Büro sitzt ein dickes Schwein, das sah mich an, als wollte es mich gleich betasten«, sagte sie.

»Und der Chef?«

»Er ist ungefähr fünfzig Jahre alt. Er unterhielt sich eine halbe Stunde mit mir. Erst dachte ich, er wollte mich nicht nehmen. Er war so sonderbar. Stell dir vor, er fragte mich, ob ich gern in Konzerte gehe. Er ist ein Gentleman.«

Von draußen wurde kurz an meine Tür geklopft, dann

öffnete sie sich und Molly kam herein. Hinter ihr konnte ich einen Mann auf dem Gang stehen sehen. Sie sagte: »Hier bist du also«, und kam näher. Die Tür blieb offenstehen. Sie sah noch billiger aus als Steffi. Der Mann auf dem Gang behielt den Hut auf und grinste.

»Meine Bude ist kein Wartesaal«, sagte ich wütend. »Willst du bleiben, oder gehst du wieder?«

Sie sagte: »Ich wollte nur Steffi holen, hör auf zu winseln!« Ich konnte sehen, daß sie betrunken war. »Einen Augenblick«, sagte sie zu dem Mann auf dem Gang, »wir kommen sofort.« Er antwortete etwas in einer Sprache, die ich nicht verstand.

»Was ist los?« fragte Steffi.

»Komm nur«, sagte ihre Freundin. »Wir machen es uns gemütlich. Janko hat gute Sachen mitgebracht. Komm nur mit hinüber in unsere Bude und frage nicht.«

»Aber ich will heute nicht.«

»Du bist verrückt«, sagte Molly. Sie nahm ihren Arm und zog sie zur Tür. »Willst du hier bei ihm sitzen und dich langweilen? Komm nur.«

Sie war schwer betrunken. Ich konnte es deutlich an ihrem Gesicht sehen, es war starr und ausdruckslos, ihre Augen waren groß und leer und emailleblau wie die einer Puppe. Das hellblonde Haar fiel ihr unordentlich auf die Schultern. Sie mußte allerlei in sich hineingegossen haben. »Was sitzt du hier bei ihm«, sagte sie, »bei ihm ist nie etwas los. Komm rüber zu uns, Janko hat alles. Wir wollen heute die Bude auf den Kopf stellen.«

Steffi sah erst unschlüssig auf sie, dann auf mich.

»Ich weiß nicht –«, sagte sie.

»Du weißt nie etwas«, sagte Molly verächtlich. »Was willst du hier? Bei ihm ist nie etwas los.«

»Aber ich habe heut keine Lust.«

»Dann mußt du ein Glas trinken«, sagte Molly. »Du trinkst ein Glas, und alles sieht anders aus. Wir haben genug getrauert, willst du mit ihm weiter trauern?« Sie lachte laut.

»Aber grade heute habe ich keine Lust –«

Molly ging auf sie zu, nahm ihre beiden Hände und sagte: »Ihr habt wohl was, ihr beiden, wie?«

Steffi wollte etwas erwidern, aber ihre Freundin gab ihr keine Gelegenheit dazu. Sie zog sie mit sich hinaus und warf die Tür hinter sich ins Schloß. Ich öffnete sie wieder und sah ihnen nach.

Unsere Zimmer lagen an einem langen Gang direkt unter dem Dach. Von der Mitte des Ganges etwa führte eine Wendeltreppe in die unteren Stockwerke hinab. Meine Bude war nur klein, aber die der beiden Mädchen am anderen Ende des langen Ganges war geräumig, sie hatte schräge Wände, eine Menge Ecken und drei Fenster. Der Maler, der früher dort gewohnt hatte, war irgendwo gefallen. Seine Angehörigen hatten das Atelier geräumt, aber sie hatten nicht die Bilder mitnehmen können, die er an die Wände malte: ein paar Akte und eine Menge Sonnenblumen, für die er eine Vorliebe gehabt haben mochte. In meiner Bude hatte kein Maler gewohnt, wer weiß, wer vor mir darin hauste. Auch hier waren die Wände schräg, die Tapete war vergilbt, und nachts kamen durch die Ritzen und Löcher des Fußbodens die Mäuse zu mir.

Ich schloß die Tür wieder, ging ins Zimmer zurück und setzte mich an den Tisch. Durch das offene dunkle Fenster kam brummend ein Käfer geflogen, er schoß gerade auf die elektrische Birne zu, stieß knallend mit ihr zusammen und fiel auf den Tisch. Da lag er auf meinen beschriebenen Papieren und regte sich nicht. Es war ein Maikäfer, ein Bäcker. Für einen Bäcker hatte es früher zwei Könige gegeben, damals, als wir sie fingen und in Zigarrenkisten sperrten. Ich nahm ihn auf, und er begann heftig mit den Beinen durch die Luft zu rudern. Ich sah ihn mir eine Weile an und warf ihn dann wieder hinaus in die Nacht. Stör mich nicht, dachte ich, ich muß schreiben, ich muß ihnen erzählen, wie es dem geht, der wieder nach Hause kommt.

Vor mir lag das weiße Papier. Ich fing an zu schreiben. Ich

schrieb, wie ich mich auf der Straße den Heimgehenden angeschlossen hatte, wie die Einsamkeit an mir zu fressen begann, und wie der Abend kam, der mich mit seiner Schwermut zu erwürgen drohte. Ich schrieb lange, aber das Schreiben erleichterte mich nicht. Ich stand wieder auf und sah hinaus in die Nacht, über die zerrissenen Dächer dieser Stadt, an die ich mein Schicksal gekettet hatte, und die mir fremd war, fremd wie eine Frau, die man um ein Stückchen Brot bittet, und die einen als Antwort nur starr und gleichgültig ansieht. Aus dem Häusergewühl klang leiser nächtlicher Lärm herauf. Jemand lachte. Von irgendwoher klang leise Radiomusik.

Ich konnte es plötzlich nicht mehr ertragen. Ich flüsterte: »Vielleicht liegt es nicht an dir, Stadt, vielleicht liegt es an mir. Ich bin zu lange fremd gewesen, ich war zu lange weg und kann jetzt nicht mehr heimfinden!« – und ich lauschte auf eine Antwort. »Ich spreche deine Sprache«, flüsterte ich verzweifelt, »ich kann mit jedem Menschen reden, gib mir ein Zeichen, daß du mich verstehst. Warum erdrückst du mich in deinen Mauern? Sage mir, daß ich zu dir gehöre –«

Es war unerträglich. In den leisen nächtlichen Lärm fiel dröhnend das Getön meines schlagenden Herzens. Ich dachte müde: Sie antwortet mir nicht! – legte mich auf den Diwan und starrte an die Decke.

Steffi kam herein, sie hielt sich am Türpfosten fest und sah mich mit großen, betrunkenen Augen an. »Ich muß mit dir sprechen«, sagte sie.

»Nein«, sagte ich böse. »Ich will mit niemandem sprechen. Geh wieder in deine Bude zurück und laß mich allein!«

»Aber ich muß mit dir sprechen«, sagte sie. »Ich muß mit dir von Ännchen sprechen.«

Ich antwortete nicht.

Sie drehte das Licht aus und legte sich neben mich auf den Diwan. Da lag sie und roch nach Wein und Schnaps und zitterte.

»Warum hast du dich wieder betrunken?« fragte ich wütend. »Erst erzählst du mir, daß du morgen früh anfängst zu arbeiten, und jetzt liegst du hier und bist besoffen.«

»Ich fange morgen früh an zu arbeiten«, sagte sie. »Du weckst mich, wie?«

»Du wirst doch nicht aufstehen.«

»Doch. Du muß mich wecken.«

»An mir soll es nicht liegen, aber du wirst doch nicht aufstehen.«

»Ich muß mit dir von Ännchen reden«, sagte sie. Sie zitterte heftig. Ich dachte: Es geht wieder los, ich muß sie beruhigen.

»Versuche zu schlafen«, sagte ich. »Es ist spät, wenn du morgen arbeiten willst, mußt du frisch sein.«

»Ja«, sagte sie. »Ich habe heut ein kleines Mädel auf der Straße gesehen, das sah genau so aus. Es hatte auch ein hellblaues Kleidchen an, wie es Ännchen trug, nur der Saum war anders.«

»Denke nicht mehr an Ännchen«, sagte ich. »Sie ist schon über ein Jahr tot und hat es gut. Vergiß nicht, morgen früh mußt du frisch aussehen. Was sollen sie von dir denken, wenn du gleich am ersten Tage mit einem Kater erscheinst?«

»Keine Angst«, sagte sie, »Mutter wird fleißig und tapfer sein.« Sie ergriff meinen Arm und flüsterte mit bebender Stimme: »Wenn ich sie jetzt einmal wirklich treffe, was dann? Wenn sie plötzlich auf mich zukommt und lacht mich an und breitet ihre kleinen runden Ärmchen aus –«

Mein Gott, dachte ich, wir sind soweit. Ich legte meinen Arm um sie und sagte leise: »Du bist betrunken, Steffi, und immer wenn du betrunken bist, bildest du dir ein, sie lebt noch, und du wirst sie einmal irgendwo finden. Aber du weißt, daß sie tot ist –«

»Natürlich ist sie tot«, flüsterte sie verwundert. »Sie ist genau so tot, wie mein Mann Hannes tot ist. Das Haus begann zusammenzustürzen, und ich nahm sie auf den Arm, und wir rannten auf die Straße. Aber die ganze Straße brannte schon, und die Splitter sausten durch die Luft, und alles schrie und fiel um, und ich rannte bis zum Fluß, und als ich ankam, war sie tot, und der Splitter saß ihr im Hals…«

»Steffi –«, bat ich.

»Ich habe es nicht bemerkt«, flüsterte sie. »Ich schwöre dir, ich sah erst unten am Fluß, daß sie tot war. Ihre Haare waren verbrannt, und der Hals war aufgerissen. Aber ihre Händchen hielten mich noch immer fest, und ihre Augen waren offen.«

»Vergiß es«, sagte ich.

»Ich soll sie vergessen?« fragte sie, und in ihrer Stimme war eine so fassungslose Traurigkeit, daß mir die Augen feucht wurden. Sie setzte sich auf und fragte noch einmal leise: »Ich soll sie vergessen?«

»Wir müssen ja leben«, sagte ich. »Das ist ein schlechter Trost, aber es ist richtig. Morgen fängst du an zu arbeiten, und dabei mußt du einen klaren Kopf haben.«

»Ja, ja –«, sagte sie zerstreut.

Ich konnte ihr Gesicht im Halbdunkel deutlich vor mir sehen. Es hatte einen grübelnden Ausdruck, der Mund war halb geöffnet, über den großen dunklen Augen waren die Brauen zusammengezogen. Sie hatte den Kopf nach vorn gebeugt, und die Haare fielen ihr unordentlich in die Stirn. Ich hob meine Hand und streichelte ihre Wange. »Geh jetzt in deine Bude und schlafe«, sagte ich. »Ich komme morgen früh und wecke dich. Ist der Mann noch da?«

»Nein«, sagte sie müde. »Sie hat ihn hinausgeworfen.«

»Dann geh jetzt hinüber und schlafe. Willst du mir einen Gefallen tun?«

»Ja, natürlich.«

»Willst du mir morgen erzählen, was du auf deiner neuen Arbeitsstelle erlebt hast?«

»Es wird nicht viel zu erzählen sein.«

»Doch, du mußt mir alles genau erzählen.«

»Ja«, sagte sie.

Sie erhob sich und stand eine Weile unbeweglich neben dem Diwan. Ihr Gesicht hatte den grübelnden Ausdruck nicht verloren, aber jetzt konnte ich sehen, daß ihre Augen naß waren von dunklen, schimmernden Tränen. Ich blieb, ohne mich zu rühren, liegen. Sie hob beide Hände und strich sich die Haare aus der Stirn. »Keine Angst«, flüsterte sie, »Mutter wird fleißig und tapfer sein.« Dann ging sie.

Ich wartete, bis ihre Schritte auf dem Gange verhallt waren, dann stand ich auf und drehte das Licht wieder an. Auf dem Tisch lag das weiße Papier. Ich nahm die letzten beschriebenen Bogen zur Hand und las, was ich geschrieben hatte. Wie soll ich es ihnen erzählen? dachte ich, während ich mich setzte. Wird es mir gelingen? Sie werden es vielleicht lesen und mich nicht begreifen. Aber ich muß es ihnen erzählen. Ich muß ihnen erzählen, wie Steffi lebt und wie ich lebe, und wie Deutschland aussieht für den, der so lange weg war. Vielleicht erkennt sich ein Teil von ihnen in uns wieder. Und vielleicht finden andere unser Land ebenso merkwürdig, wie ich es finde, und erschrecken ebenso tödlich, wie ich erschrak.

II

Ich erwachte gegen sieben Uhr, stand auf, ging über den langen Gang zum Zimmer der beiden jungen Frauen und klopfte an die Tür. Es kam keine Antwort. Ich klopfte stärker und wartete. Dann ging ich hinein und trat an Steffis Bett. Sie hatte die Bettdecke über den Kopf gezogen und schlief fest. Ich zog die Decke etwas zurück, beugte mich zu ihr nieder und sagte: »Steh auf, Steffi, es ist Zeit.«

Sie bewegte sich, murmelte mit geschlossenen Augen etwas Unverständliches und drehte sich auf die andere Seite. Im anderen Bett lag Molly mit geöffnetem Munde und schlief, geräuschlos atmend, ebenfalls. Sie hatten einen kleinen Gasherd in der Ecke stehen, ich entzündete die Flamme und setzte Wasser auf. Dann ging ich an Steffis Bett zurück und schüttelte sie.

Sie sagte: »Was ist los?« und schlug die Augen auf.

»Steh auf«, sagte ich. »Du hast nicht mehr viel Zeit und mußt dich schnell fertigmachen. Ich koche dir inzwischen einen Kaffee und mach dir ein paar Brote. Vergiß nicht, heute fängt die Arbeit an.«

Sie murmelte: »Ach so —«, schlug die Decke zurück und stieg aus dem Bett. »Sieh nicht her«, sagte sie, noch immer schläfrig, und begann sich zu waschen.

Der Mann, der den Abend zuvor bei ihnen war, hatte Kaffee mitgebracht, amerikanischen Kaffee. Ich spülte die Kanne mit heißem Wasser aus, warf ein paar Teelöffel voll hinein und goß kochendes Wasser darauf. Der Duft begann augenblicklich das Zimmer zu erfüllen. Steffi, die sich gerade abtrocknete, ließ das Handtuch sinken und lächelte.

»Mach dich fertig«, sagte ich, »du hast genau noch fünfzehn Minuten.«

»Das ist eine Ewigkeit«, sagte sie.

Sie schlüpfte in ihre Kleider. Ich stellte den kleinen Tisch an das offene Fenster und deckte ihn. Sie begann erneut zu lächeln. »Wo hast du das gelernt?« fragte sie. »Du bist ein perfekter Oberkellner.«

»In der Gefangenschaft«, sagte ich. »Sei nicht so laut, wir werden Molly wecken.«

»Die schläft wie ein Stein«, sagte sie. »Wir könnten Trompete blasen, sie würde nicht erwachen.«

»Lieber nicht«, sagte ich.

Sie war in ausgezeichneter Stimmung. Unter ihren Augen waren dunkle Schatten, aber ihre Fröhlichkeit und Energie waren echt. »Wenn mich der dicke Kerl im Büro heut wieder so anglotzt, gebe ich ihm fünf Mark, damit er zu einer Hure gehen kann«, sagte sie.

»Warum schmierst du dir soviel Farbe ins Gesicht?« fragte ich. »Du wirst nicht schöner dadurch. Im Gegenteil.«

»Das sagst du, der du so lange im Ausland warst! Alle Ausländerinnen malen sich, das weiß jeder.«

»Das ist wahr. Aber du schmierst dir die Farbe ins Gesicht,

wie es vielleicht nur die Buschnegerinnen tun, und da unten war ich noch nicht.«

»Hör auf zu schimpfen«, sagte sie. »Kaum sitzen wir eine Minute zusammen und schon schimpfst du wieder.«

»Wie du willst«, erwiderte ich.

Sie holte ihre Puderdose aus der Tasche und sah eine Weile in den Spiegel. »Woran liegt es, daß ich dir nicht gefalle?« fragte sie.

»Du gefällst mir«, sagte ich. »Wer hat gesagt, daß du mir nicht gefällst? Mach, daß du jetzt wegkommst, sonst kommst du schon am ersten Tag zu spät.«

Sie trank ihre Tasse leer und stand auf. »Ich habe ein bißchen Angst«, sagte sie. »Er hat so freundliche Augen und sieht mich so merkwürdig an.«

»Wer?«

»Der neue Chef. Ich sagte ihm, daß ich schon fünf Jahre nicht mehr im Büro war, und er sagte: Wir wollen es trotzdem versuchen. Vor mir hat er vier andere weggeschickt.«

»Ich würde dich auch nehmen«, sagte ich.

Sie lachte. »Mit dir möchte ich nicht zusammenarbeiten«, sagte sie. »Ich bin in meinem Leben schon genug ausgeschimpft worden.«

»Mach, daß du wegkommst«, sagte ich.

Sie sah mich eine Weile an, dann ging sie.

Ich ging in meine Bude zurück, legte mich auf den Diwan und begann zu lesen. Es war ein Artikel des Dichters Ernst Wiechert über unser Schicksal, und ich las ihn aufmerksam und sorgfältig. Aber ich konnte mein Schicksal und das Schicksal Steffis in diesem Artikel nicht entdecken. Ich konnte auch das Schicksal der in gefärbte Uniformen gekleideten Gestalten, die gleich mir durch die Straßen wanderten, nicht entdecken. Der Artikel begann mich zu langweilen. Ich las ihn nicht fertig. Ich dachte: Sie sind zu sehr gebildet, Herr Dichter, Sie sprechen nicht unsere Sprache. Ihr Artikel erreicht uns nicht, denn das Schicksal, von dem Sie reden, ist nicht das unsere.

Gegen elf Uhr rief Molly vom anderen Ende des Ganges nach mir. Ich öffnete die Tür. »Komm herüber und trink Kaffee mit mir!« rief sie. »Oder schläfst du noch?«

Ich wußte, daß es guter Kaffee sein würde und ging hinüber. »Steffi ist weg«, sagte sie, als ich in die Stube trat. »Hast du so etwas schon gehört? Sie ist arbeiten gegangen. Ich hätte nie geglaubt, daß sie so dumm sein könnte. Gestern ging sie los und suchte eine Stellung, und heute fängt sie schon an zu arbeiten. Was sagst du dazu?«

»Sie macht es besser als du«, sagte ich.

Sie sah mich mißtrauisch an. »Hör mal her, mein Kleiner«, sagte sie. »Wenn du frech wirst, kannst du gleich wieder verschwinden.«

Sie hatte das Bettzeug von den Diwanen geräumt, und ich setzte mich auf den von Steffi. Sie wartete auf eine Antwort, aber ich sagte nichts. Ich nahm mir nur eine Tasse vom Tisch und begann zu trinken.

»Was meinst du eigentlich?« fragte sie.

»Ich meine genau, was ich sage«, antwortete ich. »Sie macht es besser als du.«

»Willst du damit sagen, daß auch ich arbeiten gehen soll?«

»Genau das meine ich.«

Sie begann laut zu lachen. Sie war nur mit einem Kimono bekleidet und sah noch billiger aus als ganz angezogen. »Wie lange willst du so weiterleben?« fragte ich.

Sie hörte auf zu lachen und sah mich eine Weile an. »Bist du unter die Wanderprediger gegangen?« fragte sie. Aber ihre Stimme hatte keinen frohen Klang.

»Man kann es zehn Meilen gegen den Wind riechen, daß du nicht glücklich bist«, sagte ich.

In ihr Gesicht kam plötzlich ein böser Ausdruck. Ihre Stirn bewölkte sich und die Augen wurden hart. Der Mund, dieser große Mund, preßte sich zusammen, und ein paar scharfe Falten wurden sichtbar, die vom Nasenflügel bis hinunter zum Kinn liefen. Sie stellte die Tasse, die sie in der Hand gehalten hatte, auf den Tisch zurück und stand auf.

»Was ist das für ein dummes Gerede«, sagte sie.

Ich blieb sitzen. Sie ging zum Fenster, sah eine Weile hinaus und drehte sich dann wieder mir zu. »Ich arbeite nicht!« sagte sie heftig. »Hast du mich verstanden? Ich arbeite nicht! Von mir aus soll alles zum Teufel gehen!«

»Vielleicht geht alles zum Teufel«, sagte ich.

»Es ist mir gleich!«

Sie setzte sich wieder, nahm ihre Tasse vom Tisch und begann mit dem Löffel darin herumzurühren. »Erst sollen sie mir meinen Mann wiedergeben«, sagte sie.

Ich beobachtete ihr Gesicht. Was ging hinter dieser Stirn vor? Sie war achtundzwanzig Jahre alt und ihr Mann war schon seit drei Jahren in Rußland vermißt. Sie hatten nie Kinder gehabt, und drei Jahre sind eine Ewigkeit in dieser irrsinnigen Zeit. Ihr Gesicht war böse, ich sah es, sie war nicht glücklich. Plötzliche Mutlosigkeit überfiel mich. Ich dachte: Laß sie leben, wie sie will, was geht sie dich an? Ich trank ihren Kaffee, und der Kaffee war gut. Was geht sie dich an? – fragte ich mich, welches Recht hast du, dich in ihre Angelegenheiten zu mischen? Sie muß versuchen, mit ihrem Leben fertig zu werden, wie ich versuchen muß, mit meinem fertig zu werden. Ich stellte die leere Tasse auf den Tisch zurück und stand auf.

»Bleib noch ein wenig«, sagte sie.

Da saß sie und sah mich bittend an. Die Härte war aus ihrem Gesicht verschwunden. Es war ein nacktes, billiges Gesicht, die Haare waren sehr hell, die großen Augen so blau wie Emaille. Sie hatte Angst vor der Langeweile. Sie wußte nicht, wie sie die Zeit bis zum Abend totschlagen sollte, jetzt, da Steffi nicht mehr da war, und ich sollte ihr helfen, sie zu überbrükken. Ich begann zu lächeln.

Sie sah mich mißtrauisch an. »Was ist los?« fragte sie. »Warum grinst du? Wenn du dich lustig über mich machen willst, kannst du gleich wieder gehen. Ich brauche dich nicht.«

»Beruhige dich«, sagte ich. »Ich habe nur an etwas gedacht.«

»An was?«

Aber ich sagte es nicht. Ich hatte an den Artikel gedacht, den ich vor einer Weile las, und hatte mir vorgestellt, wie der Dichter mit ihr fertig werden würde, käme es ihm darauf an, mit ihr fertig zu werden.

»Es ist nichts«, sagte ich. »Vielen Dank für den Kaffee. Ich muß jetzt gehen.«

»Ja, geh!« sagte sie böse. »Geh und komm nicht wieder!« Ihr Gesicht war wieder hart und unglücklich. Sie sah mich voller Haß an. Ich dachte: Aufpassen, vielleicht wirft sie mit der Tasse nach mir! – und ging vorsichtig zur Tür. Aber sie rührte sich nicht, sie saß nur da und starrte mich mit ihren emailleblauen Augen an, in denen neben dem unglücklichen Haß die ganze Verzweiflung und Trauer ihres achtundzwanzigjährigen sinnlosen Lebens lagen.

III

Steffi hatte – so erzählte sie mir später – den ganzen Vormittag versucht, sich über Kostler klar zu werden. Sie dachte: Weshalb hat er gerade mich genommen? Was hat er im Sinn, glaubt er, bei mir etwas erreichen zu können? – Über die Schreibmaschine gebeugt, sah sie ihn verstohlen an. Er saß an seinem Tisch, telefonierte, diktierte etwas oder schrieb an irgendwelchen Papieren. Sein Gesicht war schmal, und er hatte lange schmale Hände. Er war ausgesucht elegant gekleidet, und sie fühlte sich beklommen in seiner Gegenwart. Er will nichts von mir, dachte sie, der nicht. Er schien nicht an sie zu denken. Aber mitten im Schreiben sagte er plötzlich leise: »Fräulein Müller –«

Sie sah ihn aufmerksam an.

»Hören Sie her«, sagte er. »Ich möchte Sie etwas fragen. Aber erschrecken Sie nicht.«

Sie war sofort wachsam. Wenn er etwas will, stehe ich auf und gehe, dachte sie. Ich bin hierher gekommen, um zu arbeiten. In Gedanken sah sie ihren Mann Hannes und Ännchen und die brennende Straße, und ihre wilden, betrunkenen Abende und mich. Nein! dachte sie. Jetzt nicht mehr, es muß einmal vorbei sein. Sie begann unmerklich zu zittern.

Er sah sie mit müdem Gesicht an. Seine Augen hinter den Brillengläsern waren halb geschlossen. Sie dachte: Er ist unglücklich, ich kann es sehen, mein Gott, was will er von mir?

»Lieben Sie Musik?« fragte er.

Sie gab keine Antwort.

Der fremde, elegante Mann mit den grauen Schläfen – sie kannte ihn erst wenige Stunden – stand auf und ging langsam im Büro auf und ab. »Ich liebe Streichquartette«, sagte er leise. »Mozart, Beethoven, Reger, Corelli. Gehen Sie heute abend mit mir in ein Konzert.«

Er blieb stehen und sah müde lächelnd auf sie herab.

»Ich wußte, daß ich Sie erschrecken würde«, sagte er. »Verzeihen Sie mir. Aber tun Sie mir trotzdem den Gefallen. Das Königsquartett spielt heut abend Beethoven und Reger. Sie werden nicht bereuen, hingegangen zu sein.«

Sie antwortete noch immer nicht. Sie dachte: Geh zum Teufel mit deiner Musik, ich weiß, was du willst! – Plötzliche Wut der Enttäuschung erfaßte sie. Ich hätte es wissen sollen, dachte sie, Hannes und Ännchen, ich hätte es wissen sollen! – Dann, in ihre hilflose Wut unerwartet einfallend, kam ihr ein Gedanke. Warum nicht? dachte sie. Ich werde mit ihm gehen. Es ist doch alles Schwindel. Es ist gleich, mit welchen Männern ich ins Bett gehe. Ich werde mir mit ihm seine Musik anhören, und dann wird das kommen, was er immer im Sinne hatte, und mir soll es gleich sein. Er ist nicht mehr jung, aber er ist sauber, und er hat Geld: Ich hatte gedacht, es soll von jetzt ab anders sein, aber sie machen es mir zu schwer, und ich gebe es auf.

Sie sah von ihrer Schreibmaschine auf und sagte lächelnd: »Ja, ich höre sehr gern Musik, und ich würde mich freuen, in ein Konzert zu gehen.« – Aber ihr Lächeln war nicht echt, und sie hätte ebenso gerne geweint. Sie dachte in dieser Minute an mich und wäre froh gewesen, wenn ich ihr beigestanden hätte, aber wie konnte ich ihr beistehen, jetzt, während sie hinter der Schreibmaschine saß und eine Antwort geben mußte an diesen Herrn Kostler, der elegant war und graue Schläfen hatte, und dessen Frage sie so unerwartet traf?

Er sagte: »Ich weiß, was Sie denken, Fräulein Müller, aber Sie denken verkehrt.« Er nahm seine Wanderung durch das Büro wieder auf. Das Telefon klingelte, er nahm den Hörer ab, lauschte eine Weile mit zerstreutem Gesichtsausdruck in die Muschel und sagte: »Ja. Mein Vertreter wird heut nachmittag bei Ihnen sein, mit ihm können Sie dann alles besprechen«, ging zum Fenster und sah hinaus auf die Straße. Plötzlich drehte er sich um und sagte: »Bitte, gehen Sie heut abend mit mir aus. Lassen Sie uns erst die Musik hören und hinterher ein wenig schwatzen. Sagen Sie nicht nein, bitte, sagen Sie nicht nein. Denken Sie, was Sie wollen von mir, aber seien Sie heut abend mit mir zusammen –«

»Ich habe doch schon ja gesagt«, flüsterte sie. Sie war verwirrt. Sie hatte noch nie etwas Ähnliches erlebt. Warum machst du soviel Umstände, dachte sie, ich habe doch schon ja gesagt, der Fall ist erledigt. Wir hören uns deine Musik an, und hinterher werden wir sehen. Ein unbehagliches Gefühl kroch in ihr hoch. Das sind die feinen Leute, dachte sie, sie reden zuviel um den wahren Kern der Sache herum, in Wirklichkeit wollen sie doch alle das gleiche. Mit schmerzender Deutlichkeit kam ihr die Erinnerung an ihren Mann Hannes. Verzeih mir, Hannes, dachte sie. Du kennst mich genau, vor dir schäme ich mich nicht, verzeih mir! – Sie sah dem fremden Mann mit den grauen Schläfen mitten ins Gesicht.

»Es ist gut«, sagte der, »ich freue mich.«

Er blieb noch eine Weile vor ihr stehen, dann nahm er plötzlich Hut und Stock. »Sie können jetzt Ihre Mittagspause machen«, sagte er. »Ich komme in ungefähr einer Stunde wieder.« Er nickte ihr zu und ging. Sie nahm das Butterbrotpaket, das ich ihr am Morgen bereitet hatte, aus ihrer Tasche und ging benommen in das andere Büro hinüber.

IV

An diesem Abend traf ich einen bemerkenswerten Menschen wieder, den ich ein ganzes Jahr nicht mehr gesehen hatte. Ich ging über den breiten Bahnhofsplatz und hörte plötzlich das irrsinnige Aufkreischen stark angezogener Wagenbremsen, das Schlittern der Reifen über den Asphalt, ein paar vereinzelte Schreie und darauf eine wütende, laut schimpfende Stimme. Mit den anderen Passanten lief ich an die Stelle des Tumultes. Ein Negerkorporal beugte sich aus einem quer über der Straße stehenden Lastwagen und schrie mit hoher Stimme: »Where the hell do you think you are? In bed?«

Vor dem Lastwagen stand ein kleiner Mann, klopfte sich den Staub vom Anzug und sagte mürrisch: »Keep your pants on and stop crying!« Damit verließ er humpelnd den Fahrdamm.

Ich ging auf ihn zu und sagte: »Guten Abend, Doktor Rinka. Wäre er Ihnen über den Leib gefahren, hätte ich nicht mehr das Glück gehabt, mich über Sie ärgern zu dürfen.«

Er sah mich überrascht an. »Sie sind es!« rief er. »Wie geht's?« Wir schüttelten uns die Hände. Der Lastwagen fuhr wieder an. Der schwarze Korporal beugte sich aus dem Fenster und rief: »Where did you learn that bad language, sweetheart? You've hurt my feelings!« Und er fuhr kreischend vor Lachen davon.

»Sind Sie verletzt?« fragte ich.

»Keine Spur«, sagte er. »Ich bin gefallen, aber es ist nicht so schlimm.«

»Was haben Sie vor?«

»Nichts. Lassen Sie uns ein wenig die Straße entlanggehen.«

Ich freute mich, ihn wiederzusehen. Wir hatten zusammen Baumwolle gepflückt, in den heißen Tagen am Mississippi. Eines Tages war er versetzt worden, und ich hatte ihn nicht mehr gesehen. »Was machen Sie jetzt?« fragte ich. »Wie kommen Sie hierher in diese Stadt?«

Er blieb stehen. »Ich bin schwach zum Umfallen«, knurrte

er. »Ich bin den ganzen Tag umhergerannt. Haben Sie eine Bude, in die man sich setzen kann? Lassen Sie uns dahin gehen.«

Wir stiegen in die Straßenbahn und fuhren zu mir nach Hause. Der Wagen war überfüllt, wir standen dicht aneinandergepreßt wie die Heringe. Ich betrachtete verstohlen sein Gesicht. Dieser Mann, den Eindruck bekam man, hatte einen eisernen Willen. Aber jetzt, als er in der überfüllten Straßenbahn vor mir stand, sah er müde aus. Sein Gesicht war grau. Sicher hungerte er.

Ich gab ihm, als wir in meiner Bude saßen, ein Stück Brot. Er nahm es wortlos und begann es gierig zu verschlingen. Erst als nichts mehr von dem Brot übrig war, fragte ich: »Wie leben Sie hier? Wie haben Sie sich in der Heimat zurechtgefunden?«

Er sah mich mit hungrigen Augen an. »Sprechen wir lieber von anderen Dingen«, sagte er. »Haben Sie noch mehr Brot?«

»Nein«, sagte ich. »Sie haben schon mein Frühstücksbrot für morgen aufgegessen.«

»Auch kein kleines Stückchen?«

»Es ist nichts mehr da. Sehen Sie selbst nach.«

»Verflucht«, sagte er. »Ich werde nicht mehr satt!«

»Wer wird heutzutage noch satt?« fragte ich. »Ich zum Beispiel weiß jetzt nicht, wie ich mich bis morgen mittag durchbringen soll.«

»Verflucht!« knurrte er. »Es war besser in Amerika.«

»Versündigen Sie sich nicht«, sagte ich. »Sie vergessen, daß Sie frei sind.«

Er lachte kurz auf und ließ seine hungrigen Blicke durch meine Bude gleiten. »Großartig«, murmelte er spöttisch. »Die Wohnung des heimgekehrten Soldaten.« Dann, mich mit demselben spöttischen Gesichtsausdruck ansehend, fragte er unvermittelt: »Wie werden Sie mit der Einsamkeit fertig?«

Merkwürdig, ich hatte seine Frage erwartet. Ich blickte auf

den Stapel beschriebenen Papiers auf dem Tisch. Ich werde es ihm erzählen, dachte ich, ihm kann ich es erzählen, er wird mich begreifen.

»Ich schreibe an einem Buch«, sagte ich.

Er sah mich zweifelnd an.

»Ja«, sagte ich. »Ich weiß nicht, was mich dazu trieb. Es nahm von mir Besitz, und es drängt mich, alles aufzuschreiben. Ich fühle, ich muß es ihnen sagen. Ich muß ihnen genau erklären, wie ich lebe und was ich beobachte, die Stadt und die Menschen, die hier leben, die Ruinen und den leeren Ausdruck, den die einstigen Bewohner in den Augen haben, wenn sie sich darin umblicken. Ich muß mich selbst schildern, denn ich bin einer von Hunderttausenden, ich muß meine Träume schildern, meinen Hunger und meine Sehnsüchte. Sie werden sich vielleicht in mir wiedererkennen, und ich muß ihnen sagen, daß sie nicht verzweifeln sollen, daß sie wieder von vorn anfangen müssen.«

Doktor Rinka hatte aufmerksam zugehört. Ein seltsames Lächeln begann seinen Mund zu umspielen. »Erzählen Sie ihnen lieber nichts«, sagte er, »nehmen Sie meinen Rat an. Verbrennen Sie Ihre Papiere. Wir sind alle zum Tode verurteilt, was wollen Sie ihnen da noch viel erzählen?«

Ich stand auf. »Sie sind wahnsinnig – wie können Sie so etwas sagen?« – fragte ich leise.

»Beruhigen Sie sich«, sagte er. »Sie sind ein Narr. Sie wollen ein Märchen erzählen, das niemand hören will. Verbrennen Sie Ihr Manuskript, oder hängen Sie es sich aufs Klosett. Alle tragen sie das Kainszeichen auf der Stirn, und Sie wollen ihnen erzählen, sie sollen wieder gut sein!«

»Hören Sie auf«, flüsterte ich.

»Nein!« sagte er. »Dieses Volk ist zum Untergang verurteilt. Sie sind für den Tod erzogen worden, und sie werden untergehen. Sie sehen das Menetekel schon an der Wand, und sie wissen Bescheid.«

Auch er stand auf. Er stellte sich dicht vor mir auf und flüsterte: »Sehen Sie es nicht? Sehen Sie die Schrift an der

Wand nicht? Wir werden alle untergehen, und kein Hahn wird nach uns krähen!«

»Das ist nicht wahr«, sagte ich mühsam. »Sie lügen!« – Ich wollte mehr sagen, aber es gebrach mir an Worten. Ich sah ihm in die Augen, und eine unerklärliche Furcht begann sich meiner zu bemächtigen. Ich wiederholte: »Es ist nicht wahr, Sie lügen!« und stellte mich schützend vor mein Manuskript.

Er lachte laut auf. Sein Lachen war hohl und klang häßlich. »Träumen Sie meinetwegen weiter«, sagte er dann gleichgültig und setzte sich wieder.

»Was wollen Sie eigentlich?« fragte ich. Er hatte mich bis ins Innerste erschreckt. Ich erinnerte mich an die Nächte im Lager am Mississippi, jene Nächte, die angefüllt waren vom ohrenbetäubenden Lärm der Zikaden, vom verträumten Gesang der Posten auf den Türmen und unseren heißen, nie endenwollenden Diskussionen. Er hatte damals davon gesprochen, eine Musikgeschichte zu schreiben. Die Nächte waren dunkel und voll fremder, merkwürdiger Gerüche. Wir waren so fern von dieser Stadt, in der wir jetzt lebten, dieser Stadt des Staubes und der müden, leeren Gesichter. Damals, in der Ferne, hatte er anders gesprochen, ich erinnerte mich – seine Augen hingen vor mir im Zwielicht der grellen Sterne wie dunkle Tropfen, und seine Stimme war voller Leidenschaft und Wärme.

»Ich will Ihnen sagen, was ich meine«, sagte er jetzt. Es war nicht mehr dieselbe Stimme, sie klang rauh und zersprungen. Es waren auch nicht mehr dieselben Augen, sie hatten einen Ausdruck so wilder Einsamkeit, daß ich erschrak. Man muß ihm helfen, dachte ich, er ist noch viel schlimmer dran als ich.

»Haben Sie die Menschen in der Straßenbahn beobachtet?« fragte er. »Haben Sie auch nur den leisesten Funken von Hoffnung in ihren Gesichtern gesehen? Sie drängen sich stumm und geduldig wie Tiere zusammen, schlagen wie Tiere um sich, wenn es ihnen zuviel wird, und niemand findet mehr etwas Merkwürdiges dabei. Sehen Sie sich an, wie sie durch die Straßen schlurfen, wie sie sprechen, essen und sich gebärden! Ich sage Ihnen, sie werden sich von dem Faustschlag, den sie erhalten haben, nicht mehr erholen. Nehmen Sie meinen Rat an, versuchen Sie dieses Land so schnell wie möglich zu verlassen. Beeilen Sie sich aber, sonst gehen Sie mit ihnen unter!«

»Nein«, sagte ich.

Er lachte sein lautes, häßliches Lachen, das neu an ihm war. »Sie hirnverbrannter Narr!« rief er. »Verschwinden Sie! Werden Sie Lumpenhändler in Buenos Aires oder Schuhputzer in Shanghai, nur bleiben Sie nicht in diesem Totenland, in dem es bereits jetzt nach Verwesung zu stinken beginnt!«

Mir kam ein Gedanke. Ich fragte: »Wovor fürchten Sie sich eigentlich? Sie sind intelligent und noch jung. Es muß für Sie ein leichtes sein, sich einen Weg zu bahnen. Warum haben Sie nicht den Mut, sich durchzuschlagen?«

»Sie begreifen mich nicht«, sagte er ungeduldig. »Sie wollen ein Buch schreiben und wollen nicht sehen, wie die Dinge aussehen, über die Sie zu schreiben gedenken!« Er nahm ein Stück Zeitungspapier aus der Tasche, riß ein kleines, viereckiges Stück heraus, holte von irgendwoher aus der Tasche ein paar Krümel Tabak und streute sie hinein. Dann, das Papier zusammenrollend, sagte er: »Jetzt haben die Affen sechstausend Jahre Zeit gehabt, sich zu kultivieren und die Bodenschätze der Welt zu organisieren. Und was ist dabei herausgekommen? Ich habe heute noch so gut wie nichts gegessen und rauche jetzt eine home made aus Kraut und Zeitungspapier. Und ich weiß, daß man jetzt in dieser Minute auf anderen Plätzen der Erde die Lebensmittel waggonweise in die Abfallkübel schüttet und die Zigaretten halb geraucht auf den Boden wirft.«

»Verdammt!« rief ich. »Wie können Sie so reden? Sie haben ein Gewehr in die Hand genommen und sind wie ein Straßenräuber in andere Länder eingefallen. Wundern Sie sich jetzt nicht, daß Sie für eine Weile dafür nichts zu rauchen haben!«

Er sah mich spöttisch lächelnd an. »Als ich das Gewehr in die Hand nahm und loszog, wußte ich nicht, daß ich damit meinen eigenen Todesmarsch antrat«, sagte er. »Es war der Anfang des Untergangs unseres Erdteiles. Aber ich wußte es erst, als ich wieder in Deutschland war. Regen Sie sich nicht so auf, und tun Sie nicht, als ob Sie die Sache nichts anginge. Auch Sie tragen das Kainszeichen auf der Stirn.«

»Mein Gott«, sagte ich, »wie können Sie nur auf diese Weise leben!«

Das Lächeln verschwand aus seinem Gesicht. Er beugte sich vor und flüsterte: »Ich lebe nicht mehr. Verstehen Sie? Ich lebe nicht mehr. Wir alle leben nicht mehr. Der Gestank unserer Leichen beginnt sich bereits auszubreiten, der Pestgeruch ruht über diesem ganzen verfluchten Kontinent. Fliehen Sie, ehe es zu spät ist! Versuchen Sie, sich zu retten!«

»Wovor fürchten Sie sich?« fragte ich noch einmal. »Die Zeit der Gefahr und des Todes ist vorüber. Fangen Sie an zu arbeiten, schreiben Sie Ihre Musikgeschichte. Wenn Sie aber das nicht wollen, dann holen Sie sich einen Spaten und fangen Sie an, den Schutt wegzuräumen.«

Die Furcht hatte mich verlassen, er konnte mich nicht mehr faszinieren. Alle seine Worte und Gedanken hatten keinen Einfluß mehr auf mich. Plötzlich fiel mir ein, daß in seinen Augen der gleiche Ausdruck war, den ich am Vormittag bei Molly gesehen hatte. Was soll man mit ihnen tun? dachte ich. Ich sagte: »Sie meinen, ich verstehe Sie nicht. Das ist nicht wahr. Sie haben mich zuerst erschreckt, und dessen schäme ich mich jetzt ein bißchen. Aber Sie und Ihre Furcht sind gar nicht so schwer zu verstehen. Die Furcht ist uralt. Ich fürchte mich nicht, im Gegenteil, ich beginne wieder zu hoffen.«

Er stand auf und sah mich mit wilden glühenden Augen an. Sein Mund war verkniffen, wie der Mund Mollys, und sein Gesicht drückte eine solche Trostlosigkeit aus, daß ich erschauerte. »Sie Narr!« sagte er. »Sie gottverfluchter Narr! So wie Sie sprechen die Narren nun schon seit Jahrtausenden. Die Todeswelle wird über Sie hinweggehen, und Sie werden auch dann noch Predigten halten.«

»Diesmal nicht«, sagte ich. »Wir haben aus der Geschichte gelernt, vergessen Sie das nicht.«

Er lachte auf.

Ich sagte: »Doktor Rinka, ich weiß, was Sie für ein Mensch sind, wir haben drüben zu oft zusammen gesprochen. Reißen Sie sich zusammen und fangen Sie an zu arbeiten. Wie können Sie dieses Land und die Verzagtheit seiner Bewohner sehen, ohne daß Sie sofort dafür einspringen möchten!«

Die Glut in seinen Augen erlosch. Er ging wortlos zur Tür, als wollte er hinausgehen. Dann, stehenbleibend, wandte er mir sein Gesicht noch einmal zu. »Was habe ich noch mit diesem Lande zu tun?« fragte er. »Ich gehöre zu niemandem. Man hat mir die Ideen und Ideale aus dem Schädel herausgeschlagen. Ich bin ein Wolf unter Wölfen geworden. Eure verlogene Moral kotzt mich an. Sie kotzt mich an, verstehen Sie?!« Er unterbrach sich, sah mit leeren Augen auf den zerrissenen Fußboden, und ich bemerkte, wie sich der Ausdruck in seinem Gesicht langsam veränderte. Er begann wieder spöttisch zu lächeln. Die eine Hand auf dem Türgriff, die andere in der Tasche, fragte er plötzlich mit gänzlich veränderter Stimme: »Sie haben wirklich kein Brot mehr?«

Ich schüttelte den Kopf.

»Dann leben Sie wohl, Sie Narr!« sagte er böse und ging.

Ich hörte seine Schritte auf dem Gang draußen verhallen und blieb eine Weile regungslos und in Gedanken verloren stehen. Die Nächte am Mississippi waren nicht mehr, wir waren wieder in der Heimat, in Deutschland, und er hatte Angst. Weshalb aber hatte er mich erschreckt, wie war es möglich, daß er mich einen Augenblick hatte anstecken können mit seiner Furcht? Ich erinnerte mich deutlich: Die Furcht war in mir hochgekrochen, als er zu mir sprach, und ich sah mich untergehen mit ihm, versinken ins Nichts, aufgelöst im grauen Meer der Verzweiflung. Wie war es möglich?

Ich ging ins Zimmer zurück und sah hinaus in die Nacht. Lange stand ich so, ratlos und verwundert, und dachte über diesen Mann nach und über die Furcht, die er in mir ausgelöst hatte. Dann setzte ich mich an den Tisch und blickte auf mein unfertiges Manuskript. Aber ich konnte in dieser Nacht nicht schreiben, zu viele Gedanken plagten mich und ließen mich nicht zur Ruhe kommen.

V

Kostler hatte während des ganzen Konzertes keinen Ton gesagt, erzählte Steffi. Auch als sie hinaus auf die Straße traten, war er schweigsam. Einmal, in der Pause, murmelte er: »Ist es nicht unvergleichlich –?« Sie antwortete nicht. Sie fühlte sich beklommen und dachte: Was will er? Warum geht er mit mir aus und nicht mit Leuten, die seinesgleichen sind? Verdammt, was steckt dahinter?

Die Straße war in das sanfte Licht des Abends gehüllt, die Menschen, die das Konzertgebäude verlassen hatten, blieben stehen und lächelten wie in früheren Tagen. Kostler sagte: »Lassen Sie uns ein wenig die Straße hintergehen.« Sie gingen an den zusammengestürzten Ruinen der Häuser vorbei und wurden sie nicht gewahr. Aber sie fühlten mit aller Deutlichkeit den warmen Abendwind, der ihre Wangen umspielte, und atmeten den betäubenden Duft ein, der den breiten Kronen der Bäume entströmte. Ein paar amerikanische Soldaten gingen an ihnen vorbei, sie wiegten sich in den Hüften und sangen leise. Eine alte Frau sagte wehmütig lächelnd: »So haben wir früher auch gesungen...« Plötzlich war es Steffi, als ginge ihr Mann Hannes neben ihr. Sie war zwanzig Jahre alt und sah ihn verliebt an, und er sagte: »Noch zwei Jahre, dann mache ich die Meisterprüfung, und dann höre ich auf, für andere zu arbeiten!«

Für eine Sekunde war sie glücklich, die eine Sekunde brachte ihr die ganze Atmosphäre der vergangenen Jahre zurück, die Spaziergänge an den lauen Abenden, ihr jubelndes Herz und die tiefe Stimme ihres Mannes, der in zwei Jahren die Meisterprüfung machen würde.

»Ich wäre am liebsten davongelaufen«, erzählte sie mir. »Es ist alles viel schwerer zu ertragen, wenn die Abende lau sind und die Bäume duften. Weißt du, was ich meine?«

Ich wußte es.

Kostler ging schweigsam neben ihr, vielleicht dachte er darüber nach, was er zu ihr sagen sollte. Sein Gesicht hatte einen verlorenen, grüblerischen Ausdruck. Sie sah ihn verstohlen an und fühlte mit einem Male, daß auch er einsam war. Das war es, auch er mußte einsam sein! Sie begann zu lächeln. Ein junges Paar kam ihnen entgegen, das junge Mädchen hatte eine weiße Blume im Haar, sie lachte laut und sagte: »Hat er das wirklich gesagt? Ich lache mich tot!« Und der junge Mann erwiderte: »Er hat noch viel mehr gesagt, er ist eine ganz komische Nudel!« – und sie lachten beide laut und glücklich.

Sie berührte den Arm Kostlers und sagte leise: »Warum sagen Sie nichts? Der Abend ist so schön.« Das waren die Worte, die sie sprach, aber der Sinn in ihnen war: Lassen Sie auch uns ein wenig glücklich sein und vergessen. Ich weiß nicht, was Sie von mir wollen, es soll mir auch gleich sein, aber lassen Sie uns versuchen, das Glück der beiden jungen Leute nachzuahmen –

Er fuhr aus seinem Grübeln hoch und sah sie verlegen lächelnd an. »Verzeihen Sie –«, sagte er. Dann, nachdem sie ein paar Schritte gegangen waren, sagte er plötzlich: »Ich hatte einen Jungen, er war genauso alt wie der junge Mann eben. Er ist in Frankreich gefallen.«

»Oh –«, sagte sie.

Der Schatten war wieder da, der Krieg. Hannes und Ännchen waren auch tot. Die Bäume begannen mit doppelter Süße zu duften, und die Luft war mild und weich und voller wehmütiger, bitterer Traurigkeit. Sie machte eine gewaltsame Anstrengung. Ich bin jung, dachte sie, ich will nicht traurig sein, heute nicht, verzeih mir, Hannes.

»Warum haben Sie gerade mich genommen?« fragte sie unvermittelt.

Er wandte den Kopf nicht, als er antwortete: »Ich weiß es nicht, ich könnte es Ihnen nicht genau sagen.« Aber seine Stimme war unsicher.

»Und weshalb führen Sie mich heute abend aus?«

»Auch das könnte ich Ihnen nicht sagen. Ich hätte auch mit jemand anderem ausgehen können, oder allein, aber Sie waren da, und ich fragte Sie. Waren Sie sehr beunruhigt?«

»Ja«, sagte sie. »Ich weiß genau, daß ich nicht zu Ihnen passe. Sie gehören zu ganz anderen Leuten. Was wollen Sie mit mir?«

»Hören Sie auf«, sagte er.

Er blieb stehen. Sie verweilten eine Zeitlang im Dämmer der warmen Straße und sahen einander an. Er ist ein fremder Mensch, dachte sie, ich brauche mich nicht um ihn zu kümmern, ich brauche noch nicht einmal auf ihn zu hören und kann weggehen, wenn ich will. Er gehört nicht zu mir, ich habe nichts mit ihm zu schaffen, er sieht nicht so aus wie Hannes oder wie Hannes' Vater, er beschäftigt eine Menge Leute, und ich bin bei ihm angestellt.

»Was wollen Sie mit mir?« fragte sie noch einmal.

»Verstehen Sie mich nicht falsch«, sagte er leise, »aber als ich Sie gestern nachmittag sah, wußte ich sofort, daß Sie und ich etwas Gemeinsames haben. Ich sah in Ihrem Gesicht eine Verwandtschaft mit mir, die mich vom ersten Augenblick an beeindruckte. Haben Sie es nicht auch gefühlt?«

Sie sah ihn sprachlos an.

»Ja«, sagte er eindringlich. »Sie und ich, wir gehören zusammen. So wie Ihr Gesicht aussieht, so sieht meine Seele aus. Sie haben viel durchgemacht, nicht wahr? Man kann es Ihrem Gesicht ansehen. Mir kann man nichts ansehen, aber glauben Sie mir, mir gehörte eigentlich das gleiche Aushängeschild wie Ihnen.«

»Mein Gott«, sagte sie.

»Gehen Sie nicht weg«, flüsterte er. »Nein. Hören Sie zu, was ich Ihnen sagen will, und erschrecken Sie nicht. Dieses Ihr Gesicht ist wie ein Spiegelbild unserer Zeit. Ihr Ausdruck fasziniert mich, Ihr Lächeln tut mir weh. Sie haben viel geliebt, man kann es sehen, und man hat versucht, Ihnen die Seele zu zerstören. Sie haben sich verkauft und verschenkt und haben kein Glück empfunden. In Ihrem Innern hockt die Furcht, die graue, gnadenlose Furcht, und Sie versuchen ihr zu entrinnen mit der gleichen hoffnungslosen Anstrengung, mit der eine Fliege, die sich im Spinngewebe verfangen hat, versucht, sich zu befreien. Das aber, was Ihr Gesicht erzählt, steckt tief in mir. Die Furcht sitzt auch in mir und versucht, mich zu zerstören, aber können Sie etwas davon in meinem Gesicht entdecken?«

Das alles sagte der fremde Mann Kostler an jenem Abend in der dunklen Straße zu Steffi. Als sie es mir erzählte, war ein Ausdruck tiefen Erstaunens in ihrem Gesicht, der gleiche wohl wie in dem Augenblick, als sie vor Kostler stand. Ich unterbrach sie und fragte: »Hat er von der Furcht gesprochen, hat er gesagt, daß sie ihn zu zerstören versucht, wie du es mir erzählst?«

»Ja«, sagte sie, »genau so hat er gesprochen.«

Ich dachte an Doktor Rinka. »Was hast du dabei gedacht?« fragte ich Steffi. »Erzähle mir genau, was in dir vorgegangen ist!«

Sie konnte nichts über sich sagen. Sie hatte noch nie einen Menschen so sprechen hören wie Kostler, und in ihr war nichts als dieses grenzenlose Erstaunen. Sie dachte: Was sind das alles für Worte? Er spricht wie ein Schauspieler im Theater, Hannes hätte nie so ein Wort in den Mund genommen, ich hätte ihn nie lieben können, hätte er je so zu mir gesprochen! – Dann wandte sie sich jäh von ihm und begann die finstere Straße entlangzugehen. Kostler blieb dicht an ihrer Seite. Er rang nach Worten, manchmal machte er den Anlauf zu einer Bemerkung, aber es blieb dabei. Schließlich gab er es auf. Sie gingen wortlos durch die dunkle Stadt. Der schwere Duft des Holunders hing in den nächtlichen Straßen, er kam von den Büschen, die in den Ruinen wuchsen. Aber die Menschen standen nicht mehr beisammen und scherzten, sie eilten, sich mißtrauisch ansehend, durch die Dunkelheit nach Hause.

Einmal noch, im Schatten, nahm er ihren Arm und sagte: »Bitte, bleiben Sie stehen. Beantworten Sie mir noch eine Frage.«

Sie blieb stehen, aber sie sah ihm nicht mehr ins Gesicht, ihr Blick war auf das schwarze Pflaster gerichtet, auf dem sie standen. Sie dachte: Was will er? Warum spricht er nicht so zu seinesgleichen und läßt mich damit in Ruhe? Ich habe nie so etwas gehört und weiß nicht, wie ich ihm antworten soll –

Doch Kostler kam nicht dazu, seine Frage zu stellen. Gerade als er beginnen wollte, hörten sie Stimmen auf der anderen Straßenseite, tiefe, böse, knurrende Stimmen, und er schwieg.

Drüben auf der anderen Straßenseite gingen drei Männer. Es war finster, aber sie konnten die drei Gestalten erkennen, zwei große und eine kleine. Sie blieben stehen und eine Stimme fragte: »Was hat also der Serbe gesagt?«

Es kam keine Antwort. Sie konnten sie jetzt besser erkennen. Der kleinste der drei Männer hielt den Kopf gesenkt. Der eine Große stellte sich vor ihm auf und fragte noch einmal: »Ich will wissen, was der Serbe gesagt hat, verstehst du?«

Es war still.

»Er will nicht heraus damit«, sagte der andere. »Er spricht nicht mit jedem.« Plötzlich schrie er: »Wir wollen wissen, was der Serbe gesagt hat, du verfluchtes Schwein! Heraus mit der Antwort, oder es geht dir schlecht! Was hat der Serbe gesagt?«

Der Kleine antwortete nicht. Er stand da mit gesenktem Kopf und sagte keinen Ton.

»Er hat die Sprache verloren«, sagte der eine und lachte. Noch während er lachte, griff er den Kleinen plötzlich von hinten um die Arme und sagte: »Frag ihn jetzt noch einmal, Stanislaus, frag ihn, und wenn er nicht antwortet, schlägst du ihm die Fresse kaputt!«

Der andere stellte sich vor den Kleinen hin und fragte leise: »Nun, mein lieber Joseph, was hat er gesagt, der Serbe?«

Gleich darauf hörten sie die Schläge. Sie hörten nichts anderes als das Aufklatschen der Faustknochen auf das Gesicht des Kleinen. Die Schläge fielen regelmäßig, ihr dumpfer Laut durchdrang die stille, zerstörte Straße und verlor sich im dunklen Gewirr des Gemäuers.

Steffi seufzte.

Kostler, der noch immer ihren Arm hielt, drückte ihn so fest, daß es schmerzte. Sie fühlte, wie er zitterte. Sie standen bewegungslos und rührten sich nicht. Auch in dieser Straße hing der Duft der Bäume, und über ihnen flimmerten die Sterne. Plötzlich flüsterte er: »Denken Sie an die C-dur-Sonate heute abend –«

»Um Gottes willen, schweigen Sie!« flüsterte sie zurück.

Drüben sagte eine Stimme: »Wirf ihn hin, es ist nichts mehr los mit ihm. Wir werden es sowieso herausbekommen.«

Der andere sagte verächtlich: »Mistvieh!«

Die zwei Gestalten verschwanden.

Auf dem dunklen Pflaster blieb ein länglicher schwarzer Haufen zurück. Kostler ließ Steffis Arm los. »Lassen Sie uns gehen«, flüsterte er.

»Nein«, sagte sie und ging hinüber auf die andere Straßenseite. Er folgte ihr. Sie beugte sich über die dunkle Gestalt und fragte zitternd: »Können wir Ihnen helfen? Sagen Sie, was wir tun sollen.« Sie richtete sich wieder auf. »Was können wir tun?« fragte sie außer sich. »Um Himmels willen, was können wir tun?«

»Wir werden die Polizei benachrichtigen«, sagte Kostler unruhig.

Der dunkle Mann auf dem Pflaster bewegte sich. Er hob den Kopf und spuckte leise fluchend aus.

»Was können wir für Sie tun?« fragte Steffi und beugte sich zu ihm nieder. »Können Sie aufstehen? Sollen wir Ihnen helfen?«

»Geht zum Teufel!« sagte der Mann mit undeutlicher Stimme und spuckte.

»Aber können Sie aufstehen?«

»Geht zum Teufel!« sagte der Mann noch einmal. Er setzte sich auf und begann an seinem Kopf herumzudrücken. »Warum steht ihr so dumm da und glotzt?« rief er plötzlich wütend. »Verschwindet! Seht zu, daß ihr in die Betten kommt, ihr Hurengesindel!«

»Lassen Sie uns gehen«, sagte Kostler.

Sie gingen wieder auf die andere Straßenseite hinüber. Er wollte ihren Arm nehmen, aber sie riß sich von ihm los. »Wo wohnen Sie?« fragte er. »Lassen Sie mich Sie nach Hause begleiten.«

»Nein!« rief sie außer sich. »Nein!« – und sie rannte von ihm fort ins Dunkel.

VI

Ich hatte die beiden Frauen gleich in der ersten Zeit meiner Heimkehr kennengelernt. Molly sah mich eines Tages in meiner gefärbten Uniform über den langen Gang gehen und rief mich an. »Kommen Sie in mein Zimmer«, sagte sie, »ich möchte Sie etwas fragen!« – Da saß ich und sah auf ihr geschminktes Gesicht und auf ihre übereinandergeschlagenen Beine, und mir wurde merkwürdig zumute. Sie fragte mich, ob ich etwas von dem Unteroffizier Fiedler gehört habe, er sei bei Leningrad gewesen und dann bei Witebsk und zuletzt auf der Krim. Ich hatte nie etwas von ihm gehört. »Glauben Sie, daß er wieder nach Hause kommt?« fragte sie. Wie sollte ich das wissen? Ich sagte: »Natürlich kommt er nach Hause. Die meisten kommen nach Hause.« Sie sagte: »Man sollte ihnen allen den Leib aufreißen und Pfeffer hineinstreuen!« – Ich wußte nicht, wen sie damit meinte.

Dann kam Steffi hinzu, und sie gefiel mir sofort. Ich weiß nicht, woran es lag, aber sie erinnerte mich trotz ihrer ordinären Aufmachung an meine Mutter. Meine Mutter ist tot. In ihrer Jugend war sie Dienstmädchen gewesen, und ich hatte ein Bild von ihr aus dieser Zeit: Sie saß auf einem unbequemen Stuhl und hielt ein Buch in der Hand, das ihr der Fotograf gegeben haben mochte. Das angestrengte Lächeln in ihrem Gesicht war rührend, es gab mir jedesmal einen Stich, wenn ich es sah. Manchmal betrachtete ich das Bild lange, ich dachte: Was hast du gedacht in diesen Jahren, wie sahen deine Träume aus, welche Hoffnungen und Sehnsüchte wohnten in dir, als du die Wohnungen anderer Leute säubertest, als deine Hände anfingen rissig und schwielig zu werden, und dich des Abends der Rücken schmerzte?

Steffi und Molly führten das Leben vieler Frauen dieser Tage: Sie arbeiteten nicht, sie waren Gelegenheitshuren. Das Geld war billig und leicht zu beschaffen. Aber ich sah, daß sie nicht glücklich waren, wie sehr sie sich auch den Anschein gaben, es zu sein. Eines Nachts sagte ich zu Steffi: »Mach Schluß mit diesem Leben, es hilft dir nicht vergessen, und eines Tages müssen wir wohl alle wieder von vorne anfangen.«

Wir waren gute Freunde geworden. Es war eine merkwürdige Freundschaft: Sie trieb es mit anderen Männern, und ich tröstete sie, wenn sie verzweifelt war; ihre Bekanntschaften störten mich nicht – wenn sie davon sprechen wollte, war es ihre Sache. Doch sah ich, daß sie nicht glücklich dabei war.

»Was hat es für einen Sinn?« fragte sie. »Es ist alles gleich. Was habe ich davon gehabt, daß ich gearbeitet und geheiratet habe und anständig war? Kannst du es mir sagen? An mir hat es nicht gelegen –«

»Es wird wieder alles anders werden«, sagte ich.

»Nein«, sagte sie. »Ich glaube es nicht.«

Nach einem jener wilden Abende, an denen sie sich betrank und sie in Gesellschaft irgendwelcher Männer aus den Armen des einen in die des andern ging, kam sie in meine Bude, warf sich auf den Diwan und sagte: »Ich will nicht mehr!«

Ich ließ sie weinen.

Sie schlug mit den Fäusten auf die Kissen und schrie mit erstickter Stimme: »Ich will nicht mehr! Ich will nicht mehr!« –

Als sie sich müde geweint hatte, stand sie auf und ging, ohne einen Ton zu sagen. Ich hielt sie nicht. Was hätte ich ihr sagen können? Ich hatte ihr genug erzählt, sie mußte jetzt selbst sehen, wie sie sich wieder in die Hand bekam.

Aber es war nicht einfach für sie. Oft blieb ich auf dem Gang stehen, wenn ich nachts nach Hause kam, und hörte sie in ihrer Bude lachen oder mit trunkener Stimme streiten. Es war das ihre Sache, es ging mich nichts an. Sie kam des Nachts zu mir, halbnackt und betrunken, und ich tröstete sie. Ich kannte sie in- und auswendig und konnte sie gut leiden, aber die Unterhaltungen mit ihr halfen nicht, meine Einsamkeit zu verscheuchen. Es war nicht genug, daß ihr Gesicht und ihre Sprache mich an etwas erinnerten, nein, es war nicht genug. Wir hatten zuwenig gemeinsam. Sie kam und ging, und ich konnte ihr nicht böse sein, aber ich spann sie nicht in meine Träume ein, und wenn ich des Nachts in irgendeiner Straße stehenblieb und stumme Fragen stellte, kam von ihr ebensowenig eine Antwort, wie von den tausend unbekannten anderen, an die ich die unausgesprochenen Worte richtete.

Und doch – sie war mir nicht gleichgültig. Als ich an jenem Morgen nach ihrem Konzertbesuch mit Kostler erwachte, wußte ich sofort, daß sie noch im Bett lag. Ich ging hinüber in ihr Zimmer. Sie lag im Bett, aber sie schlief nicht, sie lag da und starrte mit offenen Augen zur Decke.

»Was ist los?« fragte ich.

Sie gab keine Antwort.

»Steh auf, Steffi«, sagte ich, »sei vernünftig. Ich gehe wieder, aber du mußt sofort aufstehen.«

»Nein«, sagte sie. »Ich will nicht!«

»Was ist los?« fragte ich. »Ist etwas passiert?«

In dem anderen Bett lag Molly und ein Mann, den ich noch nie gesehen hatte. Er wandte den Kopf, sah mich mit halbgeöffneten, verschlafenen Augen an, drückte seinen zerzausten Kopf an Mollys Schultern und schlief wieder ein.

Auf dem Tisch standen eine halbleere Flasche und einige Gläser. Das Fenster war geschlossen, es roch stickig im Zimmer. Ich setzte mich auf die Kante von Steffis Bett.

Sie drehte den Kopf zur Wand und sagte: »Es hat keinen Zweck. Bitte, geh wieder, ich bleibe zu Hause.«

Nein, sie war mir nicht gleichgültig. Ich griff unter die Bettdecke, fand ihre Hand und drückte sie. »Mach keinen Unsinn«, sagte ich. »Du kannst mir heute abend erzählen, was geschehen ist, jetzt aber mußt du aufstehen!«

Sie hielt weiter den Kopf zur Wand gedreht. Ich stand wieder auf, öffnete das Fenster und entzündete den Gasherd.

»Gib dir keine Mühe«, flüsterte Steffi.

Ich setzte das Wasser auf und sagte: »Halt den Mund und steh auf!«

»Ach«, flüsterte sie, »du verstehst nichts —«

Das Wasser begann heiß zu werden. Ich spülte die Kanne aus und warf Kaffee hinein. Der fremde Mann erwachte erneut, er drehte mir das Gesicht zu und sah mich unverwandt an. Ich schnitt, als der Kaffee fertig war, ein paar Brote und legte sie auf einen Teller. Dann ging ich an Steffis Bett zurück. »Du hast nur noch zehn Minuten«, sagte ich. »Mach dich schnell fertig. Komm, wenn du den Kaffee getrunken hast, hinüber in mein Bude und hole mich ab, ich gehe ein Stückchen mit dir.«

Sie antwortete nicht.

Ich wandte mich an den fremden Mann und sagte: »Hör her, Jankowitsch, oder wie du heißt: Die Dame im Nebenbett will jetzt aufstehen. Dreh dich solange um und gib dir recht schöne Mühe, wieder einzuschlafen. Es ist sowieso noch zu früh für dich, aufzustehen.« Dann lächelte ich Steffi noch einmal zu und ging.

Sie kam nach wenigen Minuten zu mir herüber. Ihr Gesicht war noch schlimmer bemalt als gewöhnlich, und sie hatte das verfluchte grünseidene Kleid angezogen, das zum Zerplatzen eng war und die Brust und die Beine sehen ließ. Wir gingen hinunter auf die Straße. Sie war mürrisch und beantwortete meine Fragen kaum. Ein paar Männer sahen ihr dreist ins Gesicht und drehten sich nach ihr um.

Ich fragte: »Was ist los, Steffi, warum willst du nicht mehr arbeiten gehen?«

»Ach, sei still«, sagte sie. »Du verstehst es doch nicht.«

»Was ist daran so schwierig, daß ich es nicht verstehen kann?« fragte ich.

Sie gab mir keine Antwort. Ich dachte: Sie wird es mir schon erzählen, und fragte nicht weiter. Vor dem Hause, in dem sie arbeitete, blieben wir eine Weile. Sie stand vor mir in ihrer billigen Aufmachung und blickte auf das Pflaster. Ich hätte ihr gern etwas Liebes gesagt, aber es fiel mir nichts ein. »Du mußt jetzt hineingehen«, sagte ich schließlich.

Ein dicker, rothaariger Mann trat auf uns zu, lüftete den Hut und sagte: »Guten Morgen, Fräulein Müller, gehen Sie hinauf?«

»Ich komme gleich«, sagte Steffi, und er ging wieder.

»War das der Dicke, von dem du erzähltest?« fragte ich. Sie nickte.

»Und vor dem hast du Angst?« fragte ich. »Wirf ihm ein Tintenfaß in die Fresse, wenn er frech wird.«

»Ich habe keine Angst«, sagte sie.

Ich nahm ihre Hand. »Auf Wiedersehen bis heute abend«, sagte ich. »Ich hole dich ab. Steffi, vergiß nicht: Mutter wird fleißig und tapfer sein.«

Sie sah mich unglücklich an und ging in den Hauseingang. Ich ging auf die andere Straßenseite hinüber und beobachtete von dort aus das Tor. Vielleicht kommt sie zurück, dachte ich. Vielleicht tut sie nur so, als ob sie hinaufginge, und kommt wieder auf die Straße zurück und geht ihrer Wege! – Aber als eine halbe Stunde vergangen war, ohne daß sie sich zeigte, ging ich davon. Was wird ihr Chef denken, wenn er sie in dem Grünen sieht? dachte ich. Ich hatte noch nie eine Sekretärin getroffen, die so aussah wie Steffi.

Als ich nach Hause kam, saß Doktor Rinka in meiner Bude und las in meinem Manuskript. Ich riß es ihm aus der Hand und sagte wütend: »Wer hat Ihnen das Recht gegeben, darin herumzuschmökern?«

»Warum so aufgeregt?« fragte er grinsend. »Man wird es drucken, und dann kann es ein jeder lesen. Warum darf ich es nicht lesen?«

Er sah sehr schlecht aus. Seine gefärbte Uniform war verbeult und voller Falten, er hatte sicher darin geschlafen. In seinem Gesicht standen schmutzige Bartstoppeln, die Augen hatten rote Ränder.

Meine Wut legte sich augenblicklich. »Glauben Sie, daß man es druckt?« fragte ich eifrig. »Finden Sie es gut?«

»Nein, ich finde es nicht gut«, sagte er gleichmütig, »aber man wird es drucken. Haben Sie einen Schluck Kaffee?«

»Warten Sie einen Augenblick«, sagte ich.

Ich ging hinüber zu Molly. Der Mann, der neben ihr gelegen hatte, war weg. Sie war wach, hatte die Arme hinter dem Kopf verschränkt und sah mich gleichgültig an, als ich eintrat. »Der Vogel ist schon wieder ausgeflogen«, sagte sie. »Du hast kein Glück.«

»Hör her, Molly«, sagte ich. »Drüben bei mir sitzt ein Kamerad. Hast du etwas Kaffee für ihn?«

»Was ist es für einer?«

»Ein Kamerad. Ich habe mit ihm in Amerika Baumwolle gepflückt. Sei nett und gib ihm etwas Kaffee.«

»Es ist gut«, sagte sie. »Kommt in fünf Minuten herüber.«

Sie hatte die Betten gemacht und den Kimono angezogen, als wir in die Stube traten. Vom Tisch her duftete Kaffee, auf einem Teller lag ein Haufen bestrichener Brote. Ich sah, wie sich Rinkas Gesicht schmerzhaft zusammenzog, als ihm der Kaffeeduft entgegenschlug, seine Backenknochen traten scharf hervor, die Stirn begann sich zu furchen. Seine rechte Hand ballte sich zur Faust, er schob sie langsam in die Tasche.

»Setzen Sie sich und essen Sie«, sagte Molly freundlich.

Er holte die Faust aus der Tasche, seine Finger spreizten sich wieder, und er griff wortlos nach dem Brot. Molly füllte seine Tasse. »Sie vergessen zu trinken«, sagte sie lächelnd.

Er beachtete sie nicht und stopfte das Brot in seinen Mund mit einer solchen Hast, als befürchte er, man nähme es ihm jeden Augenblick wieder fort. Ich beobachtete ihn erschüttert. Seine Augen waren gierig auf den Teller gerichtet während er aß, das Haar hing ihm in die Stirn, seine Knie zitterten. Mein Gott, ich kannte den Hunger, ich hatte selbst gehungert und wußte, was er in diesen Minuten erlebte. Ich blickte auf und sah in Mollys Augen, sie waren feucht, es zuckte in ihrem Gesicht, sie versuchte zu lächeln und nickte mir hilflos zu. Sie war ein guter Mensch, verdammt, ich wollte nichts mehr gegen sie sagen. Wir sahen uns eine Weile stumm an, dann stand ich auf, trat ans Fenster und sah hinaus. Auch Molly stand auf und stellte sich neben mich. Es war sehr still im Zimmer, wir hörten nichts als das Kauen Rinkas. Nach einer Weile drehte ich mich um. Rinka hatte alles gegessen, was auf dem Tisch war, er saß in seinem Stuhl und sah mich an.

»Das tat gut«, sagte er. »Ich war hungrig wie ein Wolf.«

Seine Stimme klang heiser. Ich sah, wie er versuchte, sich ein gleichmütiges Aussehen zu geben – es gelang ihm nicht, die gewaltsame Spannung, das unerhörte Erlebnis der Sättigung hinterließen ihre Spuren in seinem Gesicht. Wäre er jetzt allein, würde er heulen, dachte ich. Ich kannte es, mir konnte er nichts vormachen. Er sah mich eine Weile an, dann senkte er den Blick. Er starrte einen Augenblick auf den leeren Teller. Plötzlich lachte er nervös. »Ihr habt gar nichts gegessen«, sagte er.

»Oh, wir haben schon gegessen«, sagte Molly eilig. »Trinken Sie mehr Kaffee. Warum trinken Sie nicht –«

Wir setzten uns wieder.

Er blickte auf den großen Akt direkt über Steffis Diwan, den der Maler, der vorher die Bude besaß, gemalt hatte, und sagte: »Das ist nicht schlecht. Wer hat es gemalt?«

»Er ist gefallen«, sagte ich.

»Sehen Sie nicht hin«, sagte Molly. »Wenn ich einen großen

Wandbehang hätte, würde ich es zudecken. Sie hat überhaupt nichts an.«

»Es ist gut, daß sie nichts anhat«, sagte Rinka. »Der Bursche, der sie an die Wand zauberte, konnte malen. Sehen Sie die schöne Linie der Hüften und des Leibes.«

Molly sagte: »Hören Sie auf. Es ist eine Schweinerei, die Zimmer mit solchen Sachen vollzuschmieren. Jeder Mann, der hier hereinkommt, glotzt sie an und denkt sofort die schlimmsten Sachen von mir. Wenn ich mal Tapeten kriege, wird alles zugedeckt.«

Rinka grinste. Er sah mich an und sagte: »Schreiben Sie das in Ihr Buch.«

Ich dachte: Vor zehn Minuten noch hast du wie ein Tier gefressen, und jetzt bist du schon wieder frech! – Er saß in einer fremden Wohnung, Molly hatte ihm Brot gegeben, und er hatte sich noch nicht einmal dafür bedankt. Aber was ging es mich an? Ich wollte nicht mehr über ihn nachdenken. Wir waren zusammen in Gefangenschaft gewesen, aber was bedeutete das? Jetzt waren wir wieder in Deutschland, und ich brauchte mir nichts mehr aus ihm zu machen. Ich stand auf und sagte: »Ich muß gehen. Sie bleiben wohl noch ein Weilchen?«

»Ich weiß nicht –«, sagte er und sah Molly an.

»Bleiben Sie nur«, sagte Molly. »Erzählen Sie mir etwas über Amerika.«

»Wenn es Ihnen recht ist –«

»Ja, bleiben Sie.«

»Sie können Molly mit den ästhetischen Prinzipien der Kunst vertraut machen«, sagte ich boshaft. »Erklären Sie ihr, warum die Linie des Leibes schön ist, und warum es besser ist, daß sie nichts anhat.«

»Mit Vergnügen«, sagte er. »Im übrigen wissen Sie, daß mir die ganze Kunst zum Halse heraushängt. Mir kann jede Linie gestohlen bleiben. Ein ordentliches Abendbrot ist mir zur Zeit wichtiger als alle Bilder der französischen Impressionisten zusammen.«

»Wovon sprecht ihr?« fragte Molly.

»Sie wissen, daß Sie auf mich keinen Eindruck mehr machen können«, sagte ich zu Rinka. »Ich habe Sie durchschaut. Ihr ganzes Gerede ist nichts als Gerede. Versuchen Sie es bei Leuten, die ebenso haltlos sind wie Sie selbst.«

»Sie sind verrückt«, sagte er. Seine Stimme klang gelangweilt. »Sie sind ein romantischer Moralist aus der Zeit vor neunzehnhundertdreiunddreißig. Eines Tages werden Sie sich die Nase einrennen.«

Molly sah ratlos von einem zum anderen. »Ich dachte, ihr seid Kameraden«, sagte sie. »Worüber streitet ihr euch?«

Rinka saß immer noch auf seinem Stuhl. »Er ist der gute Sandmann«, sagte er grinsend, »der den lieben Kinderchen Sand in die Augen streut, damit sie besser schlafen können.«

»Halten Sie die Fresse!« sagte ich wütend und ging.

VII

Eva Bach – so hieß das junge Mädchen, das im gleichen Büro wie Steffi angestellt war – mochte die zwanzig Jahre nicht überschritten haben. Sie war es, die die erste Frage an Steffi richtete, als diese zum erstenmal ins Büro ging. Steffi hatte mir ihr Aussehen geschildert und ich erkannte sie sofort, als sie gemeinsam aus dem Tor traten. Sie war schmal und hatte glatte blonde Haare und gute ruhige Augen. Steffi wirkte neben ihr in ihrem grünseidenen Kleid noch billiger. Ich beschloß, sie mit aller Gewalt zu überreden, das verfluchte Ding wegzuwerfen und sich nur ein Viertel der Farbe ins Gesicht zu schmieren. Ich sprach nur ein paar Worte mit Eva Bach. Als wir uns trennten, gaben wir uns die Hände – ich wäre noch gern länger mit ihr zusammen geblieben, aber sie lief davon.

»Sie scheint ein nettes Mädchen zu sein«, sagte ich, als Steffi und ich weitergingen. »Du mußt sie einmal einladen.«

»Ja«, sagte sie zerstreut. Dann sagte sie plötzlich: »Er

kommt heut abend zu uns nach Hause, und du mußt dabei sein. Du darfst ihn nicht mit Molly und mir allein lassen.«

»Von wem sprichst du?«

»Von Kostler. Von meinem Chef.«

»Bist du wahnsinnig?«

»Mach keinen Unsinn«, sagte sie. »Er kommt zu uns nach Hause. Heut abend ist er da, und du darfst uns nicht allein mit ihm lassen. Du bist so oft nett zu mir gewesen, tu mir auch heut abend den Gefallen und komm auf unsere Bude.«

»Aber was will er bei euch?«

»Ich weiß es nicht. Er will mich durchaus besuchen. Ich kam mit allerlei Ausreden, aber er bestand darauf.«

»Was ist denn das für ein komischer Vogel?« fragte ich. »Was will er eigentlich von dir?«

»Ich weiß es nicht«, sagte sie. »Er ist so sonderbar, ich weiß nicht, was er will. Wirst du bei uns sein?«

Wir gingen in ein Restaurant, um zu essen. Das Lokal war überfüllt, es roch nach Sauerkraut und gedämpften Kartoffeln. Wir fanden einen Platz, und ich hängte meinen Hut so auf, daß ich ihn im Auge behalten konnte. »Ich begreife es nicht«, sagte ich. »Was will er bei euch zu Hause? Was will so ein Mann wie dein Chef von dir?«

»Du fragst mich zuviel«, sagte sie.

»Ich gebe dir einen Rat«, sagte ich. »Fang mit ihm nichts an, es wird nur schiefgehen. Du bist dort, um zu arbeiten –«

Sie unterbrach mich. »Du verstehst nichts«, sagte sie ungeduldig. »Ich will von dem alten Hengst nichts wissen. Ich will überhaupt nichts mehr von ihnen wissen. Aber du stellst dir alles so einfach vor. Du sagst: Such dir eine Beschäftigung, und alles wird anders. Du machst dir keinen Begriff, wie schwer sie einem alles machen.«

»Einen Augenblick«, sagte ich und stand auf. Ein Mann setzte sich gerade meinen Hut auf. Ich nahm ihn ihm wieder vom Kopf und sagte: »Der Hut gehört mir, Jankowitsch. Er paßt dir übrigens gar nicht, er ist dir drei Nummern zu klein.«

»Oh«, sagte er lächelnd, »ein Irrtum.«

»Hau ab, kleiner Irrtümler«, sagte ich.

Er sah mich lächelnd an und ging.

Ich legte den Hut unter meinen Stuhl und sagte zu Steffi: »Warum hast du dieses verrückte grüne Kleid angezogen? Wundere dich nicht, daß dich alle Männer anglotzen. Es ist zwanzig Zentimeter zu kurz, und ich kann dir von hier aus bis zum Bauchnabel sehen.«

»Hör auf zu schimpfen«, sagte sie.

»Was hat Kostler gesagt, als du heute morgen in voller Kriegsbemalung erschienst?« fragte ich.

»Du solltest es gehört haben«, sagte sie. »Er sagte, es unterstreiche meine Persönlichkeit.«

Ich mußte lachen.

»Hör auf zu lachen«, sagte sie wütend. »Ich hasse dich!«

»Was ist das für ein Mann?« fragte ich. »Hat er wirklichen Sinn für Humor, oder ist er bloß verrückt? Wie kann dieser alte Knabe so etwas sagen?«

»Es ist deine Schuld«, sagte sie. »Du hast mir so lange zugesetzt, bis ich eine Stellung annahm. Jetzt wundere dich nicht, wenn sich allerlei entwickelt.«

»Wir streiten uns wie das beste Ehepaar«, sagte ich. »Und was ist eigentlich los? Du hast wieder angefangen zu arbeiten. Nichts weiter. Das ist in normalen Zeiten die einfachste Sache der Welt. Man nimmt eine Stellung an und fertig. Am Tage arbeitet man, und am Abend hat man allerlei andere Dinge zu tun, und am nächsten Tage geht man wieder arbeiten. Aber jetzt sind wir alle aus dem Gleis geworfen, und die einfachsten Dinge sind kompliziert.«

»Das ist alles gleich«, sagte sie ungeduldig. »Die Hauptsache ist, daß er heute abend kommt. Wirst du dabei sein? Sag ja.«

»Wie ist es mit Molly?«

»Ich weiß es nicht«, sagte sie. »Mir ist alles gleich. Wenn es ihm nicht paßt, kann er wieder gehen.«

»Vielleicht wird alles gut«, sagte ich.

Es war gegen sieben Uhr, als wir zu Hause ankamen. Ich

ging in meine Bude und sie in die ihre. Aber es dauerte nur wenige Minuten, dann war sie wieder bei mir. Sie trug ein Kleid über dem Arm und fragte: »Darf ich mich rasch bei dir umziehen? Bei Molly sitzt ein Kerl, den ich nicht leiden kann. Sie sagt, es sei dein Kamerad.«

»Rinka?« fragte ich verblüfft.

»Ich weiß nicht, wie er heißt«, sagte sie. »Ich weiß nur, daß ich ihn nicht leiden kann. Die zwei Minuten unseres Zusammenseins haben genügt.«

»Er sitzt schon seit heute morgen da«, sagte ich.

»Molly ist ganz närrisch mit ihm«, sagte sie, während sie das Kleid wechselte. »Er liegt auf ihrem Diwan und raucht ihre Zigaretten, und sie lacht über alles, was er sagt. Wo hast du diesen seltsamen Fisch bloß aufgegabelt?«

»Steffi«, sagte ich, »wenn dein würdiger Chef kommt, während Rinka noch da ist, wird die Sache nicht uninteressant.«

»Hör auf!« sagte sie. »Ich würde am liebsten alle zum Teufel jagen.«

Aus ihren Berichten und Erzählungen hatte ich mir nur ein ungenaues Bild über Kostler machen können. Er interessierte mich sehr. Seit dem Tage meiner Rückkehr hatte ich versucht, die Menschen, die mir begegneten, zu studieren; ich hatte versucht, ihre Blicke zu erhaschen und sie zu begreifen. Ich war begierig, von ihnen Antworten zu erhalten auf meine Fragen. Dieses Land sah trostlos aus, wenn man es sah, aber noch verheerender schien die Zerstörung in den Seelen der Menschen zu sein. Ein Haus kann wieder aufgebaut werden, es müssen nur die Steine dazu da sein. Wie sollten die Menschen den Druck, der ihre Seelen erdrosselte, von sich wälzen?

Kostler schien, den Erzählungen Steffis nach, keine Ausnahme zu bilden von denen, die, den Faustschlag des Schicksals noch immer verspürend, hilflos und wie halb betäubt nach einem Ausweg suchten. Aber er schien ein besonderer

Typ zu sein, und ich wollte ihn mir ansehen. Was hatte ihn auf die verrückte Idee gebracht, sich mit Steffi einzulassen? Die Vorstellung war grotesk: Ich sah, wie er vor dem Hause stehenblieb, ins Tor trat, die schmutzigen, halbdunklen Treppen emporkletterte und den Geruch von Kohl, von muffigen Wohnungen und feuchter Wäsche einatmete. Vielleicht erwachte er, drehte sich mitten auf der Treppe um und ging wieder nach Hause. Was wollte er in dieser Gegend, mit diesen Menschen, in diesem Milieu?

Als er ins Zimmer trat, standen wir alle auf, nur Doktor Rinka blieb sitzen. Er schien überrascht zu sein, so viele Menschen vor sich zu sehen, seine Augen gingen suchend von einem Gesicht zum anderen, er hüstelte. Dann verließ uns sein schweifender, verlegener Blick, er blieb an dem großen Akt über Steffis Diwan hängen. Kostler kniff die Augen zusammen und betrachtete ihn aufmerksam. So stand er da. Sein Anzug war von einem hellen Grau, er hatte den Hut abgenommen und hielt ihn in der einen Hand, die andere stützte sich auf den Stock.

Steffi sagte: »Geben Sie mir Ihren Hut, Herr Kostler, und setzen Sie sich.« Sie stellte uns vor. Er setzte sich, sah sie lächelnd an und sagte: »Sie wohnen recht nett hier, Fräulein Müller.«

Rinka begann zu grinsen.

»Es geht«, sagte Steffi.

»Das Zimmer ist nicht schlecht«, sagte Molly. »Machen Sie sich nichts aus den schweinischen Bildern an den Wänden. Sie waren schon da, als wir kamen. Sowie ich einen Handwerker bekomme, muß er sie übermalen.«

»Oh –«, sagte Kostler.

»Man denkt sofort die schlimmsten Dinge von uns«, fuhr Molly fort. »Aber wir haben damit nichts zu tun.«

»Die Bilder sind nicht übel«, sagte er.

»Sie müssen es ja wissen«, sagte Molly und lachte laut.

Ich beobachtete Doktor Rinka. Er lag halb zurückgelehnt auf Mollys Diwan und rauchte. Die roten Ränder unter seinen Augen waren verschwunden, sicher hatte er tagsüber geschlafen. Er sah mich nicht an. Sein Blick war voll offener Neugier auf Kostler gerichtet, und ich sah in seinen Augen ein boshaftes Aufglimmen, sein Mund verzog sich spöttisch. Er sagte: »Beachten Sie die schöne Linie der Hüften und des Leibes.«

»Richard!« rief Molly lachend. »Altes Schwein!«

Kostler sah ihn aufmerksam an.

»Diese Linien sind mir sofort aufgefallen«, sagte er. »Der Mann, der dieses Bild malte, hat einen guten Sinn für Formen gehabt.«

Molly kicherte.

Sie unterhielten sich eine Weile über das Bild. Es war sonderbar: Rinkas Augen waren während der Unterhaltung boshaft, das spöttische Lächeln verschwand nicht von seinem Gesicht, aber seine Worte waren höflich. Es war ein seltsames Schauspiel. Er lag da in seiner verbeulten, gefärbten Landseruniform, um seinen unrasierten Mund spielte jenes Lächeln, das ich vorher nie an ihm beobachtet hatte, und vor ihm saß Kostler, das ergraute Haar sorgfältig gekämmt, und beide diskutierten den Akt eines Malers, der irgendwo in der Welt verfaulte. Steffi sah ihnen sprachlos mit halbgeöffnetem Munde zu. Sie setzte sich zu mir und versuchte meinen Blick zu fangen. Ich nahm ihre Hand und drückte sie. Sie lächelte.

Molly öffnete eine Flasche und füllte fünf Gläser mit hellgelbem ungarischen Wein. Wir tranken. Der Wein war süß und schwer. Ich dachte: Vielleicht hat ihn der gebracht, den ich heut morgen weckte! Ich habe Jankowitsch zu ihm gesagt, sicher hieß er Janusch oder Bela... Das Glas in der Hand haltend, sah ich sie an und lächelte. Sie verstand mich. Auch sie begann zu lächeln und kniff das eine Auge zu. Dann drehte sie den Kopf ein wenig und nickte in die Richtung Rinkas. Ich schüttelte den Kopf und hörte nicht auf zu lächeln. Aber ich dachte: Er ist kein Idiot, ihm brauchst du nichts vorzumachen. Der Gedanke belustigte mich. Ich begann zu lachen.

»Was ist los?« fragte Steffi. »Warum lachst du?«

»Später werde ich es dir erzählen«, sagte ich.

»Er ist verrückt«, sagte Molly. Auch sie lachte.

Plötzlich sagte Rinka: »Wie finden Sie uns, Herr Kostler? Was denken Sie, wenn Sie so mitten unter uns sitzen und uns betrachten und an Ihre eigene Wohnung denken und an die Menschen, mit denen Sie gewöhnlich verkehren?«

»Hör auf, Richard«, sagte Molly.

»Was dachten Sie, als Sie die dreckige Treppe hochstiegen?« fragte Rinka unbekümmert weiter. »Die Wendeltreppe ist verdammt schmal, wie? Kriegten Sie keine Angst? Wurden Sie nicht von Gewissensbissen geplagt? Hatten Sie keine Lust, wieder umzukehren?«

Er wurde von Steffi unterbrochen. Sie stand auf und sagte: »He, Sie! Sie sind auch nur Gast! Versuchen Sie ein wenig höflicher zu sein!«

Molly sah besorgt von einem zum anderen. »Trinkt«, sagte sie, »und hört auf, euch zu streiten. Laß Herrn Kostler in Ruhe, Richard.« Sie holte eine zweite Flasche aus dem Schrank und öffnete sie. Es war Wacholderschnaps. Wer hatte den gebracht? Vielleicht hatte sie auch deutsche Verehrer.

»Was wollt ihr?« fragte Rinka. »Ich habe nur ein paar Fragen gestellt.«

»Ich weiß genau, was los ist«, sagte Steffi wütend. »Mir machen Sie nichts vor. Sie sind fremd hier und haben hier nichts zu suchen und wollen meinen Chef auf den Arm nehmen!«

Kostler hustete und sagte: »Sie sind im Unrecht, Fräulein Müller. Ich bin davon überzeugt, daß Doktor Rinka die Fragen aufrichtig gestellt hat, und ich will sie gern beantworten.«

»Nein! Antworten Sie nicht!« sagte Steffi. »Dieser Mann ist heute das erstemal hier und wird gleich frech. Ich kann ihn nicht leiden!«

»Sie tun ihm Unrecht«, sagte Kostler.

Ich nahm ihre Hand und zog sie auf den Diwan zurück. Für

einen Augenblick trafen sich Rinkas und meine Blicke. Ich wußte genau, was er wollte, und ich war wütend auf Steffi, weil sie verhindern wollte, daß Kostler gefragt wurde. Ich wandte mich an ihn und sagte: »Lassen Sie sich durch Steffi nicht stören. Sie hat ein bißchen getrunken und meint es nicht so.«

»Ich weiß es«, sagte er leise.

Rinka stand auf. »Was mich interessiert, ist das folgende«, sagte er. »Sie sehen so bürgerlich und honett aus, daß man Angst vor Ihnen kriegen möchte. Ihre ganze Erscheinung ist ein Anachronismus. Haben Sie sich verkleidet? Unmöglich. Wenn Sie aber echt sind, was wollen Sie dann von uns?«

»Er ist nicht zu Ihnen gekommen«, sagte Steffi.

Er grinste: »Ich weiß es«, sagte er. »Er ist zu Ihnen gekommen. Das verändert die Sache aber nicht wesentlich. Oder doch?«

Ich glaube nicht, daß Kostler je in seinem Leben so behandelt worden war wie an diesem Abend. Und doch ging er nicht. Er saß da und sah aufmerksam auf Rinka. Sein Gesicht war todernst, die Augen hinter seinen Brillengläsern hatten einen müden, alten Ausdruck. Ich kam mir plötzlich ungeheuer jung vor in seiner Gegenwart, dieses Gefühl machte mich glücklich und egoistisch, ich konnte keine Sympathie für ihn aufbringen. Die Fragen Rinkas konnten ebensogut von mir gestellt worden sein – ich fühlte in dieser Minute eine Gemeinsamkeit mit ihm, auch ich wollte fragen. Mir wurde der tiefere Sinn der Bemerkungen Rinkas sofort klar, und ich war davon überzeugt, daß er auch Kostler klar war. Vielleicht wollte er darüber sprechen. Wir mußten ihn zum Sprechen bringen, er sollte antworten auf das, was mich beschäftigte. Ich sagte: »Herr Kostler, was hoffen Sie hier zu finden? Warum haben Sie Ihren sicheren Bau verlassen und sich hierher gewagt?«

Steffi sah mich erschrocken an. Molly fing kreischend an zu lachen, sie war schon wieder fertig. Sie rief: »Frag ihn doch nicht so dumm. Herr Kostler ist ein langverheirateter Ehemann, und er hat seine gewissen Gründe!«

»Mein Gott«, flüsterte Steffi.

Rinka trank sein Glas leer, blickte zu Kostler hinüber und sagte: »Einsam, wie?«

»Was meinen Sie?« murmelte Kostler.

Rinka beugte sich vor. Sein Gesicht verzog sich, er grinste böse. »Mir erzählen Sie nichts«, sagte er. »Ich werde Ihnen sagen, was mit Ihnen los ist. Sie hängen in der Luft und haben Angst zu fallen. Sie versuchen, sich allerlei einzureden, aber es hilft Ihnen nichts. Eines Tages gehen Sie unter.«

Kostler starrte ihn wortlos an.

»Mir machen Sie nichts vor«, fuhr Rinka fort. »Sie sind schon gerichtet. Das Urteil ist schon unterschrieben, und Sie wissen es. Ihre Zeit ist vorbei, unwiderruflich vorbei. Sie gehen unter, wie alles andere untergeht. Nichts kann Sie mehr retten —.«

Ich hatte es schon einmal gehört, ich wußte, was er meinte. Wie aber stand es mit diesem Herrn Kostler? Glaubte er, eine Höhle Irrsinniger geraten zu sein? Wir hatten ihn plötzlich mit unseren Fragen angefallen, wie Jagdhunde einen gehetzten Hirsch anfallen. Da saß er in seiner ältlichen Vornehmheit, und vor ihm saß grinsend Rinka, unrasiert und in seiner verbeulten Uniform, und sah ihn lauernd an. Meine Fragen waren anders als die seinen, sie hingen aber doch mit den seinen zusammen, und ich wartete mit Spannung auf den Ausgang ihres Duells. Ich wußte ja, was er den Abend zuvor zu Steffi gesagt hatte, in der dunklen Straße, nachdem sie den Konzertsaal verlassen hatten, ich wußte, wie es in ihm aussah. Ich dachte: Er gehört auch zu diesem Land Deutschland, er gibt mir ebenfalls Antwort. Aber ich wollte mehr wissen. Ich wollte wissen: Warum klammerst du dich an einen Menschen wie Steffi, was willst du von ihr, was bringt dich aus deiner anderen Welt in die unsere, was hoffst du hier zu finden?

Aber er antwortete nicht.

Ich konnte es sehen, die unerwarteten Bemerkungen Rinkas hatten ihn getroffen, er hatte sie genau verstanden. Aber er reagierte nicht, wie ich damals reagierte. Er sagte nichts.

Vielleicht kam er sich ungeheuer alt vor. Vielleicht dachte er: Um Gottes willen, wo bin ich hingeraten, was sind das für irrsinnige Fragen, was gehen mich diese Menschen an, wer gibt ihnen das Recht, mich so zu behandeln? – Er hätte fliehen können. Es wäre noch besser gewesen, er wäre überhaupt nicht zu uns gekommen. Was konnte er von uns erwarten?

Rinka legte sich auf den Diwan zurück. Auch er betrachtete das Gespräch als beendet. Ebenso plötzlich, wie er sich an Kostler gewandt hatte, schien sein Interesse zu erlöschen. Er ließ sich von Molly eine Zigarette reichen und begann wortlos zu rauchen.

Und da saß Kostler, dieser fremde ältere Herr, da saß er in unserer Mitte und war allein. Ich fühlte mit aller Deutlichkeit, daß er wirklich verurteilt war – diese unsere Zeit würde über hin hinweggehen und ihn zermalmen. Aber ich hatte kein Mitleid mit ihm. Er würde untergehen, und andere würden seinen Platz einnehmen. Ich wußte: Ich würde nicht untergehen, ich würde diese Zeit überleben, was auch immer kommen mochte. Es war seine Schuld, daß er untergehen mußte. Rinka hatte unrecht, unser Erdteil würde nicht untergehen, im Gegenteil, wir würden wieder stark werden an der Katastrophe, aber er und Kostler waren verurteilt, sie wußten es und waren gelähmt vor Furcht. In mir war keine Furcht, in mir war nur ein tiefes Erschrecken und ein noch tieferes Gefühl der Einsamkeit. Aber ich hatte keine Furcht. Ich würde den Strom überqueren.

Die beiden Frauen versuchten, die einsetzende Stille zu überbrücken, sie fingen lärmend an zu sprechen und zu lachen. Aber es blieb still. Steffi war, wie ich sehen konnte, ratlos, sie sah mich forschend an, während sie sprach. Sie lächelte Kostler zu und warf haßerfüllte Blicke auf Rinka. Nur Molly schien nichts zu bemerken.

Plötzlich stand Kostler auf. »Ich danke Ihnen für den Abend«, sagte er, »aber ich muß jetzt gehen.«

»Nein, bleiben Sie!« schrie Molly.

»Nein, danke, ich muß wirklich gehen.«

»Gar nichts müssen Sie! Richard, sag, daß er hierbleiben soll.«

Rinka stand ebenfalls auf. »Wenn Sie nichts dagegen haben, begleite ich Sie ein Stück«, sagte er zu Kostler, ohne Molly zu beachten.

»Es würde mich freuen«, sagte der.

Er nahm hastig Abschied.

»Warum gehst du schon?« fragte Molly enttäuscht. Sie legte ihre Arme um seinen Hals und versuchte, ihn zu halten. Er zog ihre Arme herunter und sagte unfreundlich: »Ich komme bald wieder.«

Dann gingen sie.

Ich blieb mit den beiden Frauen allein. Molly begann mürrisch die Gläser wegzuräumen. Steffi stand gegen die Tür gelehnt und sah mich unverwandt an. An der Wand über ihrem Diwan, auf dem Kostler gesessen hatte, hing das nackte Mädchen mit den schönen Hüftlinien und sah sinnend in den Schoß.

»So ein Schwein!« sagte Steffi. »So ein verfluchtes Schwein!«

»Von wem sprichst du?« fragte Molly.

»Laß mich in Ruhe«, sagte Steffi.

Als ich hinüber in meine Bude ging, kam sie mit. Sie legte sich auf den Diwan, verschränkte die Arme hinter dem Kopf und murmelte: »Siehst du jetzt, daß es nicht einfach ist? Wie soll ich mich morgen verhalten, wenn wir allein in seinem Büro sind?«

»Es wird schon gehen«, sagte ich.

Ich setzte mich zu ihr auf die Diwankante und zündete meine Pfeife an. »Erzähle mir etwas über Eva Bach«, sagte ich.

VIII

Sie nahm mich gleich am ersten Abend mit zu ihren Eltern nach Hause. Der Vater war Schlosser; er saß in Hemdsärmeln am Küchentisch und las die Zeitung, als ich zu ihnen kam. Die Mutter stopfte an einer Schürze. Sie sagte, als wir eine Weile in der Küche gesessen hatten: »Was wollt ihr bei uns alten Leuten sitzen, Eva, geht lieber hinaus an die Luft!« Die Fenster standen offen, von draußen kam der süße Duft des Abends und das Geschrei der spielenden Kindern herein, die Schwalben schossen über den Ruinen durch den hohen grünen Himmel, auf einem zerbrochenen Pfahl saß ein Star und pfiff.

Der Vater ließ die Zeitung sinken. Er schob sich die Brille auf die Stirn und lächelte: »Ja«, sagte er, »geht hinaus an die Luft, geht spazieren und kommt sobald nicht wieder.«

»Und ihr?« fragte Eva.

»Geht nur«, sagte die Mutter.

Eva ging zu ihr, küßte sie auf die Stirn, und dann gingen wir hinunter auf die Straße. Die warme Luft des Abends schlug uns entgegen, als wir aus dem Hause traten. Ich sagte: »Laß uns hinunter zum Fluß gehen.«

Die Straßen in diesem Stadtteil waren winklig und schmal. Luftminen hatten ganze Häuserzeilen zermalmt, an anderen Stellen ragten ausgebrannte Mauern aus dem Schutt hervor. Aber dazwischen standen Häuser wie das, in dem Eva lebte, und hier wohnten die Menschen, liebten und stritten sich. Vor den dunklen Hauseingängen standen Frauen und sprachen vom Hunger, auf den Fahrdämmen jagten sich kreischend ihre barfüßigen Kinder. Die Luft war voller Süße und wehmütiger Traurigkeit. In der Dämmerung glühten die Dolden des blühenden Holunders und hauchten ihren betäubenden Duft aus. Eva lächelte. Sie ging neben mir, ihre Arme waren auf dem Rücken verschränkt, in ihren Augen lag die verträumte Weichheit dieses Abends.

Ihr Lächeln, ihr leichter, unbeschwerter Gang machten mich, ohne daß ich es wollte, traurig. Ich dachte wehmütig: Dieses Lächeln sollte auf den Gesichtern aller Menschen sein. Es rief alle Bitternisse der letzten Jahre in mir wach. War es nicht wenig, dessen die Menschen bedurften, um sich ein bißchen glücklich zu fühlen? Es war so armselig wenig. Jetzt starrten sie in die Ruinen und weinten in ihrer Einsamkeit um die Toten, die nie mehr zurückkehren würden, oder sie versuchten, ihren Schmerz zu betäuben, wie es Steffi und Molly taten. Was wollten denn die Menschen anderes, als arbeiten und froh sein. Wie war es möglich, sie so zu verhexen, daß sie statt des Glückes den Tod suchten?

Wir gingen zum Fluß, blieben auf der Brücke stehen und sahen hinunter in das dunkle, raschfließende Wasser. Das Mädchen neben mir legte ihre Hände auf das Geländer und sah in die hüpfenden, sich kräuselnden Wellen. Von den Ufern hingen die dichten schwarzen Bäume in das Wasser, in der Ferne sang ein Kind ein langgezogenes, selbsterfundenes Lied. »Ist es nicht schön?« flüsterte Eva.

Langsam verließen wir die Brücke wieder und gingen in die Anlagen. Die Dunkelheit umfing uns, es roch nach Blüten und feuchtem Gras. Der Fluß rauschte leise. Ich konnte noch immer das Kind singen hören.

Aus den dunklen Bäumen trat ein Mann auf mich zu und sagte: »Kamerad, hast du nicht eine Zigarette für mich übrig?«

»Nein«, sagte ich, »ich habe nichts.«

»Auch nicht ein paar Krümel Tabak?«

»Nein.«

Er stand dunkel und regungslos vor mir.

»Es kommen bald wieder andere Zeiten«, sagte er. »Sie behandeln uns wie Hunde. Noch nicht einmal zu rauchen geben sie uns.«

Aus dem Dunkel der Büsche rief eine Frauenstimme: »Hast du was gekriegt, Egon? Bringst du was?«

»Nein«, sagte der Mann ins Dunkel zurück. »Er hat selbst nichts. Niemand hat etwas in dieser verfluchten Stadt. Es kommen bald wieder andere Zeiten.«

»Komm wieder her«, rief sie.

Der Mann verschwand leise fluchend. Ich hörte ihn sagen: »Ich könnte jemanden totschlagen für eine Zigarette.«

Die Frau lachte.

Der Parkweg entlang des Flusses war dunkel, die dichten Baumkronen verdeckten die Sterne. Von den Bänken glühten matt die hellen Kleider der Mädchen, die dort saßen. Wir hörten ihre flüsternden Stimmen und das tiefe Brummen der Männer. Eine helle Stimme sagte: »No, my sister isn't married yet, honey. She's just a kid. When I left, she cried and I promised –« Die Worte versanken. Ein Mädchen sagte: »What about some soap? I need some soap –« Ein Mann lachte. Ich nahm Evas Hand. Es war dunkel, aber ich konnte sie lächeln sehen. Meine Traurigkeit peinigte mich. Verdammt, weshalb sollte ich traurig sein? Es war Sommer, und ich führte ein junges Mädchen spazieren, weshalb sollte ich traurig sein? Die Bäume dufteten, und sie lächelte. Rinka war ein Lügner und Kostler ein alter Narr, Steffi würde ihren Weg finden, und Molly – aber was gingen sie mich alle an? Ich hatte mein Leben, und ich wollte mein Leben leben, ich war jung, und alles würde wieder besser werden. Was kümmerte mich die Bemerkung des Mannes, der mich um eine Zigarette anging? Ich hatte unzählige dumme Bemerkungen gehört, ich wollte heute abend nicht darüber nachdenken.

Die Bäume lichteten sich, wir traten aus der Dunkelheit in das Dämmer der Mainacht. Der Weg führte dicht an den Fluß, wir blieben stehen und sahen in das glucksende schwarze Wasser. Tiefe, wilde Sehnsucht, mein Leben unbeschert und froh zu leben, ergriff mich. Ich hatte von diesem Leben in vielen Romanen gelesen, die Dichter besangen es seit Jahrhunderten. Das Leben unbeschwert und froh leben! Die Sehnsucht überwältigte mich, es tat weh zu denken. Es war so wenig, was wir von diesem Leben verlangten – weshalb bekamen wir dies wenige nicht! Es gab ein Recht auf dieses Leben, ungezählte Generationen hatten dieses Recht genossen, weshalb sollten wir es nicht auch beanspruchen? Es war ja so wenig, was wir verlangten.

Das Mädchen neben mir sah lächelnd ins Wasser. Ihr Kopf war leicht geneigt, sie hielt die Arme noch immer auf dem

Rücken verschränkt. Was dachte sie? Ich nahm sie bei den Schultern und drehte sie zu mir herum. »Du lächelst«, sagte ich, »wir sind eben durch die Ruinen gegangen, und du lächelst —« Ich wollte mehr sagen, aber mir fehlten die Worte, ich wußte nicht, wie ich es ihr sagen sollte. Ich ließ meine Arme sinken und sah ihr schweigend ins Gesicht.

»Freu dich doch auch«, flüsterte sie. »Es ist so schön heute nacht.«

»Fühlst du dich nicht einsam?« fragte ich.

»Nein«, flüsterte sie. »Warum?«

»Alles ist tot«, sagte ich.

Sie sah mich eine Weile an. »Nein«, sagte sie. »Das ist nicht wahr.«

»Manchmal denke ich genau so wie du«, sagte ich. »Dann aber sieht alles wieder so hoffnungslos aus. Wir leben nicht viel besser als Tiere.«

»Oh, schweig!« sagte sie. »Wie kannst du so sprechen!«

»Was hast du vom Leben?« fragte ich. »Sage mir, was es dir gibt. Deine ganze Jugend, was ist sie gewesen? Du hast den Hunger und den Tod kennengelernt statt Glück und Freude. Die anderen haben gesungen und getanzt, und sie haben genug zu essen gehabt. Wie steht es mit dir?«

Sie unterbrach mich. »Es hat keinen Sinn, so zu sprechen«, sagte sie. »Hör auf damit. Ich will gar nicht singen und tanzen. Ich werde nicht satt, das ist wahr, aber ich werde wieder genug zu essen haben. Rede nicht so, oder ich gehe.«

Ich sah sie erstaunt an. »Was läßt dich so denken?« fragte ich.

Sie machte eine ungeduldige Geste. »Es ist sinnlos, so zu sprechen«, sagte sie. »Es hört sich wie eine Anklage an. Früher war alles gut, und heute ist alles schlecht. Es war auch früher nicht gut. Die Bomben hagelten, und mein Vater war sechs Jahre im KZ, und es war nicht gut. Wir stehen heute vor einem neuen Anfang, und das ist gut. Es hat keinen Sinn zu jammern. Unsere Zeit ist so gut, wie wir sie machen.«

»Verstehe mich«, sagte ich. »Ich komme nach Hause und höre, was die Menschen sprechen, und manchmal werde ich mutlos.«

Sie lächelte wieder. »Wer weiß, auf wen du hörst«, sagte sie. »Du mußt sie alle sprechen hören. Glaube mir, die meisten sind verwirrt, aber viele haben eine ganz bestimmte Absicht, wenn sie unsere Zeit beschimpfen. Und einige wissen, daß diese Zeit nicht mehr die ihre ist und werden verrückt vor Angst und benehmen sich sonderbar. Sprich mit meinem Vater, er hat keine Angst vor dem Leben.«

Wir verließen den Fluß und gingen in die dunklen Anlagen zurück. Ich sagte: »Wenn man die Älteren von der Zeit nach 1918 sprechen hört, möchte man sie beinah um diese Zeit beneiden. Nach dem ersten Weltkrieg setzte ein gewaltiger Strom neuen Lebens ein, alles war voller Hoffnung, und alles kämpfte. Aber nach diesem Kriege ist alles wie gelähmt. Wann werden die Menschen aus der Betäubung erwachen? Werden sie überhaupt erwachen? Damals, so erzählt man, gingen sie zu Hunderttausenden auf die Straße. Alles war neu, alles wollte neu und revolutionär sein. Es gab eine neue Kunst, neues Theater, neue Architektur, neue Schulen und eine neue Jugend. Die Dichter waren da, die die neue Zeit besangen, und die Menschen, die auf sie hörten. Sieh dir aber die Gegenwart an! Es ist nichts da. Niemand will auf dich hören, und alles ist müde und bitter.«

Sie nahm meinen Arm und drückte ihn. »Sei still«, flüsterte sie. »Laß uns jetzt nicht davon sprechen.«

Ich sah es durch die Dunkelheit: sie lächelte. »Die Bäume duften so süß«, flüsterte sie. Und nach einer Weile: »Oh, es ist so schön. Es ist so schön zu leben –«

Von den unsichtbaren Bänken kam das leise Lachen der jungen Menschen, die dort saßen. Die Stadt jenseits des Flusses war still. Manchmal hörten wir das leise Rauschen des dunkel dahinströmenden Flusses. Eine Stimme sagte: »I wish to be home again, Eddy. I haven't seen the house for two years –« Eine andere Stimme antwortete: »My wife wants to go to Los Angeles. I've never been that place. I'd like to stay on the ranch —«

Plötzlich stand eine dunkle Gestalt vor mir und sagte: »Kamerad, hast du nicht eine Zigarette für mich übrig?«

»Nein«, sagte ich.

»Auch nicht ein paar Krümel Tabak?«

»Nein«, sagte ich. »Aber sei nur geduldig, es kommen bald andere Zeiten. Wir schlagen alle Amerikaner tot und werden wieder stolz und stark, und die Sonne der Freiheit wird über unseren stolzen Häuptern am Himmel erstrahlen.«

Er stand schweigend vor mir.

»Nicht so laut«, flüsterte er dann. »Viele von diesen Bastarden verstehen deutsch.«

»Warst du im Kriege?« fragte ich.

»Ja, natürlich. Luftwaffe. Warum?«

»Wie alt bist du?«

»Dreiundzwanzig. Warum?«

»Besorg dir einen Strick und hänge dich auf«, sagte ich. »Deine Zeit ist vorbei.« Er blieb unbeweglich stehen.

»Was ist los?« flüsterte er. »Ich dachte —«

»Nicht denken«, sagte ich. »Es ist zu anstrengend. Du hast es dein ganzes Leben noch nicht getan, weshalb sollst du dich jetzt damit abplagen.«

Eine Weile stand er schweigend vor mir.

»Verflucht!« sagte er dann. »Bist du so einer?«

Aus der Dunkelheit kam dieselbe fragende Frauenstimme von vorhin. »Was ist los, Egon? Hat er was?«

»Er hat nichts«, sagte der Mann vor mir. »Er ist ein dreckiger Kommunist.«

Er wandte sich langsam und verschwand. Die Frauenstimme im Dunkeln sagte: »Warum haust du nicht die Amerikaner an? Die stinken vor Zigaretten.«

»Halts Maul«, sagte der Mann.

»Dann frag ich sie selbst«, sagte die Frau.

»Halts Maul«, sagte der Mann noch einmal.

Wir gingen durch die dunklen Bäume zur Brücke. Es war

jetzt auch dunkel im Freien, von oben aus sahen wir nur schwach das schwarze, schnell dahinfließende Wasser. Langsam gingen wir auf die Ruinen zu. Es war beinahe totenstill in den Straßen. Vor den zerrissenen Häuserwänden lagen die Schutthaufen wie schlafende, häßliche Tiere. In einigen Fenstern brannte Licht. Was machten die Menschen noch so spät in ihren freudlosen Wohnungen?

Das Mädchen hatte meinen Arm nicht losgelassen. Sie sagte plötzlich: »Laß uns still sein und in die Nacht lauschen.« Wir blieben stehen.

»Was bist du für ein seltsamer Mensch?« fragte ich. »Hast du ihn gehört? Er sagte, es kämen bald andere Zeiten.«

»Oh, schweig –«, flüsterte sie.

»So wie ihn gibt es Hunderttausende«, sagte ich. »Ich kann sie nicht begreifen. Was machen wir nur mit ihnen? Sie sind jung und stark, und ich möchte wissen, was in ihren Schädeln ist. Aber wir müssen ja mit ihnen zusammen leben. Sie werden sich verheiraten und Kinder haben, und wenn wir nicht aufpassen, werden die Kinder genau so denken wie sie, und in zwanzig Jahren geht die Geschichte wieder los. Was machen wir nur mit ihnen?«

»Schweig«, flüsterte sie. »Wir haben genug davon geredet. Vergiß es jetzt. Fühlst du nicht, wie schön die Nacht ist?«

»Es ist wie bei Monte Cassino«, sagte ich.

»Was?«

»Es ist wie bei Monte Cassino. Wir lagen vor den großen Angriffen in einer kleinen Stadt in der Nähe des Berges, und wenn nachts nichts los war und ich stand auf Wache, dann war es genau so wie hier.«

»Aber damals war Krieg.«

»Ja, aber es sah genau so aus.«

»Es ist alles ruhig jetzt. Jede Nacht.«

»Nein, das ist nicht wahr. Sie liegen hinter den Mauern, und in ihren Gedanken ist noch immer der Krieg. Sie sind noch immer Soldaten, und ihre Frauen sind noch immer Soldatenfrauen. Wenn einer in die Trompete blasen würde –«

»Warum sagst du das alles?«

Ich blickte Eva lange an. »Was ist nur aus unserem Volk geworden«, sagte ich. »Niemand sagt: Ich habe geirrt, und es soll jetzt anders werden! – Alle versuchen sie sich zu rechtfertigen, und alle werden sie jetzt vom Schicksal ungerecht behandelt. Niemand sieht die Chance, die wir jetzt haben, ganz von vorn anzufangen.«

»Die Menschen hungern«, sagte sie. »Bevor sie etwas anfangen, müssen sie satt sein.«

»Sie haben auch neunzehnhundertachtzehn gehungert.«

»Siehst du nicht, daß jetzt alles ganz anders ist? Wie kannst du diese Zeit nur mit damals vergleichen? Wie kannst du nur so pessimistisch sein?«

»Ich bin es nicht«, sagte ich. »Nicht immer.«

Sie nahm meine Hände und drückte sie. »Wir dürfen es nicht sein«, sagte sie. »Irgend jemand muß da sein, der daran glaubt, daß alles wieder gut wird. Ich glaube daran. Alles wird wieder gut. Langsam werden sie wieder aus der Betäubung erwachen, und alles wird wieder gut werden.«

»Ja, ja –«, sagte ich.

Als wir vor ihrem Hause standen, sagte ich: »Entschuldige, daß ich so spreche. Zu anderen spreche ich nicht so. Manchmal kann man an diesem ganzen Land verzweifeln und wünscht es und sich selbst zum Teufel. Unter uns können wir davon sprechen, nicht wahr?«

»Woher weißt du, daß ich so denke wie du?« fragte sie.

»Ich habe es dir angesehen«, sagte ich. »Man trifft Tausende, und alle sind sie verzweifelt oder apathisch oder fanatisiert, und dann ist da einer, der denkt genau so wie man selbst, man fühlt es bald.«

»Sprich mit meinem Vater.«

»Er ist alt.«

»So alt ist er noch nicht.«

»Doch. Ich habe ihn gesehen. Er denkt immer noch so, wie die Menschen vor dreiunddreißig dachten. Ich habe es ihm sofort angesehen. Wir können aber nicht mehr so denken.«

»Ach, hör auf«, sagte sie.

Ich sagte: »Meine Generation hat die besten Voraussetzungen, sich am ehesten zu befreien und klar zu sehen. Wir kennen das Leben noch vor der Katastrophe, und dann wurden wir Soldaten, und jetzt sind wir noch nicht alt genug, um dort wieder anzufangen, wo man aufgehört hatte. Ich muß dir ehrlich sagen, ich habe kein Zutrauen mehr zu den Alten, ihre Welt ist untergegangen. Und die ganz Jungen, was wissen die? Sie sind so zynisch und pessimistisch, daß ich es nicht fassen kann. Wir müssen etwas tun. Sie sollen wieder dreist werden und lachen und davon überzeugt sein, daß nur sie allein recht haben. Aber bevor sie soweit sind, muß etwas da sein, für das sie sich schlagen wollen.«

»Sie haben sich lange genug für etwas geschlagen«, sagte sie. »Jetzt haben sie für eine Weile die Nase voll davon.«

»Ich weiß es. Aber es ist nicht normal. Glaub mir, sie werden sich wieder für etwas schlagen wollen. Es ist wunderbar, jung zu sein, und sich für etwas zu schlagen.«

Ihr Gesicht, nur wenige Zentimeter von dem meinen entfernt, war ernst gewesen. Aber jetzt sah ich, daß sie wieder zu lächeln anfing. Sie packte mich bei den Schultern und schüttelte mich und sagte: »Du möchtest mit dabei sein, wie? Auch du möchtest dich schlagen!«

»Noch bin ich nicht zu alt dazu«, sagte ich.

Dann ging ich durch die Nacht in dieser fremden Stadt nach Hause. Sie hatte gesagt, ich solle in die Stadt lauschen. Ich tat es beim Gehen. Meine Sinne waren wach, ich fühlte die warme, süße Nachtluft und die große Traurigkeit, die durch die verlassenen Straßen schlich. Wieder, wie in den ersten Tagen meiner Freiheit, griff die Einsamkeit mit würgender Gewalt nach mir. Ich blieb in einer dunklen Straße stehen und dachte: Wo seid ihr, Kameraden, die ihr mir helft, den Tod aus diesen Straßen zu vertreiben? – Plötzliche Sehnsucht nach Eva Bach ergriff mich. Ich war eben von ihr gegangen und wollte wieder mit ihr zusammen sein. Sie hatte gesagt: Es ist so schön, es ist so schön zu leben! – Das hatte sie gesagt. Heute abend noch in dieser Stadt! Ich liebte sie für diesen Satz, drückte er nicht Hoffnung und Vertrauen aus? Es war schön zu leben! Wer sagte das noch? Sie war nicht einsam, sie wußte, daß sie nicht einsam sein durfte.

Die Häuserruinen standen schwarz und stumm zu meinen Seiten. Ich dachte: Ihr Menschen, die ihr hinter den Mauern wohnt, warum denkt ihr nicht wie dieses Mädchen? Hier stehe ich, ein fremder Landser, und möchte, daß ihr wieder lacht und daß ihr den Tod vergeßt! Ihr habt Schweres mitgemacht, und ich habe Schweres mitgemacht. Laßt es uns vergessen, laßt uns von vorn anfangen! – Ich ging langsam weiter. Sie hören mich nicht, dachte ich. Sie können mich nicht hören. Alle die Menschen, Männer, Frauen und Kinder, die das Unglück überlebt haben, sie und ich, wir gehören zusammen. Wir müssen uns besinnen. Ich muß es ihnen sagen. Ich bin einer der ihren, sie werden auf mich hören. Ja, ich muß es ihnen sagen!

Es trieb mich nach Hause, zu meinem Manuskript. Ich ging eilig durch die dunklen Straßen. In meiner Bude angelangt, setzte ich mich sofort an den Tisch und begann zu schreiben.

IX

Rinka ließ sich nicht wieder sehen. Molly fragte verschiedene Male nach ihm, aber ich hatte keine große Lust, ihn suchen zu gehen. Wo hätte ich ihn übrigens finden sollen? Ich hatte keine Ahnung, wo er hauste. Vielleicht hatte er die Stadt verlassen. Aber eines Tages rief er mich auf der Straße an. Ich drehte mich um, und da stand er und grinste und sagte: »Wie geht es? Machen Sie nicht ein so dämliches Gesicht!«

Er trug einen guten Anzug und gute Schuhe und sah sauber und gepflegt aus. »Wo haben Sie die Schale herbekommen?« fragte ich. Sein Gesicht gefiel mir nicht. Der zynische Ausdruck in ihm hatte sich vertieft. Seine Augen waren härter und spöttischer geworden, die Falten um seinen Mund waren unangenehm.

»Von Kostler«, sagte er gleichgültig.

»Haben Sie ihn ausgenommen?« fragte ich.

»Sie sind verrückt«, sagte er. »Er hatte einen Sohn, der ist irgendwo gefallen, und ich trage seine Anzüge auf.«

»Kommen Sie öfter mit ihm zusammen?«

»Ich wohne bei ihm«, sagte er.

Ich sah ihn überrascht an.

»Gehen Sie mit mir essen«, sagte er. »Ich muß mich für das Brot revanchieren.«

»Ich habe nicht genügend Marken«, sagte ich.

»Wir brauchen keine«, sagte er.

»Dazu habe ich nicht genügend Geld«, sagte ich.

»Gehen Sie mit«, sagte er. »Ich lade Sie ein. Seien Sie nicht so prüde. Sie waren es doch sicher beim Barras nicht.«

»Wir sind nicht mehr beim Barras«, sagte ich zögernd.

»Man müßte Sie stundenlang in die Fresse hauen«, sagte er. »Gehen Sie mit. Wo wir hingehen, brauchen wir keine Marken, und ich lade Sie hiermit in aller Form ein.« Er nahm meinen Arm, und wir gingen die Straße hinunter.

Ich war sehr hungrig. Ich hatte tagelang von Kartoffeln gelebt, und ich merkte bereits, daß ich schwächer wurde. Dieses verfluchte Fressen! Die ersten Tage des Monats wurde man zur Not satt, und dann schlug man sich den Bauch mit Kartoffeln voll und hungerte. Man stand am Morgen auf und hungerte, und nachts ging man hungrig schlafen, und man dachte an nichts anderes, als daran, satt zu werden.

»Nehmen Sie mich nur mit«, sagte ich.

Wir gingen in ein Haus, an dem kein Schild war, das auf eine Gastwirtschaft hinwies. »Warten Sie ein wenig«, sagte er, als wir im Hausflur standen. »Ich bin gleich wieder da. Ich will nur die Alte benachrichtigen, daß ich einen Gast mitbringe.«

Er kam nach einer kleinen Weile zurück.

»Es ist in Ordnung«, sagte er. »Kommen Sie mit.«

Wir gingen eine halbe Treppe hoch in eine Wohnung. Eine

dicke Frau machte die Tür hinter uns zu. Sie sagte: »Ist das der Gast des Herrn Doktors?« und sah zweifelnd auf meinen Anzug. Ich wäre am liebsten wieder gegangen. Rinka klopfte ihr auf die Schulter und sagte: »Der Mann ist okay, Frau Stammel. Was gibt es denn heute?«

»Gehen Sie in den Salon und sehen Sie sich die Speisekarte an«, sagte die Frau mürrisch. Sie öffnete eine Tür und wir traten ein.

Es war ein sehr großes Speisezimmer mit fünf Tischen. Die Tische waren alle weiß gedeckt. An den Wänden standen ein Sofa und ein paar Lehnstühle. Es roch nach gutem Essen, nach gebratenem Fleisch und gutem Gemüse. Drei Tische waren besetzt. Rinka sagte: »Lassen Sie uns hier sitzen«, und steuerte auf einen freien Tisch zu. Als wir uns setzten, rief ein Mann von einem der drei anderen Tische: »Ich muß Sie nachher sprechen, Rinka. Sie haben mich versetzt, ich hatte mich bestimmt auf den Artikel verlassen!«

»Später«, sagte Rinka. »Lassen Sie mich erst essen.«

Auf der Speisekarte standen nur zwei Gerichte. Wir nahmen beide Kalbsbraten, und ich erblaßte, als ich das große Stück Fleisch vor mir auf dem Teller liegen sah. Mir lief das Wasser im Munde zusammen, ich konnte mich kaum beherrschen. Seit Amerika hatte ich ein solches Stück Fleisch nicht gesehen.

»Essen Sie«, sagte Rinka.

Er rief die dicke Frau und sagte: »Kriegen wir nichts zu trinken, Frau Stammel? Wir verdursten!«

Sie ging wortlos und kam mit zwei großen Schnapsgläsern zurück. »Bezahlen Sie bitte die Getränke sofort«, sagte sie. Er gab ihr dreißig Mark, und sie steckte sie ein.

»Um Gottes willen«, flüsterte ich, »das viele Geld!«

»Reden Sie nicht so dumm«, sagte er. »Fünfzehn Mark für einen großen Schnaps ist der gewöhnliche Preis.«

Die Tür ging auf und ein Mann und zwei junge Mädchen kamen herein. Sie waren vielleicht sechzehn oder siebzehn Jahre alt und hatten das Aussehen und Gebaren kleiner, verdorbener Huren. Der Mann mochte gegen fünfzig sein. Er sah auf die Speisekarte und sagte: »Die gute Frau Stammel hat nicht viel Abwechslung zu bieten. Wie soll man bei dieser Ernährung auf der Höhe bleiben?« – Er lachte laut. Die beiden Pflänzchen kicherten und zupften sich die Röcke zurecht.

Rinka sagte: »Sind Sie satt geworden? Wollen Sie noch einmal essen?«

»Danke«, sagte ich, »ich habe genug.«

»Wir müssen mehr trinken«, sagte er.

Er holte eine Ledertasche hervor und bot mir eine Zigarre an.

»Wo haben Sie die her?« fragte ich mißtrauisch.

»Sie sind der merkwürdigste Vogel, der mir je begegnet ist«, sagte er. »Fragen Sie nicht und rauchen Sie.«

Er bestellte Kaffee und Kognak, und wir setzten uns auf eins der Sofas an der Wand. Der Mann, der Rinka zuerst angerufen hatte, setzte sich neben uns und sagte: »Wie steht es mit dem Artikel über Schostakowitsch? Sie haben ihn mir versprochen, und ich habe dem Redakteur allerlei über Sie erzählt, und jetzt lassen Sie mich sitzen!«

»Sie kriegen ihn«, sagte Rinka. »Heute abend noch schreibe ich ihn.« Er fing an zu grinsen und fuhr fort: »Begrüßen Sie eine neue Hoffnung in unserer literarischen Wüste. Der junge Mann hier schreibt einen Roman, in dem er uns allen die Wahrheit ins Gesicht schleudern will.«

»Oh –«, sagte der Journalist. Er sah mich gleichgültig an und fragte Rinka: »Kann ich mich bestimmt darauf verlassen? Kann ich den Artikel morgen haben?«

»Sie kriegen ihn«, sagte Rinka.

»Ich bin morgen wieder hier«, sagte der Journalist, »dann können Sie ihn mir geben. Ich muß jetzt gehen.«

»Gehen Sie mit Gott«, sagte Rinka.

»Servus«, sagte der Journalist.

Das eine der beiden Mädchen, die mit dem Mann gekommen waren, schielte pausenlos zu Rinka herüber. Sie schlug das eine Bein über das andere und ließ allerlei sehen. Dann drückte sie mit den Oberarmen ihren Busen zusammen und lächelte. Der Mann neben ihr sagte: »Habt ihr genug zu essen, Kinderchen? Man muß allerhand zu sich nehmen in dieser anstrengenden Zeit.« Er lachte wieder laut. Das andere Mädchen sagte: »Sei nicht so frech, Robert!« Sie sagte es mit freudloser Stimme, aber ihr Mund lächelte.

Das Essen und der Alkohol taten mir gut. Ich hatte es in den vergangenen Jahren zur Genüge erfahren: Nichts war niederdrückender und demoralisierender als der Hunger. Nichts tat mehr weh als der Hunger, und ich verstand die Menschen, die sich eines Stückchen Brotes wegen verkauften. Wohnen Sie in einer großen Stadt, und hungern Sie, hungern Sie wirklich, tage- und wochenlang, und Sie werden erfahren, wie Ihre Moral langsam zu zerbröckeln anfängt, wie Sie zuletzt den Punkt erreichen, an dem es Ihnen gleich ist, was Sie tun, ob Sie sich verkaufen, prostituieren, ob Sie stehlen oder morden, verraten, verschachern und angeben. Der Hunger ist die absolute Verzweiflung und die absolute tödliche Angst. Sie stehen eines Tages da und sagen: Hier bin ich, macht mit mir was ihr wollt, ich werde alle Befehle ausführen, aber gebt mir zu essen!

Aber wenn man gegessen hat und wieder satt ist, merkt man, daß man ein kultivierter Mensch ist und daß in den sechstausend Jahren, seitdem die Ägypter die Cheopspyramide bauten, allerlei Dinge entstanden sind, die verpflichten. Soviel macht eine gute Mahlzeit aus. Rauchen Sie noch eine gute Zigarre, und Sie beginnen sich an Rilke zu erinnern und an Beethoven und an den Kölner Dom. Sie werden wieder edel und zitieren Goethe und Shelley. Alles, was gut ist in Ihnen, geht zum Teufel, wenn Sie nur zwei Pfund Brot in der Woche essen und nichts darauflegen dürfen. Erzählen Sie niemandem, daß er sich wie ein zivilisierter Mensch benehmen soll, wenn er nichts als Kartoffeln zu Mittag und Abend ißt, wenn er keinen Zucker bekommt und sich keine Zigarette anzünden kann, weil er keine hat. Ich habe als romantischer Jüngling die Menschen verachtet, denen materielle

Dinge etwas bedeuteten, aber damals kannte ich das Leben noch nicht und den wahren Hunger nur vom Hörensagen. Jetzt wußte ich, daß sich ganze Völker korrumpieren ließen, und daß es Freude macht zu morden, wenn man nichts im Magen hat.

Ich saß da mit Rinka und fühlte mich wohl. Seit langem hatte ich wieder einmal gut gegessen. Die Menschen um mich sahen jetzt freundlicher aus als noch vor einer halben Stunde. Ich lächelte über die Anstrengungen des einen junge Mädchens, mit Rinka zu flirten, und sagte: »Wenn die Kleine den Rock noch etwas höher hebt, werden wir feststellen können, ob sie am Blinddarm operiert ist oder nicht.«

Rinka sagte: »Die Hündin ist nicht älter als sechzehn, und der Kerl, mit dem sie zusammen ist, mindestens fünfzig. Man sollte ihr den Hintern vollhauen und sie nach Hause schicken.«

»Sie sind plötzlich moralisch«, sagte ich. »Wie kommt das? Sollte es Ihnen nicht gleich sein, was sie anstellt?«

»Sie haben recht«, sagte er. »Mag sie zum Teufel gehen.«

Wir sprachen englisch, des kleinen Raumes wegen. Plötzlich sah der Mann böse zu uns herüber und sagte: »Auch zwei, die vergessen haben, ihre Muttersprache zu sprechen. Es gibt Leute, die wechseln ihre Anschauungen, wie andere Leute ihr Hemd.«

»Haben Sie etwas gesagt?« fragte Rinka.

»Ich unterhalte mich nicht mit jedem«, sagte der Mann. »Es gibt Leute, die wechseln ihre Überzeugung, wie andere Leute ihr Hemd und vergessen, daß sie Deutsche sind.«

»Sie sind verrückt«, sagte Rinka.

»Was?« fragte der Mann.

»Sie sind verrückt«, wiederholte Rinka.

Der Mann stützte seine Fäuste auf den Tisch, als wenn er aufstehen wollte. Die beiden Mädchen hingen sich an seine Arme und zogen ihn zurück. »Bleib ruhig«, sagte die eine, »er meint es nicht so.«

»Ich werde ihn lehren, was es heißt, mich zu beleidigen«,

sagte der Mann. »Dieser Affe hat vergessen deutsch zu sprechen und beleidigt mich!«

»Beruhige dich«, sagte das Mädchen, »er meint es nicht so.«

Die Wirtin kam herein und fragte: »Was ist hier los? Wenn sich die Herren streiten, sollten sie lieber gehen.«

Rinka sagte: »Der Schieber da ist verrückt. Statt mit mir zu schimpfen, sollte er lieber zusehen, die kurze Zeit, die er noch zu leben hat, über sein sinnloses Dasein zu meditieren.«

An dem einen Tisch saßen ein Mann und eine Frau. Die Frau begann bei den letzten Worten Rinkas laut zu lachen. Der Mann sagte hastig: »Lach nicht, Beate. Was geht es dich an —«

Die Frau sagte: »Halt den Mund, Theodor!«

»Mäßigen Sie sich, Herr Doktor«, sagte die Wirtin erschrokken. »Herr Salzwedel ist ein anständiger Herr. Sie sollten nicht so zu ihm sprechen.«

Rinka stand auf. Er ging ein paar Schritte vorwärts und stellte sich vor dem Mann und den zwei Mädchen auf. »Haben Sie es gehört?« sagte er. »Sie sind ein anständiger Herr!« – Sein Gesicht verzerrte sich zu jenem Grinsen, das ich nun schon kannte und das ich früher nie gesehen hatte. »Sie sind ein anständiger Herr! Mein Gott, Sie sitzen hier und sind schuld, daß wir in einer Wüste leben, und Sie sind ein anständiger Herr!« – Er begann zu lachen.

Auch der Mann stand auf. Er schüttelte die beiden Mädchen von sich und hob die Faust. Sein Kopf war tiefrot, ich konnte sehen, daß er zitterte.

»Verschwinden Sie«, sagte er mit merkwürdig leiser Stimme.

»Maria und Joseph —«, flüsterte die Wirtin.

»Sie sind schuld«, sagte Rinka. »Sie sind schuld, daß die Häuser nur noch Ruinen sind und daß die Kinder hungern. Ihre ganze verfluchte Generation hat es uns eingebrockt, und jetzt sitzen Sie hier und sollten eigentlich am Galgen hängen!«

Die Frau am Nebentisch sagte: »Wie interessant.«

»Um Gottes willen, sei still, Beate«, murmelte ihr Mann. »Misch dich nicht ein, was geht es dich an.«

»Halt den Mund«, sagte sie.

Herr Salzwedel stand regungslos vor Rinka. Er hatte die Faust noch immer erhoben, seine Augenlider zuckten nervös, ich glaubte jeden Augenblick, er würde sich auf Rinka stürzen. Aber er tat es nicht. Sein Blick war wie fasziniert auf das Gesicht des anderen gerichtet. Aus seinen Augen begann die Wut zu weichen. Es sah grotesk aus: Er stand da mit erhobener Faust und hatte Furcht. Ja, er hatte Furcht, ich konnte es sehen, nichts konnte darüber hinwegtäuschen.

»Jetzt erleben wir etwas«, sagte die Frau.

Das eine junge Mädchen, das uns die Beine gezeigt hatte, fing an zu weinen. Das andere sah Rinka giftig an und sagte: »Geben Sie nur nicht so an, Sie häßlicher Zwerg. Mir können Sie nicht imponieren. Setzen Sie sich oder machen Sie, daß Sie wegkommen!«

Rinka beachtete sie nicht. Er starrte auf den vor ihm stehenden Mann. In seinen Augen war ein solcher Haß, wie ich ihn nur einmal in den Augen eines Menschen gesehen hatte: das war an jenem Abend, als ich Rinka das erstemal wieder in Deutschland sah. Es war nicht nur Haß. In seinen Augen lag zugleich Abscheu und eine unheimliche Neugier. Er lächelte. Ich dachte: Ich möchte von ihm nicht so angesehen werden.

Dann ließ der Mann die Faust sinken. Sein Gesicht wurde beinahe noch dunkler als zuvor, er senkte die Augen und setzte sich schwer. Er lehnte sich in den Stuhl zurück und murmelte: »Was wollen Sie? Was habe ich damit zu tun?«

»Oh —«, sagte Rinka.

Er wandte sich hastig. »Lassen Sie uns gehen«, sagte er zu mir.

Wir verließen das Speisezimmer und gingen hinaus auf die Straße. »Auf Wiedersehen«, sagte er, draußen stehenbleibend. »Entschuldigen Sie mich, ich muß gehen.«

»Bleiben Sie«, sagte ich. »Ich möchte Sie etwas fragen.«

»Nein, ich habe keine Zeit.«

»Aber ich möchte Sie etwas fragen.«

»Lassen Sie mich in Ruhe«, schrie er.

Er ging wortlos davon. Ich blieb an seiner Seite und sagte: »Sie glauben nicht, wie es mich gefreut hat, Sie vor dem Schieber stehen zu sehen —«

»Hören Sie auf«, sagte er. Sein Gesicht sah müde aus. »Lassen Sie mich in Ruhe und gehen Sie.«

»Wann kann ich Sie wiedersehen?«

»Ich weiß es nicht. Gehen Sie jetzt. Ich möchte Sie nicht mehr sehen!«

»Okay«, sagte ich stehenbleibend. »Ich werde Molly von Ihnen grüßen.«

Er gab keine Antwort und eilte davon. Ich sah ihm nach, bis er in der Menge verschwand. Es ist derselbe Mensch, mit dem ich in den Nächten am Mississippi saß und über unser Leben diskutierte, dachte ich. Es ist derselbe, ich weiß es.

Dann wandte auch ich mich und ging nach Hause.

X

Die Straßen hatten nicht mehr das gleiche Gesicht, wie sie es noch wenige Tage zuvor gehabt hatten. Der Würgegriff der Einsamkeit war nur noch schwach – ich dachte an Eva Bach und lächelte. Auf dem großen Platz, auf dem ich so viele Male gestanden hatte, auf ein Gesicht wartend, das mir vielleicht zulächelte, auf irgend etwas hoffend, das mir geschehen könnte, blieb ich auch heute stehen. Amerikanische Autos fuhren dröhnend und knallend an mir vorbei, die Sonne schien durch den grauen Staub. Ich lehnte mich an einen Baum und öffnete meinen Tabaksbeutel. Molly hatte mir am Abend zuvor acht Zigarettenstummel geschenkt. Ich entfernte von zweien das Papier und stopfte sie in den Pfeifenkopf.

Ein alter Mann trat auf mich zu und sagte: »Haben der geehrte Herr nicht einen Stummel für mich übrig?«

Es tat mir weh, aber ich gab ihm einen. Er sagte: »Gott vergelt's!« holte umständlich eine Dose aus der Tasche, legte den Stummel sorgfältig hinein und schob ab.

Dann lehnte ich mich wieder an den Baum und rauchte und

sah auf die vorbeieilenden Menschen und auf die staubigen Ruinen. Noch immer fühlte ich mich satt. Das Erlebnis mit Rinka und dem Mann hatte mich froh gemacht, ich wußte nicht warum. Das Leben war gut, trotz alledem.

Zwei entlassene Kriegsgefangene in schwarzen Uniformen gingen an mir vorüber. Der eine sagte: »Den Bürokraten müßte man einem nach dem anderen in den Arsch treten, und zwar so lange, bis sie sich menschlich benehmen.«

»Ich habe schon zwanzig Ausweispapiere, und sie wollen immer noch mehr haben«, sagte der andere.

»Take it easy, buddies«, sagte ich.

Sie blieben stehen und sahen mich an.

»Hast du was zu rauchen, Kamerad?« fragte mich der eine.

»Nein«, sagte ich.

»Überhaupt nichts?«

»Nein.«

»Nicht ein paar Krümel?«

»Nein.«

Wir sahen uns an.

»Wo bist du gewesen?« fragte er.

»Überall«, sagte ich. »Im Süden und an der Ostküste und im Norden. Wo seid ihr gewesen?«

»In Texas und in Kalifornien«, sagte der eine.

»Ich war nur in Frankreich«, sagte der andere. »Ihr habt es gut gehabt, ihr Brüder, ich war in Frankreich.«

»Ich war in Amerika«, sagte ich.

»Ich auch«, sagte der eine, »two years.«

»Ihr könnt lachen«, sagte der andere. »Ich war in Frankreich.«

Sie standen da und sahen mich eine Weile gleichgültig an, dann gingen sie.

Ich blieb noch eine Weile an den Baum gelehnt stehen, dann schlenderte ich mit den Händen in den Taschen über den Platz. Wo die Bänke standen, war allerlei zu sehen. Ich setzte mich auf eine Bank, stützte mich mit den Armen gegen die Rückenlehne und sah mich um.

Das Leben war schön und interessant, kein Zweifel. Es stand eine Bude da, und man konnte Brot kaufen und Kaffee, und dann war da der Eingang zum Pissoir, und zwei warme Brüder standen gelangweilt herum und warteten auf Kundschaft. Eine alte Frau drückte sich ein Geschwür an der Wade auf, und zwei alte Männer sahen interessiert zu. Alles, die Brotbude und die Bretterzäune, war mit Plakaten vollgeklebt, man konnte alles mögliche tauschen, und im Prinzregententheater wurde »Ein Sommernachtstraum« gegeben, und wenn man die Nase voll hatte von den Parteien, sollte man »Parteilos« wählen, Liste zwei.

Ein Mann setzte sich neben mich und fragte: »Wollen Sie flüssige Seife kaufen? Ich lasse sie Ihnen billig, ich sehe, Sie sind ein entlassener Kamerad von mir. Wir haben an der Front gekämpft. Ich lasse sie Ihnen billig. Sie kriegen die Flasche für hundert Mark.«

Ich sagte: »Kein Bedarf.«

»Wie wäre es mit Zucker?« sagte er.

Ich schüttelte den Kopf.

»Ich habe noch andere Sachen«, sagte er. »Seien Sie nicht dumm und kaufen Sie. Decken Sie sich ein, wir gehen schweren Zeiten entgegen. Vielleicht kommt bald wieder Krieg, die Brüder quatschen mir zuviel in Paris. Es kann auch eine Revolution geben, hören Sie sich nur an, was dieser Molotow dauernd sagt. Wie wäre es mit einem kleinen Sack Mehl?«

Der Mann roch aus dem Mund wie eine Kuh aus dem Hintern, ich drehte mich weg und sagte: »Kein Bedarf und kein Geld. Lassen Sie mich in Ruhe.«

»Und Socken?« fragte er. »Wie wäre es mit einem Paar fast neuer Socken?«

Ich stand auf und setzte mich auf eine andere Bank. Hier saßen zwei kroatische Mädchen und stritten sich in ihrer merkwürdigen Sprache. Ein paar junge Männer schlenderten heran und begannen mit ihnen herumzualbern. Sie sahen aus wie allerbilligste Tangojünglinge, in ihrem Dorf in Bosnien oder Dalmatien hatten sie sicher nie davon geträumt, mit so tollen Frisuren herumzulaufen und mit so scharfen Bügelfalten anzugeben. Die Mädchen standen auf, und der ganze Haufen ging streitend und lachend davon. Ich sah ihnen nach. Auch die Mädchen hatten früher sicher Kühe gemolken oder Schafe gehütet. Nun, wir hatten sie hierher geholt, und jetzt wollten sie nicht wieder gehen. Es gefiel ihnen, selbst in diesem zerstörten, fremden Lande. Sie zogen es der eigenen Heimat vor. Es war ihre Sache.

Im Sande spielten ein paar Kinder. Ein kleines Mädchen mit Beinen nicht dicker als Bohnenstangen saß da und kratzte in der harten Erde herum und sah mit vor Hunger glänzenden Augen auf die Brotbude. Ich konnte ihr nichts geben. Hätte sie mich um etwas Rauchbares gebeten, ich würde ihr einen Stummel gegeben haben. Das war Deutschland, unser Land, unser Deutschland! Ich sagte: »Komm her, mein Kind!« Aber sie sah mich nur scheu an und stand auf und lief davon.

Nicht traurig werden, sagte ich mir selbst, auch die Kleine wird wieder satt werden und lachen. Ich sah ihr nach, wie sie, sich scheu umblickend, über den Platz ging, dann den Fahrdamm überquerte und in einer Straße verschwand. Vielleicht hatte die Mutter ein Stück Brot für sie. Früher hätte man ihr Schokolade geben können. Eine ganze Tafel. Vielleicht auch zwei, wenn sie sie essen mochte.

Der Platz gefiel mir nicht mehr. Ich stand auf und ging langsam nach Hause. Nicht traurig werden, wiederholte ich mir selber. Wir haben die Gewehre in die Hand genommen, und jetzt sind ihre Beine so dünn wie Bohnenstangen, und sie hungert. Wären wir nicht hinausgezogen, könnte sie jetzt Schokolade essen. Verdammt!

Zu Hause angekommen, ging ich zuerst in das Zimmer der beiden Frauen. Molly war allein.

»Rinka läßt dich grüßen«, sagte ich, »ich habe ihn heut getroffen.«

»So –«, sagte sie gleichgültig.

Sie lag auf dem Diwan und las einen Roman.

»Wo ist Steffi?« fragte ich.

»Ich weiß es nicht«, sagte sie.

»Ist sie schon zu Hause gewesen?«

»Nein.«

»Wo könnte sie sein?«

Sie legte den Roman zur Seite und sah mich an.

»Steffi ist seit gestern abend nicht zu Hause gewesen«, sagte sie. »Was sagst du nun, he?«

Und sie ließ den Kopf auf die Kissen zurücksinken und schüttelte sich vor Lachen.

XI

Auch in dieser Nacht kam Steffi nicht nach Hause. Ich wartete bis zum nächsten Nachmittag, dann ging ich in ihr Büro. Der Rothaarige fragte: »Was wollen Sie?« Ich beachtete ihn nicht und fragte Eva: »Hast du eine Ahnung, wo Steffi ist?«

»Sie ist nicht hier«, sagte der Rothaarige.

Eva sagte: »Ich habe keine Ahnung. Sie ist zwei Tage nicht hier gewesen.«

»Der Chef auch nicht«, sagte der Rothaarige.

»Was meinen Sie damit?« fragte ich ihn.

»Ich habe nichts gesagt«, sagte er, »ich habe nur gesagt, daß der Chef die letzten beiden Tagen auch nicht hier war.«

»Aber was meinen Sie damit?«

»Was geht mich Ihre Braut an«, sagte er. »Ich kümmere mich nicht um die Angelegenheiten der anderen. Sie ist nicht hier, und der Chef ist auch nicht hier, weiter habe ich nichts gesagt.«

Auch Eva Bach konnte mir nichts weiter sagen.

Ich ließ mir die Adresse Kostlers geben, dann ging ich und trieb mich ein paar Stunden in den Straßen herum. Ich dachte: Wo mag sie sein, was ist in sie gefahren? – Als es dunkel wurde, ging ich nach Hause. Sie war nicht da. Ich bestieg die Straßenbahn und fuhr zur Wohnung Kostlers.

Das Haus war nicht schwer zu finden, es stand in einem

Garten in einer stillen Straße. Hier war keine Bombe nieder-
gegangen, hier sah es überhaupt nicht nach Krieg und
Vernichtung aus. Die Blumen in den Gärten dufteten, die
Gartenhecken waren beschnitten. Ich blieb eine Weile im
Dunkeln vor dem Hause stehen. Oben brannte in ein paar
Fenstern Licht. Was wollte ich? Was ging mich Steffi an?
Vielleicht war sie gar nicht hier und schlief bei irgendeinem
anderen, und Kostler warf mich hinaus. Was ging sie mich
an? – Halt den Mund! sagte ich zu mir und ging auf die Tür zu
und drückte auf den Klingelknopf. Es dauerte eine Weile, ehe
das Mädchen kam.

»Ich möchte zu Herrn Kostler«, sagte ich.

Sie führte mich wortlos ins Haus. Drinnen blieb sie stehen
und nahm meinen Hut.

»Wie geht es?« fragte ich sie.

»Oh, danke.« Sie lächelte.

»Viel Arbeit?«

»Es ist nicht so schlimm.«

»Wie heißen Sie?« fragte ich.

Sie stand da und hielt meinen Hut in der Hand und sah mich
schüchtern und lächelnd an.

»Warum wollen Sie das wissen?«

»Sagen Sie es nur.«

»Ich heiße Anni«, sagte sie.

»Meine Mutter hieß Marie«, sagte ich, »sie war auch
Dienstmädchen, als sie noch jung war.«

»Oh –«, sagte sie.

»Bitte führen Sie mich zu Herrn Kostler«, sagte ich.

»Es ist Besuch da«, sagte sie.

Ich folgte ihr. Wir gingen einen Treppenabsatz hoch, und sie
klopfte an die Tür. Drinnen wurde »Ja!« gerufen, sie öffnete
die Tür, und ich ging hinein.

Die eine Wand des Zimmers war mit Bücherregalen bedeckt, in der Ecke stand ein großer Flügel. Vor dem Fenster
stand ein Schreibtisch, auf kleinen Tischen waren Blumen. Es
sah sehr gemütlich aus. Das breite Fenster stand offen, man

sah die dunklen Baumkronen des Gartens, im Zimmer vermischte sich der Geruch von Zigarettenrauch mit dem Duft der lauen Sommernacht.

Steffi lag auf dem Diwan, vor ihr saß Kostler. Sie hatte das grünseidene Kleid an und lag auf den linken Ellenbogen gestützt, wie die Königin von Saba auf Zigarrenkisten, in der rechten Hand hielt sie eine Zigarette. Als sie mich erblickte, richtete sie sich langsam hoch. Sie begann zu lächeln. Ihr Lächeln schnitt mir ins Herz, ich wäre gern zu ihr gegangen und hätte sie gestreichelt.

»Es ist nett, daß Sie kommen«, sagte Kostler. »Bitte setzen Sie sich, und rauchen Sie.«

»Warum hast du zu Hause nichts gesagt?« sagte ich zu Steffi. »Wie kannst du so lange wegbleiben, ohne jemandem Bescheid zu geben?«

Sie sah mich eine Weile an.

»Wer ist an mir interessiert?« sagte sie. »Wem macht es etwas aus, ob ich hier bin oder da?«

»Fräulein Müller wohnt hier«, sagte Kostler.

»Rinka wohnt auch hier«, sagte ich. »Sie haben also zwei neue Untermieter.«

»Es wird sowieso nicht mehr lange dauern«, sagte er.

»Was meinen Sie?«

»Ich verliere alles«, sagte er. »Den Betrieb und das Haus und alles. Ich muß wieder von vorn anfangen.«

»Sind Sie Aktivist gewesen?«

»Ich war in der Partei.«

»Seit wann?«

»Seit dreißig.«

»Und jetzt verlieren Sie alles?«

»Ich fürchte ja.«

»Millionen Menschen mußten ihr Leben geben, ohne je etwas getan zu haben«, sagte ich. »Unsere Kinder hungern, ohne zu begreifen warum.«

Er antwortete nicht.

Ich stand noch immer.

»Komm, laß uns nach Hause gehen«, sagte ich zu Steffi.

»Nein!« sagte Kostler erschrocken.

»Schweigen Sie!« sagte ich grob.

»Warum wollen Sie gehen?« fragte er. »Bitte bleiben Sie. Ich verliere alles. Alles. Sehen Sie sich um. Die Bücher und den Flügel und die Teppiche und alles. Bleiben Sie noch ein wenig und leisten Sie mir Gesellschaft.«

»Zum Teufel mit Ihren Teppichen und Ihren Büchern«, sagte ich. »Sie haben es sich selbst eingebrockt. Ihretwegen sind meine Kameraden an der Front verreckt, und Sie jammern um Ihr Gelumpe.«

»Auch ich habe schwer bezahlt«, sagte er. »Mein Junge ist gefallen, und ich bin allein.«

»Wer ist nicht allein in dieser Zeit?«

»Aber ich bin ganz allein«, sagte er.

»Bleib nicht bei ihm«, sagte ich zu Steffi. »Laß uns nach Hause gehen. Du suchst dir morgen eine neue Arbeit, und alles wird wieder gut werden.«

»Sie kann im Betrieb bleiben«, sagte Kostler. »Ich gehe, aber der Betrieb geht weiter. Ein anderer übernimmt ihn. Ein Fremder.«

»Das ist gleich«, sagte ich. »Komm Steffi, laß uns gehen.«

»Was soll ich tun?« flüsterte sie.

Ich sagte: »Vielleicht kommt Hannes eines Tages zurück.«

Sie fuhr zusammen und starrte mich erschrocken an. Ihr geschminktes Gesicht verfärbte sich. Sie hob wie abwehrend die Hände, ihre Lippen zitterten.

»Nicht –«, sagte sie leise.

»Was wissen wir?« sagte ich. »Er ist bei Stalingrad geblieben. Wer sagt, daß er nicht nur vermißt war und in Gefangenschaft geraten ist? Sie fangen jetzt langsam an, auch aus Rußland nach Hause zu kommen, vielleicht ist er eines Tages mit dabei.«

»Du sollst nicht –«, flüsterte sie tonlos.

Ich ging auf sie zu und setzte mich neben sie. »Nimm deine Tasche und laß uns gehen«, sagte ich. »Sei ein guter Kerl.

Morgen gehst du wieder arbeiten. Wenn du dich langweilst, kannst du zu mir kommen, ich werde dich nicht mehr hinauswerfen.«

Sie fing hilflos an zu weinen. Ich streichelte ihr Haar und sagte: »Nicht weinen, alles wird wieder gut werden. Du wirst sehen, alles wird wieder gut werden.«

Kostler murmelte: »Wollen Sie wirklich gehen? Wollen Sie mich allein lassen? Sie haben mir versprochen, hierzubleiben –«

Sie stand auf und flüsterte: »Laß uns gehen, laß uns gehen –«

»Nein!« sagte Kostler. »Sie haben mir versprochen –«

Da stand er, ein alter Mann, vor seinen Büchern und seinem Flügel und hatte Angst vor dem Alleinsein. Aber eines Tages, im Februar 1944, war meinem Freund bei Nettuno das Bein abgerissen worden, und ehe ich etwas tun konnte, war er auch schon verblutet. Bevor er starb, sah er mich mit seinen achtzehnjährigen Augen an, und dieser Blick war schwerer zu ertragen gewesen als der Blick Kostlers. Ich sagte: »Gar nichts hat sie versprochen, stellen Sie sich nicht so an!« und nahm Steffis Arm.

Wir verließen das Zimmer und gingen die Treppe hinunter. Das Mädchen brachte meinen Hut. Sie sah uns beide mit merkwürdigen Augen an. Ich sagte: »Gute Nacht, Anni«, und wir gingen hinaus auf die Straße.

Die Nacht war warm und süß. Wir gingen schweigend nebeneinander durch die stillen Straßen. In meinem Herzen begann sich die Traurigkeit zu verdichten. Es war mir, als ginge ich einsam durch einen ungeheuren Wald, ich konnte keinen Weg entdecken und wußte, daß ich nie hinausfinden würde. Ich wehrte mich verzweifelt gegen die Einsamkeit, aber sie hielt mich in ihren Fängen, ihr Griff, ihr würgender Griff wurde wieder fester. Wie sollte ich mich befreien? Auch der Gedanke an Eva Bach half mir nicht. Ich mußte sie wiedersehen! Ich mußte sie sprechen hören und in ihre Augen blicken. Sie war der einzige Mensch in diesem Lande Deutschland, der mir Hoffnung und Zuversicht gab. Ich wollte mich nicht unterkriegen lassen. Nein! Ich wollte die Einsamkeit, die mich zu erwürgen drohte, erschlagen. Wo war die Waffe, mit der ich es tun konnte? Wo war der Weg, der mich aus dem bedrückenden Dunkel führte?

Die Stimme Steffis ließ mich zusammenfahren. Sie hatte etwas zu mir gesagt, sie ging neben mir. Ich murmelte: »Entschuldige, ich habe dich nicht verstanden –« Nimm dich zusammen, dachte ich, sie geht neben dir.

»Glaubst du wirklich, daß er kommt?« fragte sie schüchtern.

»O ja«, sagte ich. Ich sagte es sehr laut. »Er kommt wieder nach Hause. Ganz bestimmt kommt er wieder nach Hause. Eines Tages ist er da, und du hast ihn wieder.«

»Was wird er sagen?« fragte sie kaum hörbar.

»Er wird da sein und sich freuen«, sagte ich. »Er wird zu dir kommen, und ihr werdet wieder zusammen leben.«

»Aber was wird er sagen?«

»Er wird sagen: Liebe Steffi –«

»Nein –«, flüsterte sie.

Sie blieb stehen.

Auch ich blieb stehen.

»Genau das wird er sagen«, sagte ich. »Liebe Steffi, hier bin ich. Laß uns alles vergessen und wieder von vorn anfangen –«

»Und dann?« flüsterte sie.

»Dann wird er sagen: Ännchen ist tot. Ich hätte Ännchen gern wiedergesehen, aber Ännchen ist tot. Aber du bist noch jung, und ich bin noch jung, und wir können noch viele Kinder haben –«

»Und dann?«

Ihr Gesicht war ganz dicht vor dem meinen. Wir standen in der dunklen Nacht, und ich sah ihre großen Augen und fühlte, wie die Traurigkeit von mir wich, und wie namenlose Schwermut und tiefe, schmerzende Freude mein Herz zerrissen.

»Ihr werdet wieder durch abendliche Straßen gehen«, flüsterte ich. »Die Bäume werden duften, wie sie heut nacht duften, die Luft wird warm und süß sein, wie sie es heute ist. Er wird von seiner Meisterprüfung sprechen, und du wirst glücklich sein. Ihr werdet des Nachts nebeneinanderliegen, und er wird zu dir sprechen und tausend Dinge erzählen und dich streicheln.«

»Ist das wahr?« fragte sie atemlos.

»Ja, es ist wahr.«

»Aber ich habe so viele häßliche Dinge getan.«

»Ihr werdet es vergessen«, sagte ich. »Es sind so viele häßliche Dinge geschehen, ihr müßt sie vergessen.«

»Ich bin noch jung«, murmelte sie.

»Ja. Ihr werdet alles von euch schütteln und von vorn anfangen.«

»Erzähle mehr. Was wird er noch sagen?«

»Er wird sagen: Liebe Steffi, ich habe mich so entsetzlich nach dir gesehnt. Ich habe von dir geträumt, als ich im Deckungsloch hockte, und als ich gefangen war. Immer habe ich an dich gedacht und auf den Tag gewartet, an dem ich wieder bei dir bin.«

»Wird er das sagen?«

»Ja.«

»Was noch?«

»Er wird sagen: Jetzt ist alles vorbei. Jetzt bist du wieder meine Frau, und ich bin wieder dein Mann.«

»Sag mehr«, bettelte sie.

Sie hielt meine Arme umklammert und sah mich so flehend an, daß ich weitersprechen mußte.

»Er wird sagen –«, begann ich.

»Was?« flüsterte sie wild. »Was wird er sagen?«

Ich konnte es nicht mehr ertragen.

»Steffi«, sagte ich ruhig. »Hör auf mit deinem verrückten Leben. Vergiß es und werde wieder normal. Versuche morgen eine neue Stellung zu finden –«

Sie starrte mich eine lange Weile an. Dann ließ sie ihre Arme sinken und sagte tonlos: »Er kommt nicht zurück –«

»Er kommt zurück!« rief ich.

»Ännchen ist auch tot«, sagte sie.

»Ja. Aber Hannes kommt zurück!«

»Aber was wird er sagen?« schrie sie.

Sie drehte sich plötzlich von mir weg und begann die Straße entlangzugehen. Ich blieb an ihrer Seite. Ihr Schritt wurde schneller. Ich versuchte, ihren Arm zu nehmen. Sie machte sich los und begann zu laufen.

»Steffi!« rief ich.

Ich holte sie ein und nahm ihre Arme und hielt sie fest.

»Laß mich los!« stöhnte sie. »Laß mich los, du Lügner!«

»Sei vernünftig«, bat ich.

Sie wurde langsam wieder ruhig. Wir gingen nebeneinander her und sagten nichts mehr. Als wir zu Hause ankamen, ging jeder wortlos in sein Zimmer. Ich war sehr müde. Ich ging an das offene Fenster und blickte lange in die dunkle Nacht.

XII

Ich erwachte sehr früh am anderen Morgen, lag eine Weile im Bett und dachte an das, was ich an diesem Tage schreiben wollte. Es war sehr still im Hause, die Menschen schliefen noch. Ich lag da und dachte nach, und dann hielt ich es nicht mehr aus. Ich sprang aus dem Bett und legte die Laken in das offene Fenster und wusch mich hastig. Noch während ich mich wusch, führte ich, wie jeden Morgen, einen heftigen Kampf, wieviel ich von meinem Brot essen sollte. Ich nahm es in die Hand und schnitt ein paar Kerben hinein – es mußte noch drei Tage reichen. Das Wasser lief mir im Munde zusammen, als ich es roch, aber ich beherrschte mich und aß nur eine Scheibe. Ich versuchte, sie langsam zu essen; irgend jemand hatte gesagt, das Brot halte länger vor, wenn man es langsam kaue. Als die Scheibe gegessen war, merkte ich erst, wie hungrig ich war. Ich hätte fünf Scheiben essen können. Ich warf das restliche Stück Brot fluchend in den

Kasten zurück und trank ein paar Gläser Wasser. In kurzer Zeit, wußte ich, würde das Hungergefühl nachlassen.

Mein Tabaksbeutel war leer. Ich ging hinüber zum Zimmer der beiden Frauen und öffnete leise die Tür. Sie schliefen fest. Molly lag allein in ihrem Bett. Steffis Gesicht hatte einen fast kindlichen Ausdruck: sie träumte lächelnd. Schlaf nur, dachte ich, schlaf nur und wache so bald nicht auf.

Dann untersuchte ich den Aschenbecher auf Mollys Tisch und fand fünf Stummel, zwei von ihnen waren noch sehr lang. Leise ging ich in meine Bude zurück und stopfte die Pfeife.

Ich war sehr glücklich. Ich fühlte mich jung und stark, und vor mir lag das weiße Papier. Die Traurigkeit der letzten Nacht war vergessen, es würde alles gut werden. Das Hungergefühl begann nachzulassen, bis es sich erneut meldete, konnte ich viel geschrieben haben. Ich sah eine Weile durch das Fenster auf die grauen Ruinendächer und begann zu schreiben.

Es machte mich glücklich, daß ich mich ausdrücken konnte, daß ich klar sagen konnte, was ich wollte. Ich konnte so schreiben wie alle andern in Deutschland auch, ich machte nicht mehr und nicht weniger Fehler – ich konnte genau das sagen, was ein Gebildeter sagen würde, wollte er etwas ausdrücken. In dem Milieu, aus dem ich kam, legte man nicht soviel Wert darauf. Als ich anfing, Bücher zu lesen – ich war damals zwölf Jahre alt – prophezeite mir meine Mutter, ich würde im Irrenhaus enden. Ich entdeckte damals die Bücher der Frau Courths-Mahler oder wie die Dame hieß, und war bezaubert. Sie war eine große Offenbarung für mich, es waren die ersten Bücher, die ich in meinem Leben las. Ich saß da in einem Berliner Hinterhof – meine Kleider waren zerrissen und ich war hungrig wie ich es heute bin – und las von Komtessen und Baronen und weinte bitterlich, wenn es ihnen schlechtging und frohlockte, wenn er sie auf der letzten Seite küßte. Dann kam ich aus der Schule und ging in die Fabrik. Aber ich war nur halb bei der Arbeit und bei meiner

Leuten. Meine Gedanken und Träume waren bei den andern, den Gebildeten. Es waren nicht mehr die Grafen und Komtessen, es waren alle andern Menschen, die nicht zu meinem Leben gehörten, die ich nur aus der Ferne sah, und von denen ich annahm, daß sie das andere Leben führten, das Leben, das glücklich macht: Ärzte und Rechtsanwälte und Lehrer und Architekten und Schriftsteller und Professoren. Sie mußten glücklich sein, und ihr Leben mußte auf einer höheren Stufe stehen als das meine und das meiner Kameraden, hatten sie doch alle Voraussetzungen dazu, waren sie doch gebildet! Erst später machte ich die Entdeckung, daß es dieselben Menschen waren wie wir andern auch, wenn sie nicht verstanden zu leben. Aber damals wußte ich es noch nicht, mich trieb eine brennende Sehnsucht, so zu sein wie sie, und teilzunehmen an ihrem vermeintlichen Reichtum. Ich hatte niemanden, der mir hätte sagen können, wo der Weg war, der mich zu ihnen führte, und ich mußte ihn mir selbst suchen.

Ich ging eines Tages zur Bibliothek und starrte wie hypnotisiert auf die vielen tausend Bücher, die da vor mir in den Regalen standen. Ich wußte: diese Bücher sind die Brücke. Lies sie, und du wirst ein anderer Mensch werden! – Da stand ich und faßte meinen gewaltigen Entschluß. Ich sehe mich noch jetzt vor den Büchern stehen, und mein Herz wird warm vor wilder, schmerzender Wehmut: Da stand ich, an meinen Händen klebte noch der Schmutz der Fabrik, mein Gesicht war blaß und hohlwangig, in meinen Augen glühte das heiße Verlangen, mich zu befreien. Ich wollte frei sein. Ich wollte die ganze Bibliothek auslesen! – Ich löste eine Karte und nahm die ersten zwei Bücher aus der ersten Reihe und begann so mit dem Buchstaben A. Ich las alle Schriftsteller, die mit A anfingen, von Achleitner über Anzengruber bis zu Auerbach. Die Arbeit in der Fabrik war ermüdend, ich las des Nachts und sonntags, was die Schriftsteller, deren Namen mit dem Buchstaben A begannen, zu sagen hatten. Der Herbst kam und der Winter, und meine Mutter tobte, und mein Meister wollte mich hinauswerfen. Ich las eisern. Um die Weihnachtszeit war ich mit dem Buchstaben A fertig, es war ein großer Tag. Ich begann ohne Pause mit dem Buchstaben B. Aber ich kam nur bis zu Brachvogel. Ganz plötzlich kam mir der Gedanke, daß das nicht der richtige Weg war, zu den Gebildeten zu gelangen. Ich war verwirrt.

Etwas sagte mir, daß es nicht der richtige Weg war. Ich las, was sie mir zu sagen hatten, sie erzählten interessante Geschichten und hatten ihre Meinungen über dies und das, aber sie gaben mir keine Antwort.

Wen hätte ich fragen können?

Meine Mutter, meine Kollegen in der Fabrik und meine Kameraden auf der Straße hätten mich nicht verstanden. Die Lehrer waren immer meine Feinde gewesen, als ich noch zitternd vor ihnen auf der Schulbank saß – jetzt hatte sich die Kluft zwischen uns nur vertieft. Oh, wie ich die andern beneidete, die weiter zur Schule gehen durften, obwohl sie über das vierzehnte Jahr hinaus waren. Sie fragten, und sie erhielten Antwort. Sie konnten die Mutter fragen oder den Vater, alle waren nur zu bereit, ihnen den Weg zu ebnen. Mein Gott, sie marschierten schnurgerade dahin, wo ich nie hingelangen würde. Auch wenn ich die Bibliothek bis Z durchläse, gewissenhaft und fleißig, kein Buch auslassend!

Tiefe Niedergeschlagenheit ergriff mich. Ich dachte: Es hat doch keinen Zweck, du wirst nie so sein wie sie, die andern. Brachvogel ging zur Bibliothek zurück, und dabei blieb es. Auf der Straße standen des Abends meine Kameraden, ich ging zu ihnen zurück. Sie nahmen mich wieder auf, ohne meine Abtrünnigkeit je zu erwähnen. Sie nahmen mich auf in ihren Kreis, als hätte ich eine häßliche Krankheit überstanden, über die es unfein ist zu sprechen. Sie begriffen mich nicht, und wäre ich nicht zusammen mit ihnen aufgewachsen, hätten wir nicht als Kinder zusammen gelitten, sie hätten mir nie verziehen. Wie konnte ich mich je bemühen, so zu sein wie die andern, jene komischen Vögel, die Brillen trugen, albern sprachen und ihren Damen in die Mäntel halfen? Es waren ihre Feinde – man sah sie in der Fabrik nur in kommandierenden Stellungen, sie saßen in den Ämtern und Büros, sie waren die Despoten der Schulen, kurz, sie waren die anderen.

Aber ich war nicht glücklich, als ich wieder bei den Kameraden war. Wir standen des Abends an den Straßenecken und ich hörte auf das, was sie sagten und fühlte mich fremd. Ich erschrak. Mein Freund Pauli erzählte von einem Mädchen, das alles mit sich machen ließ, es war fünfundzwanzig Jahre alt. Er war schon viermal bei ihm gewesen. Ich hörte ihn erzählen und dachte: Wenn ich jetzt doch den ganzen Buchstaben B gelesen hätte und dann C und dann immer weiter bis zu Z! – Es hat keinen Zweck, dachte ich, du wirst es nie wissen, sie wollen es dich nicht wissen lassen, du bist dazu da, arbeiten zu gehen, und hast dich für die anderen Sachen nicht zu interessieren. Um so zu sein wie sie, muß man ganz anders geboren sein, du bist nicht so wie sie geboren, und deshalb wirst du es nicht wissen. –

So dachte ich und war nicht glücklich. Auch ich ging zu jenem fünfundzwanzigjährigen Mädchen, das alles mit sich machen ließ, und versuchte genau so zu sein wie mein Freund Pauli und die andern, aber, verdammt, ich hatte den Buchstaben A ganz und den Buchstaben B bis Brachvogel gelesen, und ich war nicht glücklich. Heimlich verließ ich die Kameraden wieder und ging zur Bibliothek zurück, ich zog wahllos Bücher aus den Regalen und las, heißhungrig, mit wilder, wütender Gier. Es mußte alles in ihnen sein, was ich suchte, vielleicht würde ich eines Tages auf die Antworten stoßen, die ich suchte. Sie sollten es mir nur schwer machen, die Hunde, ich würde schon entdecken, was ich suchte – sie hatten sich gewaltig geirrt, wenn sie glaubten, nur ihnen stände das Fragen und die Antworten zu!

XIII

Nun, ich hatte auf jeden Fall gelernt, ordentlich zu schreiben. Mein Freund Pauli konnte auch heute noch nicht richtig schreiben. Er pfiff darauf, soweit ich ihn kannte, aber mir war es nicht gleich. Ich saß vor dem weißen Papier und schrieb wie ein Rasender. Gegen Mittag hielt ich erschöpft inne. Ich merkte plötzlich, wie der Hunger in mir wütete; wenn ich den Kopf senkte, wurde mir schwindelig. Aber ich war glücklich. Mein Manuskript fing an, Form zu bekommen. Auch heute hatte ich viele Seiten geschrieben. Ich stand auf, zog mir die Jacke an und ging hinunter auf die Straße.

An der Ecke gab es ein Speiserestaurant, es roch bis auf die Straße hinaus nach Kartoffeln und Rüben. Ich ging hinein und gab der Kellnerin eine Fettmarke für zehn Gramm und schlug mir den Leib voll Kartoffeln. Dann gab ich ihr zögernd noch einmal eine Zehn-Gramm-Marke und aß noch einmal Kartoffeln. Ich hätte es gern zum drittenmal getan, aber ich mußte mit den Fettmarken haushalten, und ich hatte auch nicht genügend Geld, um dreimal essen zu können. Sie hatten mir bei der Entlassung vierzig Mark ausbezahlt und dann noch einmal hundertundzehn Mark als letzten Sold, und dann hatte ich etwas Seife und ähnlichen Kram, den ich aus Amerika mitbrachte, verkauft, und von diesem Geld lebte ich. Das Geld begann zur Neige zu gehen, ich mußte aufpassen. Es ist richtig, ich hätte arbeiten können, um Geld zu verdienen, es gab übergenug zu tun, aber ich wollte das Buch schreiben. Ich mußte aufpassen, daß das Geld noch eine Weile vorhielt. Das Buch mußte geschrieben sein. Ich würde lieber noch mehr hungern und das Buch schreiben. In den Straßen lagen die Trümmer meilenweit, und alles schrie danach, daß man den Spaten in die Hand nehme und die Schande hinwegräume, aber wie stand es mit meinem Manuskript? Bis heute hatte noch niemand gesagt, was ich sagen wollte, ich mußte es tun. Ich mußte ihnen zeigen, was sie vielleicht nicht sahen – vielleicht waren sie zu träge, zu apathisch geworden, es zu sehen. Entschuldigt mich, dachte ich, räumt die Trümmer für eine Weile alleine weg, ich habe eine andere Arbeit vor, eine Arbeit, die nicht weniger wichtig ist.

Ich ging auf die Straße hinaus und genoß mein augenblickliches halbes Sattsein. Ich hatte noch zwei Stummel, einen kurzen und einen langen, ich stopfte sie in die Pfeife und ging rauchend die Straße hinunter. François Villon, dachte ich, Rimbaud, Maxim Gorki, Panait Istrati, Peter Hille, Li Tai Pe, Jack London, Walt Whitman – ihr seid nicht glücklicher gewesen! – Ein amerikanischer Lastwagen fuhr donnernd vorüber, auf dem Führersitz saß ein blonder Junge, er hatte eine Zigarette im Mund und sang. Du bist auch nicht glücklicher, dachte ich, obwohl du zum reichsten Land der Erde gehörst und uns Menschen dieses Landes in deinem Glück nie begreifen wirst. Ich fühle, daß wir inmitten der gewaltigsten Revolution unserer Geschichte stehen, und diese atemraubende Erkenntnis läßt mein Herz höher schlagen. Manchmal zerfressen mich Zweifel, und manchmal drohe ich in der Einsamkeit unterzugehen – aber wie sollte es anders sein? Ich bin kein Heiliger. Ich bin nur ein Produkt dieser irrsinnigen, schönen Zeit und kein Heiliger. Unsere Zeit hat Verzweiflung und Untergangsstimmung und Optimismus und Glück wie keine Zeit zuvor. Ich werde schon durchkommen, ich werde sie schon überstehen, keine Angst, ich bin noch jung, und wir stehen vor einem Anfang, der so versprechend ist in seiner Gewalt, daß man nicht anders sein kann als stark und optimistisch, trotz aller verfluchten Rückschläge. Der Dreck klebt noch an uns, kein Zweifel, aber wir müssen ihn abschütteln, wir müssen hart sein – wir wollen ganz nackt und ganz ehrlich sein, damit wir wirklich wieder anfangen können, ganz von vorn. Das Unheil liegt hinter uns, jetzt nur noch hindurch durch den Schutt. Keine Angst, mein Junge, es wird schon gehen.

Da gingen sie, meine Mitmenschen, sie liefen neben mir her, und sie kamen mir entgegen. Ihre Gesichter waren vor Gram zerfressen, sie starrten mit finsteren, hoffnungslosen Gesichtern ins Leere. In ihren Gesichtern, in ihren Herzen saß der Feind! Das Schicksal hatte ihnen eins aufs Dach gegeben, und niemand von ihnen stellte sich die Frage: Warum haben wir eins aufs Dach bekommen? Was können wir tun, daß wir nicht wieder eins aufs Dach bekommen? – Sie nahmen den Schlag an und ließen es zu, wenn tiefe Hoffnungslosigkeit und Verzweiflung in sie einkehrte. Sie wollten fliehen vor der Verzweiflung und wußten nicht wohin. Alle Tore waren versperrt, sie hockten sich nieder und haderten mit dem Schicksal. Warum taten sie es nicht mit sich selbst? Warum sagten sie nicht: Das Unheil liegt hinter uns, wir haben es selbst verschuldet, aber wir sind stark und tüchtig und müssen uns jetzt durch den übriggebliebenen Schutt durcharbeiten?

Ich mußte Eva Bach sehen. Sie war jung, und sie war so wie ich, ich mußte sie sehen. Die Gesichter neben und vor mir waren schlimmer als die Ruinen. Ich sah sie überall in den Schlangen vor den Geschäften, in der Straßenbahn, überall. In ihnen lag unsere Tragödie. Ich wollte ein anderes Gesicht sehen und eine andere Stimme hören als die Stimme des Haderns und der Verzweiflung. Sie hatte gesagt: Das Leben ist schön, es ist schön zu leben! – Das hatte sie gesagt. Ich mußte sie sehen.

Es war gegen zwei Uhr jetzt, und bis vier war sie im Büro. Langsam ging ich zum großen Platz und setzte mich auf eine Bank und wartete.

Das kleine Kind von gestern war nicht mehr da. Die alte Frau mit dem Geschwür war nicht mehr da. Der Schwarzhändler machte woanders seine Geschäfte. Von den Menschen um mich sprachen nicht viele deutsch. Es waren Polen und Kroaten und Serben und Rumänen und Bulgaren und Griechen und Ungarn und vielleicht noch andere. Ein paar von ihnen hatten einen Strich in den Sand gekratzt, sie stellten sich in einigem Abstand von ihm auf und warfen mit Münzen. Derjenige, dessen Münze dem Strich am nahesten kam, bekam fünf Mark. Sie griffen beim Bezahlen in die Hosentasche und holten ganze Bündel Papiergeld hervor. Dann bezahlten sie sich gegenseitig, schreiend und fluchend und lachend.

Ein Mann stellte sich vor mich hin und sagte: »Kamerad, willst du mir nicht eine Zigarette anzünden?«

Er hatte keine richtigen Hände. In seinen Jackenärmeln staken zwei nachgemachte Hände aus Holz. Er sagte: »Die Zigarette ist in meiner linken Brusttasche.«

Ich stand auf und griff in seine linke Brusttasche und fand die Zigarette.

»Steck sie mir in den Mund, Kamerad«, sagte er.

Ich steckte sie ihm in den Mund.

»Die Streichhölzer sind in der rechten Hosentasche«, sagte er.

Ich holte die Streichhölzer heraus und zündete die Zigarette an.

»Danke«, sagte er, die Zigarette zwischen den Zähnen. »Ich kann alles mit den Prothesen machen, aber die Zigarette aus der Tasche holen, ist noch zu schwer, und die Streichhölzer rutschen mir immer weg.«

Er lächelte.

»Was soll ich noch tun?« fragte ich.

»Nichts«, sagte er. »Ich muß zur Straßenbahn.«

»Der Zigarettenrauch wird dir in die Augen beißen, wenn die Zigarette kleiner wird«, sagte ich.

»Oh«, sagte er, »ich kann sie herausnehmen, das kann ich.«

Er hob den Arm, der Holzdaumen und der Holzzeigefinger nahmen die Zigarette unbeholfen aus dem Mund und hielten sie steif vor sich. »Ich kann sie nur nicht anzünden«, sagte er bedauernd.

»Granateinschlag?« fragte ich.

»Nein«, sagte er. »Abgequetscht. Der Zug flog in die Luft, und die Arme waren futsch. Es waren Titos Partisanen.«

»Gott sei Dank kannst du sie herausnehmen«, sagte ich. »Der Rauch beißt in die Augen, und man muß sie immer herausnehmen.«

»Ich habe mich daran gewöhnt«, sagte er, »es ist alles Gewohnheitssache. Ich kann sie bis zu Ende rauchen, ohne sie herauszunehmen. Da kommt meine Bahn.«

»Servus«, sagte ich.

»Ja, Servus«, sagte er. »Danke schön. Da kommt meine Bahn.«

Er ging mit der Zigarette im Munde davon. Die Prothesen schob er in die Taschen, es sah aus, als hätte er richtige Hände, niemand würde annehmen, daß sie aus Holz seien.

Ich ging zu den spielenden Ausländern und sah eine Weile zu, wie sie mit ihren Münzen warfen. Sie waren braungebrannt und schwarzlockig und spielten lärmend und sich streitend wie Kinder. Ein amerikanischer Sergeant stellte sich neben mich und fragte: »What are they doin', these guys?«

»Gambling«, sagte ich.

Er sah eine Weile zu.

»It ain't funny«, sagte er dann und ging wieder.

Ich sah auf die Uhr. Es war drei Uhr. Ich verließ den Platz und ging langsam die Straße entlang. Das Pflaster war staubig, die Sonne fiel heiß und dröhnend in die gezackten Ruinen, aus einem Geschäft stank es nach Fischen. Die Menschen standen mißmutig und ihr Los diskutierend vor den Geschäften Schlange. Im Schatten eines Baumes saß ein alter Mann. Er hatte seinen speckigen Hut vor sich aufgestellt und sang mit brüchiger Stimme:

> »Es geht alles vorüber,
> es geht alles vorbei,
> auf jeden Dezember
> folgt wieder ein Mai –«

Sein mit schmutzigen Haaren überwucherter Mund lachte, er schlug mit knochiger Faust auf das geflickte Knie, wie um den Takt zu halten. Ein Stück weiter fuhren zwei Frauen keifend aufeinander los. Die eine schrie: »Mir erzählen Sie nichts, ich habe es gesehen, er hat das Holz weggenommen, dieser Drecksack!« – Die andere schrie zurück: »Machen Sie sich nur nicht ins Hemd wegen dieses einen Stückchens Holz, Sie häßliche Ziege. Er wollte nur damit spielen!«

Eine Straßenbahn fuhr kreischend vorbei, das Gezänk der

Weiber ging unter im Lärm der klappernden Eisenteile. Auf den Trittbrettern klebten die Menschen wie Bienen an einem Stück Zuckerbrot. Sie standen zwischen den Wagen, einer hing hinten dran, er stand auf dem wackeligen Verbindungsstück, klammerte sich fest und hatte ein Gesicht, als stünde er am Grabe seiner Mutter.

Als ich mich vor Kostlers Druckerei postierte, schlug es gerade vier Uhr. Arbeiter und Büromädchen begannen das Haus zu verlassen. Es gab eine Menge Büros und kleine Betriebe in dem Hause, und es kamen ziemlich viele Menschen heraus. Dann sah ich Steffi und Eva. Ich ging auf sie zu und begrüßte sie.

Steffi hatte also ihre Stellung behalten. Sie war an diesem Morgen ins Büro gegangen, ohne sich von mir wecken zu lassen. Ihre Augen sahen müde aus, breite schwarze Ränder erzählten von wenig Schlaf. Sie hatte ein nettes Kleid an und war nicht mehr so stark gemalt. Ich lachte sie an, und sie lächelte zurück. Ich hatte sie sehr gern in dieser Minute.

Sie sagte: »Du kommst wegen Eva, wie?«

»Ja«, antwortete ich, »ich wollte Eva abholen.«

»Dann geht nur«, sagte sie.

Der Rothaarige ging an uns vorüber und zog den Hut. Er sah mich spöttisch an und zuckte mit den Achseln, dann kniff er das eine Auge zu. Vielleicht war er verrückt.

»Geh mit uns«, sagte ich zu Steffi.

»O nein«, sagte sie. »Was soll ich bei euch?«

»Ja, geh mit«, sagte auch Eva.

»Ihr seid nicht recht bei Trost«, sagte Steffi. »Was soll ich bei euch? Ihr wollt am liebsten allein sein, ich kenne das. Junge Verliebte wollen am liebsten allein sein.«

»Du mußt es ja wissen«, sagte ich.

»Ja«, sagte sie, »ich weiß es.«

Wir sahen uns an und lächelten. Der gestrige Abend hatte nichts Böses oder Trauriges in ihr hinterlassen. Was hatte sie gedacht, als sie sich ins Bett legte? – Ich war froh, daß ich sie aus Kostlers Wohnung geholt hatte. Es gab keinen vernünftigen Grund für mein Verhalten, aber ich war froh, daß sie nicht mehr bei ihm wohnte.

Wir verabschiedeten uns, und sie ging lächelnd davon. Eva sagte: »Sie ist ein guter Mensch. Sie müßte Kinder haben. Glaubst du nicht, sie würde eine gute Mutter sein, trotz ihres merkwürdigen Gebarens?«

»Sie hat eins gehabt«, sagte ich, »es ist durch einen Splitter getötet worden.«

»Wie alt war es?«

»Drei Jahre. Ein Mädchen.«

»Und der Mann?«

»Er ist in Rußland vermißt.«

»So ist unser Leben«, sagte Eva.

»Ja«, sagte ich. »Die Leute, die sich über ihren Lebenswandel entrüsten, sollen nur ruhig sein. Die ganze Welt ist verrückt, warum sollte Steffi normal sein?«

Evas Vater hatte sich gerade gewaschen, als wir bei ihr zu Hause ankamen. Vom Herd her kam der Geruch dampfender Kartoffeln. Die Mutter sagte: »Mein Gott, ich habe nicht genug geschält!«, als sie mich erblickte.

»Ich habe ihn eingeladen«, sage Eva, »laß uns noch ein paar hinzuschälen.« Und sie machte sich mit der Mutter an die Arbeit.

Die drei Menschen wohnten in der Küche und schliefen in einem anschließenden kleinen Zimmer. In der Mitte der Küche stand der Tisch, an der Wand eine mächtige Anrichte, vor dem Fenster die Nähmaschine. Der Vater setzte sich in einen mitgenommenen Korbstuhl und sah mich eine Weile schweigend an. Er war ein Mann in den fünfziger Jahren, auf seiner fleischigen Nase saß eine altmodische Stahlbrille. Er trug das graue Haar etwas länger, als es Arbeiter seines Alters gewöhnlich tun, und sah aus, als hätte er viel gelesen und nachgedacht. Ich setzte mich auf einen Stuhl ihm gegenüber, und er fragte: »Was tun Sie? Wo arbeiten Sie?«

»Ich bin noch nicht lange zu Hause«, sagte ich ausweichend. Es fiel mir schwer, von meinem Buch zu sprechen. Vielleicht würde er annehmen, ich sei eingebildet, wenn ich ihm sagte, daß ich an einem Roman arbeitete. Ich sah nicht so aus wie ein Romanschreiber, und ich konnte ihm unmöglich erzählen, was in mir vorging.

»Eva sagt, Sie arbeiten an einem Buch«, sagte er.

»Ja«, sagte ich unsicher.

Ich war wütend auf sie. Warum erzählte sie es allen Leuten? Er sah mich wieder schweigend an. »Was wollen Sie den Leuten erzählen?« fragte er dann.

Ehe ich antworten konnte, fragte er plötzlich: »Sind Sie in der Arbeiterbewegung gewesen? Früher?«

»Das ist lange her«, sagte ich. »Ich war in der Arbeiterjugend.«

»Was wollen Sie ihnen erzählen?«

»Es gibt tausend Probleme —«, begann ich zögernd.

»Die Leute schreiben alle Bücher und sagen nichts«, sagte er ungeduldig. »Schreiben Sie etwas über die Partei. Ich könnte Ihnen da viel erzählen, ich habe alles mitgemacht. Fangen Sie zum Beispiel mit dem Tag an, an dem Scheidemann die Republik ausrief, und dann berichten Sie über unseren Kampf in all den Jahren, die folgten. Beschreiben Sie Eberts Politik und Legiens Einsatz und Stampfers Kampf in der Presse. Ich habe alles mitgemacht, ich könnte Ihnen da viel erzählen. Zum Beispiel die Diskussionen bei der Hindenburgwahl. Sie hätten den Tumult an unseren Zahlabenden miterleben sollen! Aber wir haben Disziplin bewahrt und den Herren Kommunisten gezeigt, daß auch wir uns nach gefaßten Beschlüssen richten können. Erinnern Sie sich an Hörsings Artikel im ›Reichsbanner‹? Wissen Sie noch, wie mächtig die Gewerkschaften waren? Sagen Ihnen Namen wie Severing, Braun, Wels, Aufhäuser, Breitscheid nichts? Setzen Sie sich hin und schreiben Sie darüber, junger Mann. Die Partei wird ebenso stark und ebenso bedeutungsvoll werden, wie sie es war, und wir werden uns ebenso zäh an die Kleinarbeit machen, wie wir es früher getan haben —«

Die Mutter sagte zu mir: »Machen Sie, bitte, ein wenig

Platz, ich möchte den Tisch decken.« Sie rief Eva zu: »Nimm die geblümte Tischdecke, Evchen, die von Tante Klara. Einen Schriftsteller haben wir noch nie zu Tisch gehabt.« Sie lächelte mir freundlich zu.

»Er ist genau so einer wie wir auch«, sagte Eva.

»Das war eine Zeit!« fuhr ihr Vater fort. »Ich habe alles miterlebt. Ich war zur Tagung in Berlin und habe einen Aufmarsch im Lustgarten miterlebt. Wir trugen schwarz-rot-goldene Fahnen und riesige Hämmer und Pfeile und vertraten Millionen von organisierten Gewerkschaftlern. Haben Sie ›Pelle, der Eroberer‹ von Andersen-Nexö gelesen? Genau so war es. ›Schon dämmert in der Ferne das Morgenrot . . .‹ Aber Sie wissen es nicht mehr.«

»Doch«, sagte ich. »Ich war sehr oft im Lustgarten. Ich habe die Hunderttausende von sozialdemokratischen Arbeitern noch gesehen. Einmal verbot Ihr Genosse Zörgiebel die Maidemonstration. An diesem Tage gab es dreiunddreißig tote Arbeiter in Berlin. Ich war mit unter den Demonstranten.«

»Er hätte es nicht verbieten sollen!« rief er aufgeregt. »Aber die Partei hatte das Verbot ausgesprochen, und wir mußten uns fügen. Auch an diesem Tage zeigten wir, daß wir Disziplin halten konnten.«

»Es ist jetzt alles vorbei«, sagte ich.

»Was meinen Sie?«

»Es ist jetzt alles ganz anders. Wir sollten diese traurige Zeit vergessen und versuchen, neue Wege zu finden.«

Er starrte mich verblüfft an.

»Was ist an der Zeit traurig gewesen? Glauben Sie nicht mehr an die Arbeiterbewegung?«

»Ich meine, es ist jetzt alles anders«, sagte ich. »So wie ihr es früher gemacht habt, scheint es verkehrt gewesen zu sein. Sehen Sie nur aus dem Fenster, die Ruinen beweisen es uns. Im übrigen glaubt euch die Jugend nicht mehr, und die Jugend müßt ihr haben.«

Er sah mich eine Weile an, dann blickte er auf seine Tochter.

»Es wird alles wieder so kommen wie es war«, sagte er. »Die Arbeiterbewegung wird wieder erstarken, Partei und Gewerkschaften werden wieder die entscheidenden Faktoren sein. Sehen Sie sich an, was die Gewerkschaften in Skandinavien, in Australien, in Holland und in der Schweiz erreicht haben! Warum sollten wir nicht das gleiche erreichen?«

»Das hier ist Deutschland«, sagte ich, »hier sieht zur Zeit alles ganz anders aus.«

»Aber wir haben unseren Weg!« rief er leidenschaftlich. »Wir haben ihn seit achtzig Jahren. Es ist der Weg, den uns geführt Lassalle!«

Ich schwieg.

Er starrte mich lange schweigend an. »Was ist nur los mit euch?« sagte er dann. »Es ist kein Feuer und keine Begeisterung mehr in euch. Zu meiner Zeit haben wir Tag und Nacht für die Partei gearbeitet. Meine Frau wird es Ihnen bezeugen. Als wir verlobt waren, hatten wir für nichts anderes Zeit als für die Partei. Jeden Abend waren wir unterwegs. Ich habe nie aufgehört, an die Partei zu glauben, nicht, als Hitler an die Macht kam, und auch nicht, als ich im KZ saß. Aber was ist los mit euch Jungen? Eva sagt, Sie seien Schriftsteller, aber ich glaube nicht, daß Sie einer von der richtigen Sorte sind. Wissen Sie, wer mir am meisten von den Dichtern zugesagt hat? Es war Max Barthel. Der Mann konnte es ihnen sagen!«

»Er ist den Weg allen Fleisches gegangen«, sagte ich. »Zuletzt besang er Blut und Boden und die nordische Herrenrasse.«

»Ja, ja. Aber früher einmal hat er es ihnen gesagt. Und Karl Bröger und Heinrich Lersch haben es ihnen auch gesagt. Wir sollten heutzutage die gleichen Dichter haben!«

Die Mutter stellte Kartoffeln und Salat auf den Tisch, und wir begannen zu essen. Sie lächelte und sagte: »Weißt du, Wilhelm, wenn ihr so diskutiert, dann steigen alte Erinnerungen in mir hoch. Es erinnert mich an die gute alte Zeit, als wir noch mit unseren Genossen zusammensaßen. Einmal saßen wir die ganze Nacht hindurch an diesem Tisch und diskutierten«, sagte sie, sich an mich wendend, »mein Mann las etwas vor —«

»Es war ein Artikel von Franz Mehring«, sagte der Vater.

»Ich weiß nicht mehr, was es war. Auf jeden Fall stritten sie sich so, daß uns der Wirt am anderen Tage die Wohnung kündigen wollte.«

»Stefan war der hitzigste an jenem Abend«, sagte der Vater. »Er ist in Buchenwald geblieben.«

»Er war so ein feiner Kerl«, sagte die Mutter. »Er war ein sehr kluger Kopf. Wir haben ein Bild von ihm, ich werde es Ihnen zeigen.« Sie unterbrach ihr Essen und stand auf. »Wir sind zusammen im Radfahrerverein ›Solidarität‹ gewesen«, sagte sie. »Hier ist eine Vereinsaufnahme. Der da ist es.«

Da standen die Radfahrer in ihren Pumphosen, an die Räder gelehnt, und einer von ihnen war Stefan, der sein Leben in Buchenwald beendete. Er hatte eine Rosette an der Brust und einen flotten Bart, und er lächelte.

Sie legte das Bild behutsam zurück, und wir aßen unser Mahl schweigend zu Ende. Die Mutter und Eva standen auf und räumten den Tisch ab, der Vater holte seinen Tabaksbeutel aus der Tasche und bot ihn mir an. Er rauchte einen furchtbaren Tabak, und selbst ich merkte, daß der Geruch nicht angenehm war. Hinter ihm, an der brüchigen Wand, hing ein Bild, »Der frohe Hirtenknabe«, daneben eine Karte Deutschlands mit den eingezeichneten Zonengrenzen.

»Warum ist alles anders?« fragte er plötzlich. »Ist der Kapitalismus ein anderer geworden? Haben sich die Lebensverhältnisse der Arbeiter verbessert?«

»Nein«, sagte ich.

»Was wollen Sie dann? Ist es nicht mehr notendig zu kämpfen? Sollen wir, die Partei, die riesige Arbeit umsonst geleistet haben? Sollen wir alles aufgeben?«

»Wir müssen anders kämpfen«, sagte ich. »So wie wir es bisher getan haben, scheint es nicht richtig gewesen zu sein.«

»Sie können mir nicht erzählen, wie man kämpft«, sagte er.

»Die Partei hat es achtzig Jahre lang getan, sie hat Erfahrung, sie weiß, was sie tut.«

»Aber irgend etwas muß verkehrt gewesen sein.«

»Hören Sie nur auf damit«, sagte er zornig. »Ich kenne das. Ihr nörgelt herum und tut selbst nichts. Als ich so alt war wie Sie, habe ich Tag und Nacht für die Sache gearbeitet. Aber euch fehlt der Schwung. Was wollt ihr eigentlich? Wie soll es eurer Meinung nach gemacht werden?«

»Ich weiß es nicht«, sagte ich.

»Sie wissen es nicht, das ist gut!« rief er. »Sie wissen es nicht! Aber ich weiß es!«

»Sie wissen es«, sagte ich, »aber meine Generation weiß es nicht. Sie war an der Front, und die Überlebenden kamen nach Hause und wissen nur, daß sie an nichts mehr glauben und daß alles anders gemacht werden muß.«

Er sagte: »Anna, hast du das gehört? Ich glaube, wir Alten sind die einzigen, die den Kopf nicht verloren haben.«

»Es sind andere Menschen«, sagte die Mutter. Sie stand da und trocknete einen Teller ab. Ich sah in ihr Gesicht, es war breit und freundlich, sie lächelte mich an. »Alles an ihnen ist anders«, sagte sie. »Ich beneide sie nicht. Wir waren glücklicher, als wir jung waren.«

»Aber er schreibt ein Buch!« sagte der Vater ungeduldig. Er wandte sich wieder mir zu. »Was wollen Sie ihnen sagen, he? Die Menschen laufen jetzt zu Millionen in Deutschland herum und wissen nicht, was sie tun sollen. Was haben Sie ihnen zu sagen? Was haben Sie uns Arbeitern zu sagen, verdammt! Schreiben Sie einen Liebesroman? Aber das ist gleich, auch in einem Liebesroman können Sie es ihnen sagen. Sie sagen, Sie wüßten nicht, wie man kämpfen soll, was aber dann, zum Teufel, soll der Leser Ihrem Buch entnehmen?«

Da saß ich dem Schlosser Bach gegenüber und sollte es ihm erklären. »Ich bin viele Jahre nicht in Deutschland gewesen«, sagte ich, »dann wurde ich Soldat, und jetzt bin ich wieder zu Hause. Die Stadt hier ist mir fremd, aber die Menschen sprechen meine Sprache, und ich gehöre zu ihnen. Auf mich wirkt das Land ganz anders als auf sie. Ich habe es zehn Jahre lang von außen her beobachtet und beobachte es auch jetzt noch anders als sie. Ich will dem Leser sein augenblickliches Leben wie einen Spiegel vors Gesicht halten. Er soll hineinsehen und erschrecken. Er soll sagen: So geht es nicht. Es ist menschenunwürdig, so zu leben, wie wir es tun, wir müssen die Kraft haben, anders zu leben.«

»Sehen Sie nicht, daß das nicht genug ist!« rief er. »Sie müssen ihnen ein Programm geben. Sie müssen ihnen sagen: Handelt so und so! Tut das und das!«

»Ich habe kein Programm«, sagte ich. »Wo soll ich ein Programm hernehmen?«

»Das ist Ihr Fehler!«

»Selbst Ihr Parteivorsitzender hat gesagt, daß die allererste Voraussetzung für ein Programm fehlt«, sagte ich, »nämlich das Wissen darum, wie unser Land einmal aussehen soll. Vorläufig haben wir nicht viel zu sagen, das werden für die erste Zeit die anderen besorgen.«

»Die Menschen sind anders«, sagte die Mutter. »Es ist alles anders geworden. Wir hatten auf alles eine Antwort, und trotzdem hat die Lüge gesiegt.«

»Es ist alles noch so neu«, sagte ich. »Wir stehen vor einem vollkommenen Anfang und müssen erst sehen, wie wir den richtigen Weg finden. Wir wissen nur eines, die Menschen sehnen sich nach Glück und Frieden und nach einer Neuordnung der Verhältnisse.«

»Nach Sozialismus«, sagte er.

»Ja. Wir werden dahin gelangen. Wie aber sollen wir die Menschen aus ihrer Lethargie, aus ihrer Trauer und Verzweiflung wecken, damit sie überhaupt erst wieder anfangen zu handeln?«

»Früher war das nicht so«, sagte er. »Die Menschen waren stark und optimistisch.«

»Aber wir leben heute«, sagte Eva.

Es war das erstemal, daß sie etwas sagte. Sie stand an die Anrichte gelehnt und sah zu mir herüber. Ich lächelte sie an, und sie lächelte zurück. Ihr Lächeln machte mich froh, sie gehörte zu mir. Ich hatte mich danach gesehnt, dieses Lächeln zu sehen, und da stand sie und sagte: »Wir leben heute!« und lächelte.

Der Vater sah uns ratlos an. Er nagte an seiner ausgebrannten Pfeife, seine Stirn faltete sich. Er sagte leise: »Wir haben gekämpft und gelitten...«

Er schwieg. Ich wußte, was er hätte aussprechen wollen. Über seinem Kopf hingen »Der frohe Hirtenknabe« und die Karte mit den eingezeichneten Zonen.

Die Mutter ging auf ihn zu und legte ihren Arm auf seine Schulter. »Wir sitzen hier und reden den ganzen Abend«, sagte sie, »und die jungen Leute wollen vielleicht spazierengehen.« Ihr Gesicht war weich und traurig, ihre Stimme war ebenso zärtlich wie in dem Augenblick, an dem sie mir das Bild zeigte, auf dem Stefan war. Stefan der Radfahrer, der so hitzig über Franz Mehring diskutierte und der in Buchenwald blieb.

»Ja, ja«, sagte der Vater, »geht nur hinaus in den Abend, es ist so schön draußen.« Er lächelte traurig. »Man muß die schönen Abende ausnützen.« Er blickte zu seiner Frau auf und sagte: »Wir hatten früher keine Zeit dazu, wie?«

»Laß sie nur gehen«, sagte die Mutter.

Als ich mich von ihr verabschiedete, sagte sie. »Kommt so bald nicht wieder, die Abende sind so schön. Haben Sie schon bemerkt, daß die Linden anfangen zu blühen?«

XIV

»Kennst du Saloniki?« fragte ich Eva. »Oder Port Said, Algier, Cadiz, Neapel, Ragusa, Paris, Bukarest, Stockholm, Athen oder Durazzo? Nein, natürlich, du kennst diese Städte nicht.«

»Woher sollte ich sie kennen?« fragte sie.

»Da bin ich überall gewesen«, sagte ich.

»Und was hast du dort gesucht?«

»Ich weiß es bis heute noch nicht.«

»Aber weshalb bist du hingegangen?«

»Es trieb mich hin«, sagte ich, »ich konnte nicht anders, ich mußte diese Städte und Hunderte andere sehen. Als ich siebzehn Jahre alt war, lief ich von zu Hause fort. Ich trieb mich ein paar Jahre herum, ich saß an den Meeren und ging durch fremde Straßen, und eine nicht zu beschreibende Sehnsucht trieb mich weiter und weiter. Immer, wenn ich in eine neue Stadt kam, dachte ich: Hier ist es noch nicht! Hier habe ich es noch nicht gefunden! Vielleicht ist es irgendwo anders —«

»Was?«

»Ich weiß es bis heute noch nicht genau.«

Wir gingen langsam durch die Straßen. Der süße Duft der blühenden Linden schlug uns entgegen. In den grünen Himmel standen die Reste der Häuser wie die Ruinen klassischer Stätten.

»Vielleicht habe ich Antworten auf irgendwelche Fragen gesucht«, sagte ich. »Ich kann es einfach nicht erklären.«

»Aber wie bist du gereist?«

»Das war einfach früher. Du konntest in alle Länder gehen, ohne daß dich jemand fragte, was du dort wolltest.«

»Und wovon hast du gelebt?«

»Auch das war einfach. Man machte irgend etwas und bekam ein paar Pfennige dafür. Die Bauern auf dem Lande gaben einem zu essen. In Suez habe ich übersetzt und in Belgrad in einer Buchbinderei gearbeitet. In Warschau habe ich Stühle verkauft.«

»Und was ist dabei herausgekommen?«

Ich dachte eine Weile nach. »Ich habe gesehen, wie die Menschen in den anderen Ländern leben«, sagte ich dann. »Glaube mir, es ist sehr wichtig, dies zu wissen. Du solltest zum Beispiel einmal einen Pariser Arbeiter sehen, wenn er im Café steht und mit seinen Kameraden streitet, oder einen Süditaliener, wenn er am Strand sitzt und die Beine ins

Wasser hängen läßt, oder einen Dänen, wenn er zu Mittag ißt. Sie tun alle diese Dinge ganz anders als wir. Sie werden dagegen niemals in der Lage sein, einen so guten Parademarsch auszuführen, wie wir es konnten.«

»Ist das alles, was du herausbekommen hast?«

»Ist es nicht genug?«

»Die Dänen haben gut reden«, sagte sie. »Die haben genug zu essen. Kein Wunder, daß sie besser leben als wir, sie haben mehr. Und die Süditaliener? Sie lassen ihre Beine ins Wasser hängen, sagst du. Nun, wir haben keine Zeit für so etwas. Wir hatten nie Zeit dazu. Im übrigen liegen unsere Qualitäten nicht nur im Parademarsch.«

»Du hast mich nach dem Ergebnis meiner Reisen gefragt«, sagte ich, »und ich habe erzählt, daß ich gesehen habe, wie die anderen leben. Was mich dabei beschäftigt, ist das folgende: Irgend etwas muß an unserer Art zu leben verkehrt sein. Wir haben alle Qualitäten, die uns eigentlich glücklich machen könnten. Unser Volk ist fleißig und intelligent und hat eine Menge herausragender Geistesgrößen hervorgebracht. Wie kommt es, daß wir beide jetzt durch Ruinen spazieren? Irgend etwas muß, trotz aller dieser Qualitäten, verkehrt sein. Wie aber kannst du dieses Verkehrte an uns besser herausfinden, als wenn du die anderen beobachtest, wenn du siehst, wie sie leben, und wie sie versuchen mit ihren Problemen fertig zu werden, und wenn du dann vergleichst.«

»Ich glaube, sie sind auch nicht besser«, sagte Eva. »Der eine ist so und der andere so. Es gibt hier gute und schlechte Menschen, und woanders ist es bestimmt ebenso.«

»Mich interessieren nicht die guten und schlechten Menschen«, sagte ich. »Aber warum läßt der Italiener lieber die Beine ins Wasser hängen, als daß er einen freiwilligen Gepäckmarsch macht? Warum ißt der Däne lieber Schweinebraten mit Rotkohl, als daß er sich eine Uniform anzieht?«

»Ich weiß genau, was du willst«, sagte sie. »Jeder Mensch weiß, daß der Militarismus unser Unglück war.«

»Du hast mich nach dem Ergebnis meiner Reisen gefragt«,

sagte ich. »Ich habe entdeckt, daß die Menschen verschieden leben, weil sie das Leben verschieden betrachten. Die Dänen zum Beispiel sagen es ganz offen: Ja, wir essen lieber Schweinebraten mit Rotkohl, als daß wir heroisch sind. Immer, wenn wir das Wort ›heroisch‹ hören, werden wir mißtrauisch. Wir gehen lieber mit unserem Mädchen am Strand spazieren und singen, als daß wir in Viererreihen marschieren und uns kommandieren lassen. Für uns sind Pestalozzi und Edison und Robert Koch größere Männer als Hannibal und Friedrich der Große. Eine Schlagsahnetorte und ein gut gefütterter Wintermantel sind uns lieber als glitzernde Orden... Sie betrachten das Leben anders, und sie leben ganz anders. Das haben mich meine Reisen gelehrt. Es wird ihnen andererseits nie einfallen zu sagen: Nur so wie wir leben, ist es richtig zu leben, ihr anderen müßt genau so leben wie wir, wenn ihr es nicht wollt, werden wir euch dazu zwingen! – Das fällt ihnen nicht ein.«

»Alles das sind bittere Vorwürfe für uns«, sagte Eva mißmutig, »für uns Deutsche. Alles schimpft jetzt auf uns. Die ganze Welt bestraft uns jetzt. Wir werden wie Verbrecher betrachtet, an denen man ein Exempel statuieren muß. Aber wir sind nicht schlechter als die anderen. Von uns haben sie einen großen Teil ihrer Kultur bekommen. Martin Luther und Karl Marx und Beethoven waren Deutsche. Wie würde die Welt ohne sie ausehen?«

»Aber es muß doch an der Art, wie wir diese Kultur auswerten, etwas verkehrt sein! Wie kann ein Volk, das Beethoven hört und Goethe liest, auf einen Mann wie Streicher hereinfallen?«

»Es ist furchtbar«, flüsterte sie.

»Sie hassen uns jetzt«, sagte ich, »sie hassen uns, wie noch nie zuvor eine Nation gehaßt wurde. In den Bergen Norwegens, an den Kanälen Hollands, auf den Bergweiden Griechenlands sitzen die Bauern und ballen die Fäuste, wenn sie an uns Deutsche denken. Für sie bedeuten Goethe und Beethoven nichts. Für sie ist Deutschland der Soldat, der ungefragt in ihr Land kam und ihnen befahl, das und das zu tun, und der ihnen ihre Häuser zusammenschlug, wenn sie nicht gehorchten.«

»Wir sind dafür genug gestraft«, sagte sie. »Sieh dir nur die Stadt an. Sieh nur, wie die Menschen leben. Wir sind genug gestraft, bei Gott! Sie sollten uns eine Chance geben, wieder von vorn anzufangen. Glaubst du nicht, daß wir wieder durchkommen würden?«

»Natürlich«, sagte ich. »Es fragt sich nur, ob wir die Chance richtig nützen. Die anderen sind mißtrauisch geworden. Der norwegische Bauer fürchtet, daß wir eines Tages wieder vor seiner Tür stehen und ihm erzählen, was er zu tun hat.«

Evas Mutter hatte recht gehabt. Die Linden hatten angefangen zu blühen. Wir schlenderten durch die dämmrigen Straßen, der süße Duft schlug uns warm entgegen, die Menschen gingen leise sprechend an uns vorüber. Worüber unterhielten sie sich? Nur die ganz jungen Paare lachten. Sie riefen sich lustige Worte zu und antworteten ausgelassen. Auf einer Bank saßen ein paar Ausländer und sangen ein schwermütiges, unverständliches Lied.

Ich legte meine Hand auf Evas Schulter und sagte: »Wie dem auch sei, du hast gar keine Schuld an dem ganzen Unglück, du warst noch ein kleines Kind, als das ganze Theater losging.«

»Was nützt das?« fragte sie heftig. »Wir müssen die Suppe mit auslöffeln. Es fragt niemand nach unserem Alter.«

Das Lächeln, nach dem ich mich gesehnt hatte, war von ihrem Gesicht verschwunden. Sie ließ die Arme an den Seiten herunterhängen und ging schweigend neben mir.

»Du hast keine Schuld«, sagte ich noch einmal.

»Nein«, sagte sie endlich.

»Dann brauchst du dir auch nichts aus den Vorwürfen der anderen zu machen«, sagte ich. »Was ist eigentlich los? Wir sind jung und können wieder von vorn anfangen.«

Sie blieb stehen und sagte: »Neulich hast du gemeutert, heute meutere ich. Es soll so leicht nicht mehr vorkommen.«

»Nein«, sagte ich. »Das Leben ist so schön, du hast es selbst gesagt.«

Wir standen auf dem großen Platz. Hier hatte ich sooft allein gestanden, jetzt stand Eva neben mir. Ich wurde plötzlich sehr froh, nahm ihre Hand und sagte: »Setzen wir uns auf eine Bank und schauen die Menschen an.«

»Ich habe zwei Zigaretten in der Tasche«, sagte sie.

Wir schlenderten auf eine der Bänke zu und setzten uns. Eva holte die Zigaretten aus der Tasche, ich entfernte von der meinen das Papier und stopfte sie mir in die Pfeife. Dann saßen wir da und rauchten.

Über den Platz kamen eine Frau und ein Junge. Die Frau bewegte sich durch die Dämmerung wie eine ungeheure, plumpe Eule. Sie blieb bei jedem dritten Schritt stehen und sah sich langsam um. Der Junge ging mit den Händen in den Taschen hinter ihr her. Sie näherten sich unserer Bank, die Frau sah mich eine Weile wortlos an und setzte sich dann. Der Junge blieb gleichgültig vor ihr stehen.

»Oh«, sagte die Frau, »mein verfluchter Leib.«

Sie hatte einen schmutzigen Militärmantel an, er hatte keine Knöpfe, um den Leib trug sie eine Schnur gebunden, die hielt den Mantel zusammen. Ihre Füße staken in ausgetretenen Soldatenstiefeln, zwischen den Stiefeln und dem Mantel leuchteten ihre Beine fahl und schmutzig durch die Dämmerung.

»Setz dich«, sagte sie.

Der Junge kauerte sich vor ihr auf den Boden.

»So ein verfluchter Hund«, sagte sie.

»Ich kauf ihn mir einmal«, sagte der Junge.

»Man müßte den Hund –«, sagte sie.

»Ich kauf ihn mir mal«, sagte der Junge. »Keine Angst. Ich kauf ihn mir und mache ihn fertig. Ganz langsam mache ich ihn fertig, den Hund.«

»Mir tut der Leib weh«, sagte sie. »Ich hätte das Zeug nicht essen sollen. Merkst du was?«

»Nein«, sagte er, »ich merke nichts. So ein Hund hat kein Recht zu leben.«

Die Frau hob den Soldatenmantel etwas in die Höhe und kratzte sich am Knie. Dann ließ sie den Mantelsaum wieder fallen. »Wer weiß, was sie hineingetan haben«, sagte sie. »Es schmeckte nach Bohnen, aber wer weiß, was sonst noch drin war. Merkst du gar nichts?«

»Mir hat es gut geschmeckt«, sagte er. »Ich merke überhaupt nichts. So ein Mistvieh. Erst mußte ich alles mit ihm machen und dann solltest du dich noch von seinem Hund –«

Die Frau drehte langsam den Kopf und sah Eva und mich mit halbgeschlossenen Augen an.

»So sind sie«, sagte sie.

»Ja, aber er ist ein Schwein«, sagte der Junge. »Er gab mir zehn Zigaretten, das war alles.«

Er holte eine Zigarette aus der Tasche und begann zu rauchen. Er hatte ein hübsches Gesicht, sein Kopf war voller Locken. Vielleicht war er vierzehn Jahre alt, vielleicht fünfzehn.

»Wir hätten vielleicht doch dableiben sollen«, sagte die Frau nach einer langen Weile zögernd. »Wie weit ist es bis zum Bahnhof?«

»Es ist nicht weit zum Bahnhof«, sagte er. »Am Bahnhof ist es viel schöner, da ist immer was los. Du wirst sehen, die Wagen sind voll, und man schläft warm, und es ist immer was los.«

»Aber bei ihm hatten wir ein Bett.«

»Scheiß was auf das Bett«, sagte er. »Was sagst du zu dem dreckigen, geilen Köter? Er hat ihn dazu dressiert, der Strolch... Du wirst sehen, am Bahnhof ist allerhand los.«

»Wir hätten das Zeug nicht essen sollen«, sagte sie. »Wer weiß, was da alles drin war.«

»Mir macht es nichts«, sagte er, »ich hätte noch mehr essen können. Sollen wir nicht zum Bahnhof gehen?«

»Ich bin soviel auf Bahnhöfen gewesen«, sagte sie. »Immer Bahnhöfe. Ich kann sie schon beinahe nicht mehr sehen.«

»Aber wo willst du schlafen?«

»Bei ihm hatten wir ein Bett.«

»Hör auf, von diesem dreckigen Lumpen zu sprechen«, sagte der Junge. »Schon wenn ich an ihn denke, muß ich kotzen. Es hat dir wohl Spaß gemacht mit ihm? Mir nicht. So eine Sau.«

»Die Bahnhöfe sind auch nicht besser«, sagte sie. »Bei ihm hatten wir ein Bett.«

»Es hat dir Spaß gemacht«, sagte er. »Ich weiß es jetzt. Dein ganzes Gerede war nur Theater. Gut, geh zu ihm zurück, wenn es dir Spaß macht, ich gehe zum Bahnhof.«

»Nein«, sagte die Frau erschrocken.

»Geh nur zu ihm zurück«, sagte der Junge wütend. »Ihr paßt gut zusammen, du und er. Und der Köter auch. Geh nur zurück, ich gehe zum Bahnhof.«

»Ich gehe mit dir«, sagte die Frau. »Die Bahnhöfe sind gar nicht so schlimm, du hast recht. In Stuttgart habe ich einmal eine ganze Woche in einem Abteil erster Klasse geschlafen.«

»Geh nur zu ihm zurück, wenn du willst.«

»Ich will ja gar nicht«, sagte sie. »Ich will lieber auf dem Bahnhof übernachten. Ich sagte nur, daß es im Bett ganz schön war.«

»Wir können auch im Bahnhof zusammenliegen«, sagte er. »Es ist überall Platz. Ich will den Strolch nicht mehr sehen, nicht mehr ihn und seinen geilen Köter. Für alles, was ich gemacht habe, rückte er zehn Zigaretten heraus. Und was hast du gekriegt?«

»Nichts«, sagte sie.

»Da siehst du es«, sagte er wütend. »Ich könnte ihn fertigmachen, den Hund. So ein Verbrecher hat kein Recht zu leben.«

»Hör auf zu schimpfen, und laß uns zum Bahnhof gehen«, sagte sie. »Wenn ich nur nicht das Zeug gegessen hätte. Aber sie sagten, es wäre noch gut und zu schade zum Wegwerfen, es hätte nur einen Tag gestanden.«

»Mir macht es nichts aus«, sagte der Junge. »Ich glaube, es war nur sauer. Wollen wir gehen?«

Er stand auf und reckte sich. Er hatte eine amerikanische

Hose an und ein italienisches Hemd. An den Füßen trug er wie die Frau deutsche Militärstiefel. Auch die Frau stand auf. Sie zog die Leibschnur fest und strich sich mit den Händen das Haar aus der Stirn. Sie war nicht schön, ich konnte es sehen, auch in anderen Kleidern wäre sie nicht schön gewesen. Ihr Busen war viel zu groß, und ihr Gesicht war grob geschnitten und ohne Liebreiz. Sie hakte den Jungen ein und beide gingen durch die Dämmerung davon. Vielleicht hatten sie uns gar nicht bemerkt, wie hätten sie sonst so offen sprechen können? Aber die Frau hatte uns ein paarmal angesehen. Sie hatte uns bestimmt angesehen.

Der Platz begann ganz dunkel zu werden. Straßenbahnen fuhren klirrend und kreischend vorüber, sie wurden von brüllenden, amerikanischen Lastwagen überholt. Auf den Bänken saßen Polen und Serben und ein paar Deutsche, sahen auf die vorüberspazierenden Paare und lauschten auf den Lärm der Fahrzeuge. Ein entlassener Kriegsgefangener schlenderte an den Bänken vorbei und sah mit hungrigen Augen auf die Beine der Mädchen. Wäre ich ein Mädchen gewesen, ich hätte ihn angelächelt und wäre mit ihm gegangen. Er sah auch auf Evas Beine, sie merkte es und errötete und zog den Rock zurecht. Verflucht, ich konnte nichts für ihn tun.

Dann fingen ein paar Bänke von uns entfernt die Ausländer an zu singen. Es klang schwermütig und sentimental, und es klang nach Krieg. In ihrem Lied war Blut und Leid und Grausamkeit und Heimweh. Bei uns in Deutschland gab es keine solchen Lieder. Die Menschen hier waren anders, und die Lieder waren anders. Aber die Fremden saßen da in dieser Stadt und sangen ihre Lieder. Manchmal gingen die Töne im Gedröhn der brüllenden amerikanischen Autos unter, dann klangen sie wieder auf. Die Fremden saßen da und sahen sich lächelnd an und sangen. Der Junge hatte gesagt: Ganz langsam mache ich ihn fertig! – Was war es doch für eine verrückte Welt.

Wir standen beide auf und gingen langsam nach Hause. Wir

hatten uns soviel zu sagen, aber wir blieben stumm. Es ha
keinen Zweck zu sprechen, nur weil man sprechen kann – wir
würden uns noch viele Male sehen und noch viele Mal
sprechen. Heute abend blieben wir stumm und gingen nur
nebeneinander her. Vor ihrem Haus küßte ich sie, und sie
küßte mich wieder. Dann verschwand sie, und ich ging
langsam durch die dunklen Straßen.

XV

Als Steffi an diesem Nachmittag nach Hause ging, hatte sie
plötzlich einen aufregenden Einfall. Sie dachte: Wenn er aber
doch kommt, wie wird er mich dann sehen? – Sie blieb stehen
Ihr Herz begann wild zu schlagen. Er wird vor mir stehen
dachte sie, und mich ansehen. Mit seinen grauen Augen wird
er mich ansehen... Aber wie, wie wird er mich sehen? – Sie
fuhr wie erschreckt zusammen. Was würde geschehen
dachte sie, wenn er jetzt plötzlich vor mir stünde? Jetzt, hier
mitten auf der Straße? Wie sehe ich aus? dachte sie. Wie sieh
er mich? Wo ist ein Spiegel?

Sie öffnete hastig ihre Handtasche, holte den kleinen Hand
spiegel heraus und sah aufgeregt hinein. Sie sah nur einen Teil
ihres Gesichts: den Mund und die Nase, oder die Augen und
die Nase. Es war zu wenig. Wo ist ein großer Spiegel? dachte
sie. Wo ist ein Spiegel, in dem ich mich ganz sehen kann?
Alles, den Kopf, die ganze Figur... Mein Gott, wo ist ein
Spiegel? Vielleicht kommt er und sieht mich, und ich weiß
nicht, wie er mich sieht. Wo ist ein Spiegel?

Sie sah die lange Straße entlang. Es gab nirgends mehr
Spiegel. Früher waren hier tausend Geschäfte gewesen mit
tausend Spiegeln in den Schaufenstern, den Türen, den
Eingängen. Die Spiegel waren verschwunden, zersplittert mit
zehntausend Fensterscheiben, Schaufenstern, Reklamekä-
sten. Es gab keine Spiegel mehr in der Straße, in denen die
Mädchen sehen konnten, wie der Hut oder die Bluse saß.

oder in die sie auch nur hineinsahen aus Gewohnheit. Die stehengebliebenen Geschäfte waren mit Brettern vernagelt: niemand kann sich in Brettern spiegeln.

Steffis Wunsch, in einen großen Spiegel zu sehen, wurde unerträglich. Was geschieht, dachte sie, wenn er plötzlich da ist – wenn er mich ansieht, wie wird er mich sehen? – Sie blickte wie verzweifelt die Straße entlang und fühlte sich hilflos und verlassen. Warum haben sie alles zerschmissen? dachte sie. Sie hätten wenigstens die Spiegel stehenlassen sollen. So ein Spiegel tut niemandem weh –

Dann, plötzlich, erinnerte sie sich des Optikerladens in der Nähe des großen Platzes und machte kehrt und ging eilig den Weg, den sie gekommen war, zurück. Im Eingang des Optikerladens hing rechts ein Spiegel, ein großer, unversehrter Spiegel. Sie hatte ihn gesehen, als sie daran vorüberging, und jetzt fiel er ihr ein. Der Wunsch, der nicht mehr zu ertragende Wunsch, in diesen Spiegel zu sehen, ließ sie eilig gehen, fast laufen. Ich möchte hineinsehen, dachte sie, er wird mich gänzlich wiedergeben, ich werde mich sehen, wie er mich sehen würde... Käme er! Wenn er kommt, wenn er kommt – vielleicht kommt er. Er hat gesagt, daß Hannes kommt – eines Tages wird er da sein, hat er gesagt. Nicht fragen, nicht denken jetzt. Die Hauptsache ist, daß er kommt. Ich werde ihm alles erklären, er wird alles verstehen, mein Hannes wird alles verstehen, wir werden nebeneinanderliegen und leise miteinander sprechen, und er wird nicht fragen. Nein – er hat gesagt, daß Hannes nicht fragen wird. Wir werden durch die abendlichen Straßen gehen, und er wird sagen: Steffi, wird er sagen... wenn er doch kommen würde, mein Gott, wenn er doch kommen würde. – Aber vielleicht kommt er nicht. Nein, vielleicht kommt er nicht! Es kommen so wenig aus Rußland zurück, und er war bei Stalingrad. Aber er hat gesagt, Hannes kommt trotzdem. Ännchen ist tot, hat er gesagt, aber Hannes lebt, und eines Tages ist er wieder da und sagt... Wenn ich es doch wüßte, wenn ich es doch wüßte, ob er noch lebt. Vielleicht ist er schon lange tot.

Vielleicht ist er schon unterwegs. Vielleicht ist er schon in der Stadt – mein Gott!

Sie sah den Optikerladen und ging auf ihn zu. Da war der Eingang. Die Menschen hasteten daran vorüber, aber da hing der Spiegel, rechts im Eingang. Da hing er, er war schmutzig, aber man konnte sich darin spiegeln, er war groß, man konnte sich ganz sehen. Er zog sie an, wie ein Magnet zog er sie an. Sie klemmte die Handtasche unter den Arm und ging in den Eingang. Dann drehte sie sich langsam nach rechts um und sah sich selbst in die Augen.

Hier bin ich, dachte sie atemlos. Hier stehe ich vor dir, Hannes, siehst du, wie ich aussehe? Ich bin doch noch schön, nicht wahr? Mein Gesicht, ist es nicht mehr schön, sind meine Haare nicht mehr schön und mein Busen, sieht er nicht mehr gut aus? Sieh mich an, Hannes, wie ich mich ansehe! Hannes, sieh mich doch an, sag, daß du nicht tot bist und daß du bald kommst. – Sei bald wieder hier, Hannes, und lieg neben mir im Bett und sprich leise zu mir...

Die Tür des Optikerladens wurde aufgestoßen. Ein Mann kam heraus, er quetschte sich an Steffi vorbei und sagte mürrisch: »Wollen Sie rein oder raus? Verstellen Sie nicht den Eingang –«

Er ging auf die Straße hinaus.

Steffi hatte ihn kaum bemerkt. Sie starrte wie hypnotisiert auf ihr Bild im Spiegel und dachte: Weißt du noch, Hannes, mit diesem Mädchen da gingst du durch die stillen Straßen. Es war alles so wunderbar – die Luft war so warm, und deine Stimme war so warm, und ich fühlte dich, und ich wußte, daß wir immer zusammen sein würden, was immer auch geschehen könnte... Hannes, lieber Hannes, warum kommst du nicht nach Hause? Ist es wahr, was er gesagt hat, kommst du nach Hause? Wirst du wieder da sein und mit mir durch die Straßen gehen, und werde ich dich wieder fühlen? –

Sie starrte sich in die Augen, als erwartete sie die Antwort von sich selbst. Aber ihr Gesicht blieb unbeweglich, nur um ihre Mundwinkel zuckte es. Sag etwas, bat sie, sag etwas, ich möchte es wissen. Du sollst es sagen...

Draußen auf der Straße stießen sich die Menschen vorbei. Einige blieben stehen und sahen gelangweilt auf die altmodischen Brillenfassungen im Schaufenster, dann gingen sie wieder weiter. Eine Frau jedoch, in mittleren Jahren, blieb länger stehen. Sie sah nicht auf die Brillenfassungen. Ihr Kopf war halb gesenkt, unter ihren Augenbrauen hervor starrte sie auf Steffi. Sie hatte ihre Hände in den Taschen einer dünnen, abgetragenen Jacke vergraben, auf ihrem Kopf saß ein lächerliches, kleines Hütchen. Nach einer Weile, als hielte sie es nicht mehr aus, machte sie ein paar Schritte vorwärts, sie stellte sich neben Steffi und sah ebenfalls in den Spiegel.

Die beiden Frauen standen eng nebeneinander, es war nur wenig Platz in dem Eingang, und der Spiegel war schmal. Steffi wandte, plötzlich aus ihren Gedanken hochgeschreckt, den Kopf und sah die Frau neben sich. Auch die Frau wandte den Kopf. Sie sahen sich eine Sekunde schweigend an, dann begann die Frau zu lächeln: es war ein kleines, hilfloses, bittendes Lächeln. Steffi fuhr zusammen, sie machte einen unbeholfenen Schritt nach rückwärts und murmelte: »Verzeihung... ich habe zu lange hier gestanden...« Dann ging sie hinter dem Rücken der Frau auf die Straße hinaus. Der Menschenstrom nahm sie auf. Sie ging wie träumend einher und dachte: Wenn er mich doch sehen könnte, wenn er mich doch sehen könnte...

Das war zur gleichen Zeit, als ich mit dem Schlossermeister Bach diskutierte. Ein paar Stunden später lag sie auf meinem Bett und erzählte von ihrem Gang durch die Straßen.

Sie ging in ein überfülltes Restaurant, erzählte sie, und fand einen Platz. Neben ihr saß ein Mann in mittleren Jahren. Er sagte unvermittelt: »Sehen Sie sich diesen Kohl an. Um diesen Kohl zu fressen, habe ich vier Jahre an der Front gestanden!«

Steffi sagte: »Ich verstehe nichts von Politik.«

»Was heißt hier Politik!« sagte der Mann. »Sehen Sie sich

den Kohl an. Er kostet eine Mark und vierzig. Wenn das die Amerikaner Zivilisation nennen, können sie mir gestohlen bleiben.«

Sie antwortete nicht. Sie dachte: Was gehen mich sein Kohl und seine Zivilisation an? Ich verstehe nichts davon. Hannes hätte mit ihm reden können. Hannes hätte ihm sagen können, ob das, was er behauptete, richtig oder falsch war.

Eine alte Frau am gleichen Tisch sah von ihrer Suppe auf und sagte: »Wir essen Kohl und drüben in Amerika essen sie unsere Butter. Es ist alles Schwindel, was sie in den Zeitungen über Amerika schreiben. In Wahrheit ist es der reine Räuberstaat. Sie plündern uns aus, damit sie selbst besser leben können. Sie geben alles ihren Soldaten, damit wir den falschen Eindruck bekommen sollen, es sei ein reiches Land.«

»Und dafür habe ich vier Jahre an der Front gekämpft!« sagte der Mann wütend.

»Es sind Gangster«, sagte die alte Frau, »glauben Sie es mir. Sie können überhaupt nicht mitreden mit unserer alten Kultur. Was drüben geschaffen wurde an Kulturwerten, haben die Deutschen gemacht.«

»Das ist wahr«, sagte der Mann. »Es sind auf keinen Fall Soldaten. Wenn sie nicht die materielle Überlegenheit gehabt hätten, hätten wir sie zusammengehauen nach Strich und Faden.«

»Leicht«, sagte die alte Frau. »Was sie Kultur nennen, haben sie den anderen gestohlen. Sogar die Musik haben sie den Negern gestohlen. Und das nennen sie dann Demokratie!«

»Solange ich diesen Kohl fressen muß, glaube ich nicht an Demokratie«, sagte der Mann. »Hier sitzt man und wartet, daß sie die Demokratie verkünden, und dann muß man eine Mark und vierzig für diesen Fraß bezahlen. Hat es früher so etwas gegeben? Früher gab es wenigstens noch Ordnung im Lande. Man kann über die Nazis denken, wie man will, aber Ordnung haben sie gehalten.«

Die alte Frau beugte sich über den Tisch und flüsterte:

Sprechen Sie nicht so laut. Ich bin ganz Ihrer werten Meinung.«

»Welcher Meinung?« fragte der Mann.

Die Frau machte: »Psst –«

Der Mann zuckte plötzlich zusammen. Er plinkerte mit den Augen, dann sah er unruhig in seinen Teller. Er sagte laut: »Sie irren sich. Natürlich bin ich immer gegen sie gewesen. Gleich zu Anfang habe ich gesagt: Die Sache geht schief. Ich habe nur gesagt, daß bei ihnen Ordnung war, weiter nichts. Hitler war der größter Verbrecher aller Zeiten.«

»Ganz meine Meinung«, sagte die alte Frau verdrossen.

Steffi zahlte und ging. Es war dämmerig, als sie auf die Straße trat. Sie blieb eine Weile stehen und atmete die süße Luft dieses Abends ein, dann schlenderte sie langsam die Straße entlang. Sie dachte: Ich bin frei und von niemandem abhängig, ich kann hingehen, wo ich will... Der Gedanke machte sie traurig. Sie dachte: Ich kann hingehen, wo ich will, niemand wartet auf mich, kein Kind fragt: Kommt Mutti bald nach Hause? Kein Mann sieht mißmutig auf die Uhr und schimpft, weil das Essen noch nicht fertig ist... Sie blieb in Gedanken versunken stehen. Wo ist ein Kind, das verzweifelt nach mir ruft? dachte sie. Ich würde zu ihm eilen, ich würde gut zu ihm sein, bei Gott, es sollte sich nicht beklagen.

Ein Mann trat auf sie zu und sagte: »Bitte, wo ist die Theresienstraße?«

Sie sah ihn verwirrt an.

»Es ist egal, wo die Theresienstraße ist«, sagte er. »Gehen Sie mit mir in ein Café. Ich habe Zigaretten.«

»Sie sind verrückt«, sagte Steffi.

»Hab dich nicht so«, sagte der Mann. »Ich kenne ein gemütliches, kleines Café, wo man echten Kaffee kriegt. Drinnen können wir dann alles besprechen.«

Steffi sah ihn eine Weile an. Dann sagte sie: »Falsch verbunden!« Sie drehte sich lächelnd um und ging davon. Der Mann starrte ihr eine Weile nach, dann drehte auch er sich um und ging langsam in die andere Richtung.

Sie hatte ihn sofort wieder vergessen. Sie ging bis zu nächsten Straßenecke und blieb stehen. Die Dämmerung verdichtete sich. Sie stand dort in vollkommener Einsamkeit es sah aus, als warte sie auf jemanden. Ein älterer Herr ging langsam an ihr vorbei, er lächelte sie verschmitzt an und zwinkerte mit den Augen. Sie sah ihn nicht. Er kam noch einmal zurück und versuchte die gleiche Geste noch einmal Sie sah ihn jetzt und drehte den Kopf weg. Er sagte: »Verzei hung –«, aber sie fiel ihm sofort ins Wort. »Gehen Sie nach Hause!« sagte sie heftig. »Zu Hause wartet man auf Sie, Sie alter, geiler Ziegenbock!«

Der ältere Herr verschwand.

Plötzlich fuhr sie zusammen. Keine fünf Schritte von ihr sagte eine Kinderstimme: »Marmelade, Marmelade, wenn ich nach Hause komme. Marmelade, Marmelade –«

Eine Männerstimme antwortete gutmütig: »Ja. Zwei große Eßlöffel voll. Zwei große Löffel Marmelade –«

Sie blickte auf. Dicht an ihr vorbei ging ein großer Mann mit einem kleinen Kind auf dem Arm. Das Kind hielt sich an seinem Rockkragen fest. Der Mann trug eine Mütze. Er lächelte durch die Dämmerung, er ging mit ruhigen Schritten er ging wohl nach Hause.

»Zwei Löffel voll –«, sagte das Kind.

»Ja, zwei Löffel voll«, sagte der Mann.

»Zwei Löffel Marmelade?«

»Zwei Löffel Marmelade.«

Steffis Herz begann wild zu schlagen. Sie preßte ihre Tasche unter den Arm und begann den beiden zu folgen. Sie ging nur wenige Schritte hinter ihnen her, um kein Wort, das von ihnen gesprochen wurde, zu verfehlen.

»Die Lichter brennen«, sagte das Kind.

»Ja«, sagte der Mann. »Man muß sie anzünden, sonst kann man nichts sehen, und dann fallen wir.«

Das Kind lachte.

»Dann fallen wir«, sagte es.

Auch der Mann lachte.

»Dir macht es nichts aus, wie? Aber mir. Ich habe keine
ust zu fallen, ich bin müde. Außerdem müssen wir nach
Iause.«

»Wir müssen nach Hause«, sagte das Kind ernst.

»Wenn wir zu Hause sind –«, begann der Mann.

»Zu Hause kriege ich Marmelade!« schrie das Kind.
Zwei Löffel Marmelade!«

»Ja, ja, du Schreier.«

»Ich bin ein Schreier«, sagte das Kind feierlich.

»Ach, du –«, sagte der Mann zärtlich.

»Ach, du –«, wiederholte das Kind. Es krallte sich in
einem Kragen fest, lehnte sich nach hinten über und sah in
en dunkelblauen Himmel.

Steffi fürchtete, etwas von der Unterhaltung der beiden zu
erlieren. Sie ging bis dicht an die beiden heran und bemühte
ich, so leise wie möglich aufzutreten, aus Angst, ihre
chritte könnten ein Wort der beiden übertönen. So ging sie
inter ihnen her.

Das Kind sagte: »Soviel Lichter und soviel Sterne…«

»Früher waren es noch viel mehr«, sagte der Mann. »Frü-
er war es hier ganz hell von den Lichtern, und man konnte
ie Sterne überhaupt nicht sehen. Aber das weißt du nicht
ıehr.«

»Noch mehr Lichter?« fragte das Kind verträumt.

»Noch viel mehr«, sagte der Mann. »Hier zum Beispiel
tand das Kaufhaus Moser. Das war ganz hell. Man konnte
ier Anzüge kaufen und Schuhe.«

»Was noch?«

»Ach, alles. Mäntel und Gardinen und Tischdecken und
och viel mehr.«

»Was noch?«

»Noch viel mehr. Hier zum Beispiel war Dittmeiers Lam-
engeschäft. Und hier das Möbelhaus Runge. Trautes Heim,
ılück allein, Möbel stellt Paul Runge ein.«

Das Kind lachte.

»Lach nur«, sagte der Mann. »Es ist ein netter Reim.«

»Möbel stellt Paul Runge ein«, sagte das Kind. »Möbel stell
Paul Runge ein. Stöbel mellt Raul Punge ein.«

»Du bist dumm«, sagte der Mann und lachte. »Stöbel mell
Raul Punge ein. So ein Unsinn!«

»Stöbel mellt —«, fing das Kind an. Es ließ den Kopf nac
hinten herunterhängen und jauchzte vor Lachen. »... Rau
Punge ein. So ein Unsinn!«

Der Mann blieb stehen und sagte lachend: »Hör jetzt auf, d
Racker. Was sollen die Leute von dir denken?«

»Stöbel mellt Raul Punge ein!« schrie das Kind.

»Wir müssen hier über die Straße«, sagte der Mann. »Drübe
ist die Gartenstraße, da wohnen wir.«

Das Kind hörte auf zu lachen und sagte: »Drüben wohn
Mutti. Mutti, Vati und ich.«

»Ja«, sagte der Mann. »Wir müssen hier hinüber.«

»Wir wohnen in der Gartenstraße«, sagte das Kind stolz

Der Mann blieb am Rinnstein stehen und sah nach links un
rechts nach Autos aus. »Wir sind gleich zu Hause«, sagte er
Dann fiel sein Blick auf Steffi. Sie stand nur wenige Schritte vor
ihm entfernt im Halbdunkel und starrte ihn und das Kin
unverwandt an. Der Mann zog den rechten Fuß, der sic
bereits auf dem Fahrdamm befand, wieder zurück. Er dreht
sich ihr langsam zu. Was will die Frau? dachte er.

Es war ihr kein Wort der beiden entgangen. Wie ein Dieb wa
sie ihnen nachgeschlichen und hatte alles verstanden, was si
sagten. Als sich der Mann jetzt anschickte, über die Straße z
gehen, machte sie noch einen hilflosen Schritt vorwärts, dan
blieb sie stehen. Da gehen sie, dachte sie. Sie lassen mich allein
Ich bleibe zurück. Sie gehen nach Hause in die Gartenstraße
Ich bleibe allein. Stöbel mellt Raul Punge ein —

Der Mann drehte sich ihr zu. Sie konnte plötzlich nich
anders: sie machte ein paar Schritte vorwärts und stand dich
vor ihm, vor dem fremden Mann und dem Kind.

»Was wünschen Sie?« fragte der Mann leise.

Das Kind drehte hastig das Köpfchen und sah sie erstaunt mi
geöffnetem Munde an. Es blieb regungslos auf dem Arm de

aters sitzen und sah sie nur voller Staunen an. Es sah ihr
direkt in die Augen, verwundert und ohne Furcht.

Steffi stammelte: »Ich –« Ihre Hände gingen langsam hoch.
Sie zitterte. Plötzlich griff sie um die Beine des Kindes und
drückte sie zärtlich.

Der Mann ging einen halben Schritt zurück.

»Was kann ich für Sie tun?« fragte er.

Steffi fuhr zusammen. Sie sagte mechanisch: »Wie komme
ich zur Theresienstraße, bitte?«

»Das ist einfach«, sagte der Mann. »Sie gehen diese Straße
immer geradeaus, bis Sie zur Straßenbahn kommen. Da
steigen Sie ein und fahren direkt zur Theresienstraße.«

»Wir wohnen in der Gartenstraße«, sagte das Kind.

»Ich weiß es«, flüsterte Steffi.

»Ja«, sagte der Mann. »Das ist sehr einfach. Immer geradeaus bis zur Straßenbahn.« Er drehte sich um und ging mit
dem Kind über die Fahrbahn.

»Jetzt gehen sie nach Hause«, flüsterte Steffi. Sie hatte die
Hände noch immer erhoben. Langsam ließ sie sie sinken. Was
interessiert mich die Theresienstraße? dachte sie. Wie bin ich
auf die Theresienstraße gekommen?

Die Straße war dunkel. Ihre Augen waren blind vor Tränen
auch ohne die Dunkelheit.

XVI

ines Tages, als ich über den großen Platz schlenderte, sah ich
Kostler auf einer Bank sitzen. Er saß da und zeichnete mit der
Spitze seines Spazierstockes Figuren in den harten Sand. Seine
Erscheinung hier war so ungewöhnlich, daß sich die Men-
schen nach ihm umsahen, wenn sie vorübergingen. In der Tat,
er paßte nicht hierher. Der Schnitt seines Anzuges war zu
teuer für die schmutzigen Bänke, seine Füße in den eleganten
Schuhen standen neben ausgetretenen Militärstiefeln und
Holzsandalen im Sande, wie Überreste glanzvoller Zeiten

neben zerfallenen Ruinen. Ich setzte mich neben ihn und fragte: »Wie haben Sie sich denn hierher verirrt?«

Er schien mich im ersten Moment nicht zu erkennen, dann lächelte er. »Ach, Sie sind es«, sagte er. »Wie geht es Steffi?«

»Gut«, sagte ich, »sie wartet auf ihren Mann. Und Sie? Was machen Sie?«

»Sie hätte bei mir bleiben sollen«, sagte er, ohne auf meine Frage einzugehen. »Wir hätten eine neue Wohnung gefunden. Noch sind nicht alle Verbindungen abgerissen.«

»Wovon reden Sie?« fragte ich. »Welche Verbindungen meinen Sie?«

»Ich bin die Wohnung los«, sagte er. »Die Wohnung, den Betrieb, den Sohn, die Beschäftigung, alles. Aber ich finde etwas Neues, verlassen Sie sich darauf, ich finde etwas Neues.«

»Wie wollen Sie das machen?«

»Seien Sie nur unbesorgt, ich komme wieder hoch, ich werde es ihnen zeigen. Noch ist nicht aller Tage Abend. Ich werde wieder zurückbekommen, was man mir gestohlen hat, verlassen Sie sich darauf!«

In diesem Augenblick sah ich das kleine Mädchen wieder, das kleine Mädchen mit den Beinen nicht dicker als Bohnenstangen. Es saß auch heute im Sande und spielte, und es hatte auch heute die großen glänzenden Augen. Ich sagte: »Herr Kostler, sehen Sie das kleine Kind dort?«

»Die Kleine da?« fragte er. »Die Kleine mit den dünnen Beinen?«

»Ja.«

»Was ist mit ihr?«

»Sehen Sie sie sich genau an.«

»Was ist los? Kennen Sie sie?«

»Nein, wozu brauche ich sie zu kennen? Ich habe mir nur gedacht, daß sie mehr Fleisch am Körper haben und nicht so traurig aussehen würde, wäre dieser Krieg nicht gewesen.«

»Ja«, sagte er, »es ist traurig. Es sind so viele Ungerechtigkeiten geschehen. Betrachten Sie zum Beispiel meinen Fall –

»Nein, sehen Sie sich die Beine des kleinen Mädchens an«, sagte ich. »Hat es eine Möglichkeit, sich über sein Schicksal zu beschweren? Was hat es getan, daß es jetzt nicht genug zu essen bekommt? Hat es überhaupt etwas tun können?«

»Nein«, sagte er, »nichts, gar nichts.«

»Und welche Möglichkeit hat es, dieses Unglück von sich zu wälzen?« fragte ich.

»Es hat genau keine«, sagte er. »Vorläufig jedenfalls nicht. Es kann sich nicht wehren. Aber ich lasse es mir nicht gefallen. Ich fange wieder an, ich lasse mir nicht alles nehmen.«

Ich betrachtete ihn aufmerksam. Mir fiel die Unterhaltung ein, die er mit Steffi geführt hatte, in jener Nacht nach dem Konzertbesuch. Damals war es noch nicht so weit, daß er schon daran dachte, sich nicht alles gefallen zu lassen. Ich hatte keine Sympathie für ihn. Da saß er vor mir, und ich konnte ihn nicht leiden. Mir fiel Rinka ein, Rinka und der Mann, mit dem er sich stritt, in jenem teuren Eßlokal. Sie waren beide vom gleichen Kaliber, der Mann und Kostler, ich wußte es jetzt. Aber der Mann im Eßlokal war schon wieder einen Schritt weiter. Es würde nicht mehr lange dauern, und auch Kostler würde wieder oben sein. Auch das wußte ich.

»Was ist los mit Rinka?« fragte ich. »Wissen Sie, wo er steckt und was er treibt?«

»Keine Ahnung«, sagte er. »Er verschwand, als nichts mehr zu erben war.«

»Auch Sie brauchen ihn wohl nicht mehr«, sagte ich.

Er warf mir einen schnellen Blick zu.

»Was meinen Sie damit?« fragte er.

»Erklären Sie mir eines«, sagte ich. »Warum sind Sie eigentlich an Steffi und Rinka interessiert? Was haben Sie mit ihnen gemeinsam?«

Er antwortete nicht gleich. Er saß da und zeichnete mit einem Stock Figuren in den Sand. »Sie werden es doch nicht verstehen«, sagte er endlich.

»Ich glaube, ich verstehe es«, sagte ich.

Er hörte auf mit seinem Spiel, nahm den Stock und legte ih
über die Knie. Sein Blick blieb weiter auf die Figuren im San
gerichtet. Ich fühlte deutlich, wie fremd mir dieser Mann wa
sein Äußeres, sein Gehabe und die Welt seiner Gedanken.

»Weshalb fragen Sie dann?« sagte er leise.

»Ich werde es Ihnen sagen«, erwiderte ich. »Für mich sin
Sie nichts als ein interessantes Phänomen. Ich habe versuch
Sie von der ersten Minute unseres Zusammentreffens an z
studieren. Ich habe genau aufgepaßt auf das, was Sie a
jenem Abend bei Steffi sagten, und mir ein Bild darüber z
machen versucht. Zuerst wurde ich aus Ihnen nicht klug, abe
jetzt begreife ich Sie vollkommen.«

Er hob den Blick von den Figuren im Sande und dreh
langsam den Kopf. Über sein müdes, altes Gesicht glitt ei
Lächeln. »So?« sagte er, »ich bin für Sie nichts als ei
interessantes Phänomen? Sie sind ziemlich anmaßend, junge
Mann.« Sein Lächeln verschwand. »Vor einem Jahr noc
hätten Sie mir das nicht sagen dürfen.«

»Vor einem Jahr!« sagte ich. »Das ist eine Ewigkeit her. Vo
einem Jahr noch hätte ich genügend Respekt vor Ihne
gehabt, nicht so zu Ihnen zu sprechen, das ist wahr. Aber da
ist vorbei.«

Er lachte kurz auf, nahm den Stock in die rechte Hand un
schlug damit durch die Luft. »Ihr seid alle größenwahnsinni
geworden«, sagte er. »Aber das wird sich wieder geben. Wa
wollen Sie eigentlich? Es wird sich zeigen, daß es ohne un
nicht geht. In kurzer Zeit wird der ganze Laden zusammen
fallen, und man wird uns wieder rufen.«

»Und was wollen Sie von Steffi?«

Sein Gesicht rötete sich. Er richtete sich gerade auf und sa
mich mit gerunzelten Augenbrauen an. »Ich brauche Ihr
Steffi nicht!« sagte er böse. »Sagen Sie ihr, daß ich sie nich
mehr brauche. Was habe ich mit ihr zu schaffen?«

Ich mußte lachen. »Was machen Sie überhaupt noch au
dieser schmutzigen Bank hier?« fragte ich. »Einmal sind Si
die dunklen Treppen zu unserer Bude emporgestiegen. Da

waren sicher Ihre schwärzesten Augenblicke. Wie kommen Sie noch auf diese Bank, auf diese schmutzige, alte Bank hier inmitten des Plebs, wenn Sie Ihr seelisches Befinden in dem Grad wieder restauriert haben, daß Sie selbst Steffi nicht mehr benötigen?«

»Lachen Sie nur«, sagte er, »es wird nicht mehr lange dauern. Jetzt lachen Sie und mit Ihnen die ganze dreckige Bande, die die Macht hat. Aber warten Sie nur ein Weilchen, junger Freund, es kommt wieder anders, das verspreche ich Ihnen!«

Er stand sehr schnell auf und ging davon. Er ging dicht an dem kleinen Kind vorbei, an der Brotbude, an dem mit Plakaten vollgeklebten Bretterzaun und dem Pissoir, vor dem auch heute ein paar Jungen standen und auf Kundschaft warteten. Ich sah, wie er hinüber auf die andere Straßenseite ging. Sein Schritt, erst schnell und bestimmt, als wäre er in Eile und als hätte er ein bestimmtes Ziel im Auge, wurde langsamer. Schließlich blieb er wie in Gedanken versunken stehen. Die Straßenpassanten hasteten an ihm vorüber, er stand auf seinen Stock gestützt, sein Kopf war gesenkt, das eine Bein war etwas vorgeschoben. Manchmal wurde er von den Vorübereilenden verdeckt, dann konnte ich ihn wieder stehen sehen.

Endlich drehte er sich langsam um. Er ging zögernd bis an den Straßenrand und sah zu mir herüber. Dann ging er schnell über die Straße und kam, den Platz überquerend, auf mich zu. Er blieb eine ganze Weile vor der Bank, auf der ich saß, stehen und sah mich wortlos an. Schließlich setzte er sich wieder neben mich.

»Ich habe mich vorhin ein wenig zu grob ausgedrückt«, sagte er. »Hoffentlich haben Sie mich nicht falsch verstanden.«

»Man konnte Ihre Worte kaum mißverstehen«, sagte ich. »Tun Sie sich nur keinen Zwang an.«

»Man sagt soviel in der Aufregung«, sagte er. »Ich hatte bestimmt nicht die Absicht, irgend etwas Unvorteilhaftes über die neuen Zustände zu sagen. Sie müssen mich begreifen.«

»Tun Sie sich nur keinen Zwang an«, sagte ich. »Es ist gleichgültig, ob Sie es aussprechen oder nicht, ich weiß genau, was Männer wie Sie immer gedacht haben und was Sie auch heute denken.«

»Was wissen Sie davon?« sagte er. »Früher —«

Ich unterbrach ihn. »Hören Sie bloß auf mit Ihrem früher!« sagte ich wütend. »Wir leben heute, verstehen Sie? Alles spricht nur von früher. Alle sagen, früher wäre alles besser gewesen. Wir leben heute. Sehen Sie sich die Kleine mit den dünnen Beinen an. Wir leben heute!«

»Sie müssen zugeben, daß Sie es verkehrt machen«, sagte er nach einer Weile. »Sie werden es ebenfalls erleben, daß man uns wieder holt. Ohne uns geht es nicht. Die Wirtschaft wird zusammenbrechen, es wird alles im Chaos enden, wenn man es nicht tut. Ihr braucht uns, ohne uns geht ihr kaputt.«

Ich sah ihn fest an und sagte: »Lieber soll alles zusammenbrechen, ehe man Sie und Männer Ihres Schlages wieder zurückholt, verstehen Sie? Es ist ein Unglück, daß wir auch diesmal keine Revolution hatten. Unser Volk hat immer alle seine Möglichkeiten verpatzt, und diesmal ging es überhaupt nicht. Man soll Sie wieder zurückholen? Man soll Sie lieber aufhängen, das wäre auf jeden Fall besser für uns.«

Er lächelte.

»Sie sprechen eine deutliche Sprache«, sagte er, »aber es fehlt Ihnen ein Mirabeau, ein Jefferson, ein Lenin. Sie werden sie nie haben. Wir Deutsche eignen uns nicht für Ihre gefährlichen Experimente. Sie werden sehen, es kommt alles wieder zur Ruhe und es geht so weiter, wie es nach der Zerschlagung mittelalterlicher Bauernaufstände weitergegangen ist. Seien Sie kein Narr, und sehen Sie den Tatsachen ins Auge. Was wollen Sie? Sie sind ein Romantiker. Die letzten zwölf Jahre sollten Ihnen gezeigt haben, aus was für einem Holz die Deutschen geschnitzt sind. Rennen Sie nicht gegen Windmühlenflügel an. Im besten Fall machen Sie sich nur lächerlich. Versuchen Sie, Ihren Klassenkampf für sich selbst zu gewinnen. Sie sind intelligent genug, sich zu behaupten.«

Nach einer Weile sagte ich: »Wenn man Sie hier sitzen sieht, könnte man den Eindruck gewinnen, Sie seien ein gemütlicher alter Herr, der keiner Fliege etwas antun kann, und dabei sind Sie eine jener Figuren, die nichts als Unglück über uns gebracht haben, und die nichts als Unglück über uns bringen werden.«

»Warum so theatralisch, junger Mann«, sagte er. »Sie nehmen den Mund ziemlich voll.«

»Sie sind ein Schwein«, sagte ich.

Er sah mich an und lächelte müde. »Werden Sie erst einmal so alt wie ich«, sagte er, »dann betrachten Sie die Welt mit anderen Augen. Sie können mich im übrigen nicht beleidigen.«

Ich stand auf und ging davon. Als ich durch die Straßen ging, dachte ich die ganze Zeit: Wo ist Rinka? Ich möchte mit Rinka sprechen! Seit dem Tage, an dem er den Streit mit dem dicken Mann in dem teuren Eßlokal gehabt hatte, hatte ich ihn nicht mehr gesehen. Ich wollte gerne wieder mit ihm sprechen, aber wo war er, wo konnte ich ihn finden? Vielleicht ist er auch heute in dem Eßlokal, dachte ich, vielleicht finde ich ihn dort. Ich sah auf die Uhr. Es war gegen sechs. Langsam ging ich auf die Straße zu, in der Frau Stammel ihr teures Essen verkaufte.

XVII

Aber ich traf Rinka nicht. Gerade als ich ins Haus gehen wollte, kam ein Mann heraus, er blieb vor mir stehen und sagte: »Da haben wir ja den neuen Tolstoj! Wo ist Ihr Freund, der mystische Doktor Rinka?«

Es war der Journalist, mit dem mich Rinka damals bekannt machte.

»Ich weiß es nicht«, sagte ich, »ich dachte, er sei vielleicht hier.«

»Nein, er ist nicht hier«, sagte der Journalist, »er ist schon ein paar Tage nicht hier gewesen. Ich hätte ihn sehr gerne getroffen.«

»Ich auch«, sagte ich.

»Helfen Sie ihn mit suchen«, sagte er. »Ich möchte ihn gerne sprechen. Da ist etwas, was ich gerne wissen wollte. Vielleicht finden wir ihn.« Er roch stark nach Alkohol.

»Wo wollen Sie ihn suchen?« fragte ich.

»Kommen Sie mit«, sagte er, »vielleicht finden wir ihn. Er ist kein Sandkorn, irgendwo wird er sein, und wir werden ihn aufstöbern.«

Am Rinnstein stand sein Wagen. Er nahm Platz und bugsierte mich hinein. »Verdammt!« sagte er, »ich bin besoffen!«

»Drive carefully«, sagte ich. »Death is so permanent.«

»Die Amerikaner sollen selbst carefully driven«, sagte er. »Sie schreiben es an jede Häuserwand, und dabei fahren sie selbst wie die Teufel.«

Er gab Gas, und wir fuhren los.

»Wo fahren Sie hin?« fragte ich.

»Wir fahren zu Tante Josephine«, sagte er. »Ich habe ihn dort des öfteren sitzen sehen.«

Wir durchfuhren ein paar belebte, enge Straßen, dann bogen wir in einen breiten Boulevard ein. Die Dämmerung begann auf die Stadt zu sinken, ein paar Laternen blitzten auf. Der Himmel hing grün und durchsichtig über den zerfallenen Kirchen und Prunkhäusern, die den Boulevard säumten.

»Kennen Sie diese Straße hier?« fragte der Journalist. »Sind Sie früher schon einmal hier gewesen?«

»Ich war nie hier«, sagte ich.

»Mein Gott«, sagte er, »das hier war eine der schönsten Straßen der Welt. Passen Sie auf, ich fange gleich an zu heulen. Ich bin besoffen, aber Sie müssen mich begreifen. Wenn Sie früher hier gelebt hätten, wären Sie nie mehr

veggegangen. Das da unten ist die Universität. Von dort aus
ind wir des Abends über den Boulevard geschlendert. Sie
ieß Ingeborg. Glauben Sie es oder glauben Sie es nicht, sie ist
nit einem Fliegerhauptmann abgehauen. Ich stand da wie ein
diot und hielt ihren Brief in der Hand, und sie schrieb mir,
laß ich es begreifen müsse. Würden Sie es begriffen haben?
Unzählige Male sind wir diese Straße entlanggegangen, und
lann schrieb sie mir, ich solle sie begreifen!«
Er schlug mit der Faust auf die Mitte des Lenkrades, und die
Hupe heulte kurz und wütend auf.
»Passen Sie auf!« sagte ich, »beinahe wären wir in den
Lastwagen gefahren.«
»Das ist mir gleich!« schrie er.
»Mir nicht«, sagte ich.
»Entschuldigen Sie«, sagte er. »Immer wenn ich an sie
enke, sehe ich rot.«
Am Ende des Boulevards bogen wir links ein. Wir fuhren
wieder durch enge, zerschmetterte Straßen. Die Trümmer der
Häuser bedeckten die Bürgersteige, die häßlichen Hügel
choben sich bis auf die Fahrbahn. Die Straße war uneben,
wir fuhren über kleine Hügel und Täler. Dann hielt er den
Wagen an, und wir stiegen aus.
»Es ist lange her«, sagte er, als er den Wagen abschloß.
Fünf Jahre. Sie hat nicht ein einziges Mal mehr geschrie-
en.« Seine Stimme klang verdrossen. Plötzlich lachte er laut
uf.
»Da ist ein Stein«, sagte ich. »Fallen Sie nicht.«
»Fünf Jahre!« sagte er. »Denken Sie nur, was alles in dieser
Zeit geschehen ist! Damals sangen wir: Nur gegen England
och und USA, dann ist alles vorbei...«
»Schreien Sie nicht so«, sagte ich. »Ich habe keine Lust,
eute abend noch verprügelt zu werden.«
»Ich war mit dabei«, sagte er. »Auch ich habe mitgesungen.
s hat einen Heidenspaß gemacht. Nur gegen England noch
nd USA, dann ist alles vorbei!« Er schüttelte sich vor
achen.

Wir gingen ein paar Schritte nach links. Ein Schutthaufen versperrte den Weg. Wir kletterten über ihn hinweg und standen vor dem Restaurant. Der Journalist stieß die Tür auf und wir gingen hinein. Das Restaurant war nur klein, es war rechteckig und schmal. Alle Tische waren besetzt. Der Journalist ging suchend durch die Tischreihen, er grüßte nach rechts und links und drehte sich dann um. »Er ist nicht hier« sagte er.

Von einem Tisch in der Ecke rief jemand: »Greif! He, Greif! Kommen Sie hierher!«

Der Journalist drehte sich dem Rufer zu und sagte: »'n Abend, Prossel. Ich suche jemanden.«

»Vielleicht sitzt er auf dem Lokus«, sagte der andere. »Wer ist es denn?«

»Er heißt Rinka«, sagte der Journalist. »Kennen Sie ihn?«

»Natürlich kenne ich ihn«, sagte der andere. »Er ist nicht hier. Kommen Sie her und setzen Sie sich.«

»Ich hätte ihn gerne gefunden«, sagte der Journalist unschlüssig. »Verdammt, ich dachte, er wäre hier.«

»Vielleicht kommt er noch«, sagte der andere. »Kommen Sie her und nehmen Sie Platz.«

Wir setzten uns. Der Journalist sagte: »Das hier ist Prossel. Er hat ein paar langweilige Bücher geschrieben. Sonst ist über ihn nichts Nachteiliges zu sagen.«

Der Schriftsteller grinste und sagte: »Reden Sie nicht über Dinge, die Sie nicht verstehen. Haben Sie Durst?«

Er griff unter den Tisch und zog eine Flasche hervor. »Warten Sie«, sagte der Journalist. »Wir haben noch keine Gläser.«

»He, Gustel!« rief der Schriftsteller. »Bringen Sie den Herren Bier!« Das Mädchen brachte Bier. Er goß aus seiner Flasche etwas hinein und sagte: »Prosit!« Wir tranken. Der Schriftsteller sah mich belustigt an. Er hatte ein dickes verschwitztes, gutes Gesicht. »Und Sie?« sagte er. »Was machen Sie? Wie kommen Sie mit dem Säufer Greif zusammen?«

»Er ist ein Konkurrent von Ihnen«, sagte der Journalist. »Hoffentlich schreibt er besser als Sie.«

»Oh –«, sagte Prossel. »Sie schreiben. Ich dachte, ich wäre der einzige Überlebende.« Er trank. »Es gibt keine deutsche Literatur mehr«, sagte er.

»Mir ist es gleich«, sagte der Journalist.

»Nein, es ist nichts mehr da«, sagte der Schriftsteller. »Seit dreiunddreißig ist nichts Neues mehr da. Das, was sie jetzt machen, ist nichts als ein dünner Aufguß von früher.«

Der Journalist hielt sich die Ohren zu und rief: »Hören Sie auf mit Ihrem langweiligen Vortrag! Ich habe ihn schon hundertmal gehört. Mir ist es gleich, verstehen Sie? Ich lese nur Kriminalromane!«

»Vielleicht ist es Ihrem jungen Freund nicht gleichgültig«, sagte der Schriftsteller, schüchtern lächelnd. »Es gibt Menschen, die interessieren sich immer noch –«

Der Journalist stand auf. »Da kommt Rinka«, sagte er.

Ja, da kam Rinka. Sein eleganter Anzug war verbeult, er war unrasiert, aber er lächelte. Er setzte sich an unseren Tisch und sagte zu mir: »Das hier ist kein Umgang für Sie. Wie kommen Sie mit diesen Leuten zusammen?«

»Mir tun sie nichts«, sagte ich.

Er sah mich schweigend an.

»Was wollen Sie?« sagte der Journalist. »Weshalb sind wir kein Umgang für ihn?« Er lachte. »Und Sie? Sind Sie seine Amme?«

Rinka sah mich noch immer an. Dann nahm er mein Glas und trank.

»Ich habe Sie gesucht«, sagte ich. »Ich traf Kostler heute nachmittag und hatte große Lust hinterher, Sie zu sehen.«

Der Schriftsteller lehnte sich über den Tisch und sagte: »Er hat recht, wir sind kein Umgang für ihn. Wir sind alt, er ist jung.«

»Wer ist alt?« schrie der Journalist wütend. »Bin ich alt? Es ist richtig, Sie sind eine Mumie. Aber ich? Ich war fünfzehn Jahre alt, als der Führer zur Macht kam.«

»Wir sind alt«, sagte der Schriftsteller störrisch. »Aber er ist jung.«

»Sie sind besoffen!« sagte der Journalist.

Die Augen des Schriftstellers waren traurig auf mich gerichtet. »Auch ich war einmal jung«, sagte er. »Jetzt bin ich alt. Bei Gott, ich bin alt!«

Rinka sagte endlich: »Lassen Sie uns gehen. Auch ich habe Sie gesucht.«

»Immer mit der Ruhe«, sagte der Journalist. »Bleiben Sie hier und reden Sie keinen Unsinn. Ich suche Sie wie eine Stecknadel, und kaum tauchen Sie auf, wollen Sie auch schon wieder gehen.«

»Was wollen Sie eigentlich?« fragte Rinka.

»Ich habe große Pläne mit Ihnen vor«, sagte der Journalist. »Es ist soweit alles in Ordnung. Ich kriege die Lizenz, es dauert nicht mehr lange. Papier ist auch schon da. Dann starte ich die Zeitung. Der Mitarbeiterstab ist soweit auch schon vorhanden. Alles auf streng demokratischer Grundlage natürlich. Jetzt kommt die große Chance für Sie. Ich habe Sie schon lange im Auge gehabt. Ich habe sofort gesehen, was Sie für einer sind. Ich bin Menschenkenner. Wollen Sie mitmachen? Sie kommen fürs Feuilleton in Frage. Na? Wie wäre es? Was sagen Sie?«

»Keine Lust«, sagte Rinka.

»Überlegen Sie es sich genau«, sagte der Journalist. »Die Presse hat eine große Zukunft.«

»Seit wann interessieren Sie sich für Demokratie?« sagte Rinka.

»Was meinen Sie?« sagte der Journalist. »Ich bin vollkommen unbelastet. Ich war niemals in irgendeiner Partei. Ehrlich gesagt, hat mich die Politik nie interessiert.«

»Keine Lust«, sagte Rinka.

»Sie übernehmen das Feuilleton«, sagte der Journalist beharrlich. »Sie verstehen etwas von den modernen Sachen. Kein Mensch hat eine Ahnung davon. Sie sind der richtige Mann für mich. Sie schreiben über Thomas Mann und Ernest

Hemingway und über Schostakowitsch und über alle diese modernen Sachen, die die Amerikaner haben wollen. Kein Mensch versteht etwas davon. Ich auch nicht. Aber es ist modern. Die Zeitung wird ein Bombengeschäft werden. Alles kauft heute Zeitungen. Außerdem stehen wir im Dienste des Volkes und der Demokratie. Nun, was sagen Sie?«

»Oh –«, sagte der Schriftsteller, »mein armer Kopf.«

»Hören Sie auf mit Ihren dummen Bemerkungen«, sagte der Journalist wütend. »Mischen Sie sich nicht ein. Sie haben ganz recht, Sie sind zu alt. Mischen Sie sich nicht ein.«

»Oh – mein armer Kopf«, sagte der Schriftsteller noch einmal.

»Keine Lust«, sagte Rinka. Er sah mich an. »Lassen Sie uns gehen. Oder wollten Sie noch bleiben?«

Ich stand auf.

»Da geht die Jugend«, sagte der Schriftsteller. »Auch ich war einmal jung.«

»Gehen wir«, sagte Rinka.

»Ich kann Sie nicht verstehen«, sagte der Journalist. »Bedenken Sie, ich habe die Lizenz so gut wie in der Tasche. Es wird ein gutes Blatt werden, mit Sport und allem Drum und Dran. Sie übernehmen das Feuilleton. Über das Gehalt sprechen wir noch.«

Aber wir gingen schon Wir stießen die Tür auf und gingen hinein in die dunkle Nacht. Im Schein der offenen Tür sah ich Rinkas blasses, unrasiertes Gesicht. Er grinste böse.

XVIII

Ich ließ mich von ihm führen. Nicht weit von der Straße war der Park. Wir gingen über die Brücke, und die dunklen Bäume nahmen uns auf. Er ging schweigend neben mir her. Auf einer freien Stelle gab er mir ein Zeichen, wir legten uns in das dunkle Gras. Die Nacht war warm, über uns standen die hellen Sterne. Ab und zu flog ein Leuchtkäfer vorüber.

»Es ist wie am Mississippi«, sagte ich. »Erinnern Sie sich?«

»Nein«, sagte er, »es ist anders.«

»Ich meine die Nacht«, sagte ich, »die warme Nacht.«

»Es ist alles ganz anders«, sagte er. »Auch die Nacht. Die Luft ist anders, alles ist ganz anders.«

»Was ist los mit Ihnen?« sagte ich.

Er antwortete lang nicht. Dann sagte er: »Dieses Land macht mich krank. Ich kann es nicht mehr ertragen. Verzeihen Sie, daß ich große Worte gebrauche, aber ich hatte Heimweh nach Deutschland, und jetzt hängt es mir zum Hals heraus.«

»Was ist eigentlich geschehen?«

»Ich werde es Ihnen sagen«, sagte er langsam. »Ich wurde fast verrückt vor Sehnsucht nach Deutschland. Ich dachte, alles wird gut werden, wenn ich wieder zu Hause bin. Ich dachte, Millionen werden so denken wie ich selbst, ich werde sie finden, wenn ich nach Hause komme, und wir werden anfangen zu arbeiten. Ich werde sie überall treffen, in den Universitäten, auf der Straße, überall. Ich dachte, die Menschen werden glücklich sein, daß die furchtbare Nacht vorüber ist, sie werden in der frühen Kälte frierend und hungernd stehen, aber sie werden glücklich sein.«

»Sie sind nicht allein«, sagte ich.

»Versuchen Sie mir nichts vorzumachen«, sagte er. »Ich habe die gleichen Augen im Kopf wie Sie.«

»Nein«, sagte ich, »Sie sind nicht allein.«

»Sie sind ein Narr!« sagte er. »Sie geben sich die größte Mühe, die Dinge so zu sehen, wie sie nicht sind. Dieses Volk hat den Glauben aufgegeben. Sie tun jetzt nichts anderes, als die wilden Tiere im Dschungel tun: Sie kämpfen um ihr Leben. Es ist ein niedriges, schmutziges Volk geworden.« Er richtete sich auf seinen Ellenbogen hoch und sagte leidenschaftlich: »Ich hasse sie! Oh, wie ich sie hasse!«

»Sie tun ihm unrecht«, sagte ich. »Was wollen Sie? Wir müssen alle leben. Auch wenn Sie recht haben, müssen wir leben. Aber Sie haben nicht recht.«

Er legte sich wieder auf den Rücken. »Ich wünschte, ich wäre gefallen«, sagte er. »Gleich zu Anfang.«

»Hören Sie damit auf«, sagte ich wütend.

»Gleich zu Anfang hätte ich fallen müssen«, sagte er. »Damals, als ich noch glaubte, daß sich nach ihrem Sturz die Welt verändern würde. Erinnern Sie sich noch an unsere Gespräche, drüben in Amerika?«

»Mein Gott«, sagte ich, »ja!«

»Es war alles sinnlos«, sagte er. »Unser ganzes Gerede. Dieses Volk ändert sich nicht. Wenn man es ihnen erlauben würde, würden sie noch heute hurra schreien und marschieren.«

»Manchmal habe ich die gleichen Anfälle wie Sie«, sagte ich, »aber die gehen Gott sei Dank sehr schnell vorüber. Ich versuche mir klar zu werden, weshalb sie bei Ihnen nicht vorübergehen, und ich glaube, ich habe die Antwort gefunden. Ihre Welt ist schon dreiunddreißig zertrümmert worden. Jetzt, nach dem Zusammenbruch der Teufelei, haben Sie geglaubt, Ihre Welt würde eine Renaissance erleben. Aber Ihre Welt ist unweigerlich tot. Wenn Sie sich nicht von Ihrer Welt lossagen —«

»Wovon reden Sie?« fragte er, mich unterbrechend.

»Sie sind ein Bürger«, sage ich, »und Ihre Welt ist tot. Sagen Sie sich von ihr los, oder Sie gehen daran kaputt.«

»Und Sie?« fragte er. »Was sind Sie?«

»Ich komme aus einer ganz anderen Welt als Sie«, sagte ich. »Als man Ihnen Ihre humanistische Bildung einpfropfte, ging ich in die Fabrik. Mir haben die bösen Gewalten nicht viel zerbrochen. Ihre Welt ist unwiderruflich untergegangen, die meine ist erst im Entstehen. Weshalb sollte ich pessimistisch sein? Die Angst, die Sie vor dem Ende haben, ist nicht meine Angst.«

Er unterbrach mich ungeduldig. »Was wollen Sie von meiner Bildung? Was hat meine Bildung damit zu tun, daß dieses Land zum Untergang verurteilt ist? Haben Sie denn keine Augen im Kopf? Sehen Sie nicht, was sich abspielt?«

Ich sagte: »Warum haben Sie nicht den Redakteurposten angenommen, den Ihnen der Journalist anbot?«

Er lachte höhnisch. »Ich soll ein Streiter für die Wahrheit werden, wie? Ein Rufer in der Wüste? Alles auf streng demokratischer Grundlage natürlich und im Dienste des Volkes!« Er lachte lange und häßlich.

»Wissen Sie, was mir in den Sinn kommt?« sagte ich. »Sie sind genauso unmöglich wie Kostler.«

Er hörte jäh auf zu lachen.

Wir lagen eine lange Weile schweigend im Gras. Über uns zog leise summend ein Flugzeug durch die Nacht. Es flog sehr hoch, seine roten und grünen Lichter bewegten sich kaum merklich durch die Sterne. Keine zehn Schritte von uns entfernt mußte der Weg sein. Zwei Männerstimmen näherten sich. Der eine der Männer sagte: »... sie bringt also die Schuhe hin. Der Schuhmacher sagt: Unmöglich, die Schuhe können nicht besohlt werden, ich habe kein Leder! Dann sagt er: Sie haben schöne Beine, die müßte man sich mal ansehen, vielleicht ist dann doch noch Leder da...« – »Nein!« sagte die andere Männerstimme, »hat er das wirklich gesagt? Zu Hildegard?« – »Ja«, sagte der erste Mann. »Sie kommt also nach Hause und heult...« Die Stimmen verloren sich. Von weiter her kam das leise Lachen eines jungen Mädchens. Es kam näher, und ich konnte seine Stimme hören. Es sagte lachend: »Ich glaube Ihnen kein Wort!« Ein Mann brummte: »Warum glauben Sie mir nicht?« – »Ich weiß nicht«, sagte das Mädchen, »aber ich habe das Gefühl, daß Sie lügen. Das, was Sie mir erzählen, haben Sie sicher schon Tausenden von Mädchen erzählt, ich kenne die Männer!« Es lachte anhaltend. »Was soll ich tun?« sagte der Mann ärgerlich. »Hören Sie auf mit dem Lachen!« Das Mädchen lachte weiter, es dauerte eine Weile, bis sein Gelächter in den dunklen Bäumen ertrank.

Plötzlich sagte Rinka: »Mein Vater war Geologe, er machte weite Reisen. Ich war viel mit meiner Mutter allein. Sie liebte Rilke, Hofmannsthal, Hölderlin und die Klaviersonaten von

Debussy. Sie wollte, daß ich Musiker werden sollte. Wenn sie Zeuge irgendeiner Roheit wurde, war sie oft tagelang danach krank. Sie führte mich unermüdlich in Ausstellungen und Konzerte. Wenn ich als Sechzehnjähriger irgendein Gedicht schrieb, geriet sie in Verzückung. Der Anblick einer abendlichen Wolke konnte sie zu Tränen rühren. Die für sie damals größten lebenden Menschen waren Walter Rathenau und Romain Rolland. Als Mussolini Abessinien überfiel, schrieb sie einen Brief an ihn, in dem sie ihn zur Menschlichkeit mahnte. Kurz vor dreiunddreißig starb mein Vater plötzlich auf einer Reise irgendwo in Indien. Meine Mutter überlebte ihn um ein Jahr. Bevor sie starb, sagte sie mir noch: Die bösen Gewalten werden zerbrechen, und Deutschland wird stark und neugeboren aus den Trümmern hervorgehen. Sie hatte keine Ahnung von den wirklichen bösen Gewalten. Für sie war beinahe alles Literatur. Hofmannsthal und die Öfen von Auschwitz vertragen sich nicht. Ebensowenig vertragen sich die Briefe Walter Rathenaus mit den fünfzehnhundert täglichen Kalorien. Hätte man ihr damals auch nur annähernd ein Bild vom augenblicklichen Tiefstand der Menschen geben können, sie wäre schon viel früher gestorben —«

Er unterbrach sich.

Sein Gesicht lag einen halben Meter von dem meinen entfernt im dunklen Gras, seine Augen waren geschlossen, die Stirn glänzte fahl im Schimmer der Sterne.

»Ich war ebenso blauäugig wie sie, als ich in den Krieg zog«, fuhr er fort, »nur war ich noch um einen Grad romantischer. Ich dachte: Dieser Krieg wird bald zu Ende gehen, das Volk wird seine Ketten zerreißen und frei sein. Aber Sie wissen es genau so gut wie ich: sie zerbrachen die Ketten nicht. In Berlin kämpften sie noch bis zum letzten Tage, und jetzt sind sie niedergeschlagen, weil sie diesen Krieg verloren haben, nicht, weil sie sich dazu hergaben, ihn anzufangen. Es ist ihnen nicht zu helfen. In Kürze wird ein neuer Mythos entstehen, und sie werden von neuem anfangen zu exerzieren und sich vorzubereiten. Alle unsere Träume und Hoffnungen sind nichts als

Träume und Hoffnungen gewesen. Was soll man jetzt tun? Zum Geschäftemachen fehlt mir das Geschick.« Seine Stimme verebbte.

»Rinka«, sagte ich noch einmal, »Sie sind nicht allein. Es gibt Tausende, die so sind wie Sie und ich. Ich verstehe Sie, auch ich habe manchmal diese Stimmungen. Reißen Sie sich los von diesem verdammten Pessimismus, oder Sie gehen kaputt.«

Er antwortete nicht.

»Ich kann euch nicht verstehen«, sagte ich. »Als ich ein kleiner Junge war, habe ich euch beneidet. Gerade um das, was Sie mir von Ihrer Mutter erzählten, habe ich euch beneidet. Ich kann jetzt nicht verstehen, daß ihr euch so merkwürdig benehmt. Warum benutzen Sie nicht Ihr Wissen, um den Feind damit zu erschlagen? Warum haben Sie den Redakteurposten nicht angenommen? Ihr Brüder seid nur tapfer, wenn alles gut aussieht, wenn aber einmal wirkliche Widerstände kommen, fangt ihr an zu jammern und über die Unzulänglichkeit der Menschen zu wehklagen. Ich kenne hier in der Stadt einen Schlosser, der weiß nichts von Romain Rolland, er ist mir aber tausendmal lieber.«

»Gehen Sie zu Ihrem Schlosser«, sagte Rinka, »und lassen Sie mich allein!«

»Am Mississippi haben Sie noch ganz anders gesprochen«, sagte ich. »Wie haben Sie es sich überhaupt vorgestellt? Glaubten Sie, wir kämen nach Hause, und die Leute seien alle Demokraten geworden, die in der Zwischenzeit ihren Jefferson und Walter Rathenau und Silone auswendig gelernt haben?«

»Sie haben ihren Alfred Rosenberg studiert«, sagte er. »Der hat ihnen mehr zugesagt.«

»Es ist egal, was sie gemacht haben«, sagte ich. »Jetzt büßen wir alle dafür. Aber wir müssen ja alle leben, verstehen Sie? Ich möchte auf jeden Fall leben, und das möchten die anderen auch. Diese Notwendigkeit wird sie mit der Zeit schon zur Vernunft bringen.«

»Gut, gut«, sagte Rinka. Er machte eine Pause. »Sie sagen, Sie hätten Kostler getroffen«, sagte er dann. »Was hat er gesagt?«

»Er wird wieder frech«, sagte ich. »Er behauptet, seine Zeit sei bald wieder da. Ich kann ihn nicht mehr aushalten.«

Rinka lachte.

»Passen Sie auf«, sagte er. »Morgen sitzt er wieder oben, und das alte Theater beginnt von neuem.«

Er richtete sich langsam hoch und stand auf. Ich lag immer noch auf dem Rücken im Gras und blickte zu ihm auf. Sein dunkler Kopf ragte in den sternenübersäten Himmel, er hatte die Hände in die Taschen gesteckt und schien geradeaus in die schwarzen Bäume zu blicken.

»Hier sind wir«, sagte er, »und streiten uns über Deutschland.«

»Suchen Sie morgen den Journalisten auf«, sagte ich. »Erklären Sie ihm, daß Sie sich die Sache überlegt haben und als Redakteur arbeiten wollen. Dann aber, wenn Sie erst einmal hinter dem Schreibtisch sitzen, ziehen Sie vom Leder! Zeigen Sie ihnen, was eine Harke ist.«

»Und für was soll ich vom Leder ziehen?«

»Fragen Sie nicht so dumm«, sagte ich. »Sie wissen besser als ich, was los ist.«

»Und wenn mir alles zum Halse heraushängt?«

»Kämpfen Sie trotzdem, sonst gehen Sie kaputt. Kämpfen Sie nur aus diesem Grunde.«

»Sie reden wie ein Handelsreisender«, sagte er.

Ich stand auf.

»Ich habe mich gefreut, Sie wiederzusehen«, sagte ich. »Heute besonders wollte ich gerne wieder mit Ihnen zusammen sein —«

»Mir ging es genau so«, sagte er leise.

Wir standen uns in der Dunkelheit gegenüber. Er starrte in die Schwärze der Bäume, ich versuchte sein Gesicht zu ergründen. Tiefe, dunkle Zärtlichkeit ergriff mich. Dieser Mensch hier war der einsamste Mensch, den ich je getroffen hatte, er war tausendmal einsamer als ich. »Wenn Sie doch anders wären«, sagte ich. Dann, als er nicht antwortete, sagte ich noch einmal: »Sie sind nicht allein.«

Wir standen uns lange schweigend gegenüber. Es war fast still um uns, von fern nur kam leiser, verworrener Lärm. Ein Mann lachte. Ganz weit weg brummte ein Motor. Rinka drehte mir langsam sein Gesicht zu und flüsterte: »Es ist doch beinahe so wie am Mississippi, nicht wahr?«

Seine Stimme war ehrlich und weich, es war die gleiche Stimme, die ich drüben am anderen Ende der Welt gehört hatte, als wir in den warmen Nächten zwischen den Baracken lagen und von Deutschland sprachen. Er lächelte jetzt, aber sein Lächeln hatte nichts Böses an sich.

Ich griff in sein Jackenrevers und schüttelte ihn. »Rinka«, sagte ich, »Rinka, Sie —«

»Ruhig, ruhig«, flüsterte er. »Werfen Sie mich nicht um. Mit tausendfünfhundert Kalorien im Leibe sollten Sie würdiger sein.«

XIX

Es war spät, als ich nach Hause kam. In der dunklen Haustür stieß ich mit Steffi zusammen. Sie sagte: »Laß uns hinauf in deine Bude gehen, ich muß dir etwas erzählen.«

»Auch ich muß dir etwas erzählen«, sagte ich. »Ich habe Rinka getroffen —«

»Ich will es nicht hören«, sagte sie. »Ich muß dir etwas sehr Wichtiges sagen.«

Wir begannen langsam die dunklen Treppen hochzugehen. Obwohl es dunkel war und ich sie nicht sehen konnte, merkte ich, wie aufgeregt sie war. Auf einem Treppenabsatz blieb sie stehen.

»Warte«, sagte sie.

Es war mir plötzlich, als ständen wir wieder in der süß duftenden, nächtlichen Straße, damals, nachdem wir Kostler verlassen hatten. Ich konnte ihr Gesicht nur ahnen, aber ich fühlte ihren Hauch und atmete den Duft ihres billigen Parfüms ein. Es war totenstill auf der Treppe.

»Ich muß dir etwas erzählen«, flüsterte sie. »Ich habe etwas getan. Ich bin mit einem mitgegangen, und dann bin ich wieder weggelaufen. Bis jetzt bin ich bei ihm gewesen. Er hatte nur ein Bein, und deshalb dachte ich, er würde sich darüber freuen —«

Sie griff in der Dunkelheit nach meinen Schultern, ihre Hände klammerten sich darin fest. »Ich sah ihn auf der Straße«, flüsterte sie. »Ich stand vor einem Geschäft und sah mir die ausgelegten Sachen an, und plötzlich bemerkte ich seinen Blick. Er stand da und stützte sich auf seinen Stock und sah mich an. Du hättest seinen Blick sehen sollen. Er starrte mich ganz offen an, und ich wußte genau, was er wollte. Wir sprachen kein Wort, und wir gingen beide in seine Wohnung. Er schläft auf einer Bank und deckt sich mit Pferdedecken zu —«

Sie schwieg. Ich dachte: Viele erzählen mir, es geschehe nichts mehr in Deutschland, alles sei trist und grau, und das beste, das man tun könnte, wäre, dieses unglückliche Land so schnell wie möglich zu verlassen. Ich stand dort auf der dunklen Treppe vor Steffi und hatte das Gefühl, Mittelpunkt eines ungeheuren, spannenden Dramas zu sein. Alles, was um mich geschah, gehörte zur Szenerie, die phantastischen Ruinen und die Menschen darin, ihr Weinen und Lachen, waren von seltsamer, atemberaubender Spannung erfüllt. Eine Straßenbahnfahrt, ein Gang durch die Straßen waren packende Erlebnisse. Die Gesichter der Menschen, ihre Bewegungen waren aufregender zu studieren, als das Gebaren fremder, rätselhafter Volksstämme. Wie konnten sie sagen, daß das Leben trist und grau sei —? Hatten sie denn keine Augen im Kopf, und Herzen, die fähig waren zu schlagen?

Während Steffi schwieg, die Hände auf meinen Schultern, ihr Gesicht dicht vor dem meinigen, hörte ich, wie hinter einer dunklen Tür eine Männerstimme losbrummte:

»...Anni lernt nichts in der Schule. Sie kann noch nicht einmal ein einziges Wort buchstabieren –« Die Stimme schwieg. Plötzlich fuhr sie lauter fort: »– und alles nur wegen Marianne. Ich habe ihr tausendmal gesagt: Laß das Kind in Ruhe. Und was tut sie?« – Die Stimme ging in ein undeutliches Gemurmel über. Dann, mit einer Deutlichkeit, als stände die Sprecherin neben uns, schrie eine heisere Frauenstimme los: »Halts Maul, du Feigling! Unterstehe dich, über Marianne auch nur ein schlechtes Wort zu reden. Erst versuchst du, ihr hinten hineinzukriechen, und jetzt machst du sie schlecht –«

Steffi nahm die Hände von meinen Schultern, und wir gingen langsam die Treppen hinauf. Die Stufen knackten unter unseren Schritten, es roch muffig, das Treppengeländer faßte sich kalt und feucht an. Hinter uns her kam das Gekeife der Frau, der Mann brummte. Steffi sagte: »Laß mich mit in deine Bude gehen. Ich muß es dir noch einmal erzählen.«

Oben legte ich mich auf den Rücken und verschränkte die Arme hinter dem Kopf. Steffi stellte sich ans Fenster und sah hinaus. Wir hatten das Licht nicht angedreht, ich wußte, es sprach sich besser im Dunkeln.

»Was sagst du dazu?« fragte sie.

»Wozu?«

»Zu dem Mann mit dem einen Bein? Zu den Pferdedecken? Zu mir?«

»Es ist deine Sache«, sagte ich.

»Du wirst es nicht begreifen«, flüsterte sie. »Du hättest ihn sehen sollen. Da stand er und glotzte mich an. Ich konnte sehen, er zitterte vor Verlangen, der arme Kerl. Ich konnte nicht weggehen. Nein! Ich konnte es nicht tun. Ich dachte: Wenn es keine tut – ich tue es! Mach mit mir, was du willst, sie haben dir dein Bein genommen, und jetzt bist du unglücklich, hier nimm mich, es ist nicht viel, aber nimm mich –«

»Du brauchst es mir nicht so genau erklären«, sagte ich. »Ich verstehe dich vollkommen.«

Sie drehte sich um und kam langsam auf mich zu.

»Aber du hast gesagt, er wird wieder zurückkommen«, flüsterte sie kaum hörbar. »Was dann? Wird er mich begreifen?«

»Du brauchst es ihm nicht zu erzählen«, sagte ich. »Wenn er es aber doch erfährt, wird er dich begreifen.«

Sie setzte sich neben mich.

»Ich wünschte, er wäre hier«, sagte sie.

Ich antwortete nicht.

»Wenn er nicht bald kommt, gehe ich kaputt«, sagte sie. »Das hier ist doch kein Leben. Ich brauche ihn, ohne ihn weiß ich nicht, was ich tun soll.«

»Er wird schon kommen«, sagte ich.

»Wenn er nicht kommt, schlage ich dich tot«, sagte sie. »Das schwöre ich dir. Wenn er bis zum Winter nicht hier ist, weiß ich, was ich tue.«

»Nur ruhig«, sagte ich, »er wird schon kommen.«

Sie stand wieder auf und ging in dem halbdunklen Zimmer hin und her. Ich konnte deutlich fühlen, was sie dachte, und wollte sie von ihren Gedanken abbringen. Ihre Gedanken taten ihr weh, ich wollte sie davon abbringen.

»Steffi —«, sagte ich.

»Ja?«

»Ich war heute mit Rinka zusammen.«

»Das hast du mir schon erzählt«, sagte sie ungeduldig. »Du brauchst nichts weiter zu erzählen, du weißt, daß ich ihn nicht ausstehen kann.«

»Er ist genauso wie du.«

»Der? Genauso wie ich?«

»Ja.«

»Genauso wie ich?«

»Ja.«

»Worin ähneln wir uns denn?«

»Ihr seid gleich. Ihr paßt zusammen.«

»Hör auf«, sagte sie aufgebracht. »Ich kann den Kerl nicht ausstehen.« Sie machte eine Pause. Dann sagte sie: »Ich kann ihn nicht leiden. Noch nie ist mir ein Mensch so unsympathisch gewesen.«

»Aber ihr habt etwas gemeinsam. Eure Ähnlichkeit besteht darin, daß ihr beide negativ seid.«

»Hör auf mit diesen geschwollenen Ausdrücken«, sagte sie. »Er ist einer von der anderen Seite. Hannes würde sich nie mit ihm an einen Tisch setzen. Er haßt uns, du kannst dich darauf verlassen, er haßt und verachtet uns.«

»Du kennst ihn nicht, Steffi.«

»Ich brauche ihn gar nicht zu kennen. Du kannst dich darauf verlassen, er haßt uns.«

»Paß auf. Ich habe ihn heute so weit gebracht, daß er als Redakteur arbeiten wird. Er wird in der Zeitung schreiben. Er wird das schreiben, was für dich und Hannes und für uns alle gut ist.«

»Das wird er nie begreifen. Wie kann er wissen, was für uns gut ist? Er kommt von ganz woanders her. Was für ihn gut ist, ist noch lange nicht gut für uns.«

»Du kennst nur deine Leute«, sagte ich. »Ich kenne aber auch die anderen. Bei den anderen gibt es viele Menschen, die ganz genau wissen, was gut auch für uns ist.«

»Aber du sagtest, er sei ebenso wie ich.«

»Ja. Ihr ähnelt euch darin, daß ihr beide negativ seid. Ihr sagt beide nein. Das ist nicht gut. Heute hat Rinka gesagt, daß er aufhören wird, negativ zu sein.«

»Es ist mir ganz egal, was er gesagt hat. Dieser Mann wird immer unser Feind sein.«

»Oh«, sagte ich, »ihr beide seid so deutsch, wie man es nur sein kann.«

»Hör auf, geschwollen zu reden«, sagte sie. »Du glaubst wohl, daß du so reden kannst, weil du Bücher gelesen hast. Mit mir kannst du auch anders reden. Mir brauchst du nichts vorzumachen.« Sie ging ans Fenster und sah eine Weile in die Nacht. »Liebst du Eva?« fragte sie unvermittelt.

»Das ist ein großes Wort.«

»Aber liebst du sie?«

»Ich weiß es nicht. Ich habe sie sehr gern. Liebe ist ein großes Wort.«

»Also liebst du sie doch?«

»Steffi, laß uns beide vernünftig reden.«

»Warum gibst du mir keine Antwort?«

»Ich weiß nicht, ob ich sie liebe.«

»Ich werde sie morgen fragen, ob sie auch dich liebt.«

»Das wirst du nicht tun. Versuche, dich wie ein erwachsener Mensch zu benehmen.«

»Doch, ich werde sie fragen.«

Sie setzte sich wieder neben mich. »Du kannst es mir ruhig sagen«, flüsterte sie. »Sag es nur. Du liebst sie. Nicht wahr, du liebst sie?«

»Laß uns vernünftig reden.« Ich setzte mich auf. Wir saßen in der Dunkelheit nebeneinander. Ich roch ihr starkes, billiges Parfüm und hörte ihr leises, aufgeregtes Atmen. »Was geht es dich an?« fragte ich. »Was geht es dich an, ob ich sie liebe oder nicht? Ich möchte nicht darüber sprechen, hörst du? Laß uns vernünftig sein und über etwas anderes reden.«

»Gut«, sagte sie. »Aber ich weiß es.«

Sie stand plötzlich auf. »Liebt euch nur«, sagte sie, »immer liebt euch. Ihr paßt gut zusammen. Sie hat nie mit einem Einbeinigen auf einer Bank gelegen. Und du bist hier. Du bist nach Hause gekommen, und du bist hier.«

Sie ging durch die Dunkelheit zur Tür und öffnete sie.

»Steffi!« rief ich.

Aber sie schloß die Tür hinter sich, und ich konnte hören, wie sich ihre Schritte auf dem Gang entfernten. Ihre Schritte waren erst langsam, als zögerte sie, dann wurden sie schneller. Sie rannte in der Dunkelheit den langen Gang entlang, ich konnte es hören. Verflucht, dachte ich, sie weint. Aber ich holte sie nicht zurück.

XX

Wie sooft zuvor erwachte ich früh. Ich lag eine gute Weile, starrte gegen die Decke und lauschte auf die Geräusche, die durch das geöffnete Fenster vom Hof heraufkamen. Ein paar Kinder lärmten, ein Vogel sang, zwei Frauen unterhielten sich. Ihre Stimmen kamen deutlich zu mir herauf. Die eine sagte: »Man sollte es so machen wie sie. Einfach auf alles pfeifen und das Leben genießen. Denken Sie, mir macht es Spaß, dieses Leben? Nein, man sollte es so machen wie sie.« – »Und die Kinder?« fragte die andere Frau. »Nein, nein, bei unsereinem geht es nicht. Ich kann niemanden zu mir einladen. Wo sollen sie sitzen? Und denken Sie, was würden die andern sagen! Außerdem habe ich noch meine Ehre im Leibe...« »Ach«, sagte die erste, »die ganze Sache ist, daß wir schon so alt sind. Wer geht noch mit so alten Schachteln –«

Ich stand auf und lehnte mich aus dem Fenster. Die beiden Frauen lagen fünf Meter unter mir im Fenster und unterhielten sich. Ihre zerzausten Haare bewegten sich im Winde, ihre Morgenröcke leuchteten bunt. Die Sonne legte sich warm auf mein Gesicht und auf meine Schultern. Es war Sommer. Ich ging ins Zimmer zurück und öffnete den Brotkasten. Es war nichts mehr drin. Ich dachte: Wo kriege ich etwas zu essen her –? Steffi und Molly hatten sicher etwas, aber ich wollte nicht schon wieder zu ihnen gehen. Ich trank ein paar Gläser kaltes Wasser und setzte mich an den Tisch und wollte schreiben. Aber es ging nicht. Ich versuchte, mich zu betrügen, und schrieb eifrig eine Menge Sätze, aber ich brachte nichts zustande. Ich zog mich an und ging hinunter auf die Straße.

Die Sonne schien schräg durch die zerhackten Häuser. Eine Straßenbahn kreischte, ein paar Kinder gingen lärmend zur Schule. Der eine Junge schrie: »Mit Büchse und Lasso! Mit Büchse und Lasso! Hast du das gelesen?« – Der andere schrie zurück: »Hast du den Spion von Panama gesehen?« Er tanzte auf einem Bein und fuhr fort zu schreien: »Bum, bum, bum! Mit dem Maschinengewehr! Bum, bum –!« Dann rannten alle Kinder davon. Ich ging zu einem Bäckerladen und lugte durch die Fensterscheiben hinein. Da lagen tausend frische

Brote. Die Tür war halb geöffnet, und der Duft machte mich schwach, ich ging eilig davon. Ich dachte: Wo krieg ich etwas zu essen her, wo krieg ich etwas zu essen her –

Es war acht Uhr. Um zwölf Uhr wurden die Restaurants geöffnet, in den Restaurants gab es manchmal Gerichte ohne Marken. Es waren also noch vier Stunden bis dahin. Aber ich glaubte, es nicht noch vier Stunden aushalten zu können. Ich lehnte mich an eine sonnige Mauer und dachte: Vielleicht gehe ich zum Bäckerladen zurück, warte, bis niemand da ist, gehe hinein, stehle ein Brot, oder zwei Brote, oder drei Brote, renne hinaus, verstecke mich in einem Hauseingang und fresse die drei Brote auf.

Das Wasser lief mir schmerzhaft im Munde zusammen, als ich daran dachte. Brot war gut. Trockenes frisches Brot war gut. Man biß hinein und es schmeckte, es schmeckte verdammt gut, und man wurde satt. Es rutschte die Speiseröhre hinunter, es klebte zwischen den Zähnen fest, man mußte den Finger in den Mund stecken, um es von den Zähnen abzukratzen. Dann füllt es den Magen, langsam, man mußte viel essen, und dann war man satt und konnte sich in die Sonne setzen und glücklich sein. Aber der Gedanke, in den Bäckerladen zu gehen, um ein Brot zu stehlen, war absurd. Vielleicht gab es irgendwoanders etwas zu essen. Ich löste mich von der Wand und schlenderte die Straße entlang. Irgendwo mußte es irgend etwas geben. Vielleicht am Bahnhof. Ich schlenderte die Straßen entlang und dachte an nichts anderes, als an etwas zu essen. In Italien hatten wir einmal einen gekochten Esel gegessen, der Bursche war hart und zäh gewesen, und er schmeckte nicht, aber er machte uns satt. Ich dachte jetzt: Wenn ich nur jetzt so eine Eselsrippe hätte, ich würde sie abnagen, bis an ihr nichts mehr dran wäre, dann würde ich an den Knochen saugen, immer nur nagen und saugen. Aber ich hatte keine Eselsrippe. Ich hatte nichts, ich hatte nichts, ich hatte nichts, ich hatte nur Hunger, gemeinen, barbarischen, schwächenden, verfluchten, verdammten Hunger.

Da war der große Platz. Ich setzte mich auf eine Bank, um

eine Weile zu ruhen. Dann kamen zwei Männer. Sie setzten sich neben mich und fingen an zu schimpfen. Und während sie noch schimpften, holte der eine ein Paket aus der Tasche und wickelte es aus. Es war Brot, was er aus der Tasche holte, er brach ein Stück davon ab und gab es seinem Nachbarn und sagte: »Da, iß!«, und der andere griff zu. Ich stand wieder auf und ging weiter zum Bahnhof.

Idiot, sagte ich zu mir selbst, als ich zum Bahnhof ging, warum bist du nicht doch zu Steffi gegangen und hast dir etwas geholt? Eine Scheibe Brot wird sie übrig gehabt haben, warum bist du nicht gegangen? – Ich blieb unschlüssig stehen. Umkehren, dachte ich, umkehren und zu ihr gehen und sie um etwas fragen. Molly hat Doktor Rinka einen ganzen Teller Brot gegeben, und er hat alles aufgegessen. Also hin zu ihr! Da stand ich auf der Straße, nur wenige Schritte vom Bahnhof entfernt, und wollte umkehren. Dann graute mir vor dem langen Weg, und ich ging wieder weiter. Am Bahnhof mußte es etwas geben. Dort gab es eine Wirtschaft, und dort mußte es etwas geben.

Mein Gott, die Bahnhofshalle war groß und halb dunkel und kahl. Aber ganz hinten war ein Schild mit der Aufschrift »Bahnhofswirtschaft«, und ich ging dorthin. Ich kam kaum hinein, sie war überfüllt mit lärmenden, abgerissenen, stinkenden Menschen. Ich drängte mich bis an die Theke vor, und da gab es Heringe und Kaffee. Ich stopfte ein paar Heringe in mich hinein, meine Kiefer schmerzten mir dabei, als wäre eine scharfe Säure hineingespritzt, aber ich aß sie und trank die heiße Brühe, die sie Kaffee nannten. Ein paar Ausländer tranken Schnaps aus einer Milchflasche, ein Haufen verluderter Mädchen kreischte, ein paar Jungen, die so aussahen wie ich, standen mit den Händen in den Taschen im Gedränge und schienen auf irgend etwas zu warten. Auf schmutzigen Bündeln hockten Flüchtlinge, eine dicke Frau mit rotem Kopftuch gab ihrem Säugling die Brust, ein Soldat in zerrissenem Mantel schrie: »Hundefleisch, sagst du? Hundefleisch, sagst du? Wir haben Ratten gefressen, so wahr ich hier stehe. Ratten haben wir gefressen und verfaultes Wasser getrunken! Und trotzdem sind wir nicht zurückgegangen. Nein! Hundefleisch – bah, Hundefleisch würde ich jetzt essen, jetzt! –«

Ein paar Polizisten zwängten sich durch die stinkenden Menschen, sie sagten: »Ausweise, bitte!«

Ein Polizist kam zu mir. Er fragte: »Was machen Sie hier?«

»Ich habe etwas gegessen«, sagte ich.

»Geh nach Hause!« sagte er.

»Mein Kaffee ist noch nicht alle«, sagte ich.

»Trink ihn aus und verschwinde«, sagte er.

»Darf man hier nicht stehen?«

»Ich sage es dir im guten«, sagte der Polizist. »Hau ab. Ich kenne euch!«

Die andern Polizisten verhandelten mit den Mädchen. Ein paar Jungen zwängten sich dem Ausgang zu und verschwanden. Dann sagten die Polizisten: »Alle Mädchen mit zur Wache!« Die Mädchen fingen an zu schreien. Eine große Dicke sagte: »Hände weg von meinen Titten, du Hampelmann!«

Auch ich zwängte mich dem Ausgang zu und ging.

Draußen in der gewaltigen, dachlosen Bahnhofshalle gingen zwei amerikanische Offiziere an mir vorbei. Beide hatten riesige Zigarren im Mund. Ich blieb stehen, und eine Wolke blauen Rauches flog auf mich zu, der Rauch drang in meine Nasenlöcher, er füllte meinen Mund, er füllte mein Gehirn, jede Fiber meines Körpers sog ihn ein. Und etwas Sonderbares geschah: Ich begann leise zu singen. Heißes, sekundenlanges Glück ließ mich erschauern. Ich dachte: Ich möchte glücklich sein, so glücklich wie der Rauch – – ich bin glücklich, denn das Leben geht an mir vorüber. Und ich sang leise die gedachten Worte. Der Rauch zog vorüber, er zog langsam durch die kahle, lieblose Halle und löste sich auf. Das Glück verschwand. Ich blieb allein zurück. Plötzliche, wilde Gier erfaßte mich. Sie war tausendmal stärker, als es die Gier nach dem Brot gewesen war. Ich wollte den Rauch an mich bannen, ich wollte ihn in mir haben, ich wollte ihn in mich hineinsaugen, eins mit ihm werden und glücklich sein, wie ich es die kurze, selige Minute gewesen war. Ich sah mich um. Die Bahnhofshalle war erfüllt mit ärmlichen Reisenden, Ausländern, Amerikanern und Speckjägern. Ich stand fremd unter ihnen und war der Ärmste, ich war der verlassenste, einsamste, unglückseligste Speckjäger, denn ich hatte nichts zu rauchen. Und während ich so dastand, sah ich mich im Deckungsloch hocken, der Wind wehte den Schnee über die Ebene, meine Füße waren starr vor Kälte, das Essen im Kochgeschirr war eingefroren, das Metall des Maschinengewehres glänzte matt und trostlos im Zwielicht des hereinbrechenden Abends, aber meine Pfeife brannte, und der Rauch gab mir ein Gefühl von Geborgensein und Sicherheit. Oder es war früher Morgen, die Sonne kroch über die fernen Bäume der ungeheuren Ebene empor, ich ging hinein in die silbrig schimmernden Sträucherreihen des Baumwollfeldes, meine Finger griffen in die noch feuchten Bälle und lösten sie aus ihren harten Fassungen, neben mir in den anderen Reihen gingen Neger und meine Kameraden, den weiten, hellen Sack um die Schulter gehängt, ich griff singend in die Sträucher, zwischen meinen Zähnen steckte die kurze, die geliebte Pfeife, und mein Gesicht umfächelte die süße, die unvergleichliche, die köstliche blaue Wolke.

Da stand ich in der weiten Bahnhofshalle und war krank nach etwas Rauchbarem. Ich hatte ein paar Heringe gegessen, und das war gut, es hatte meinen Hunger gestillt. Wo bekam ich etwas zu rauchen her? Wieder dachte ich an die zwei Frauen. Sicher lagen auf Mollys Tisch ein paar Kippen herum. Aber wie vorhin war mir auch jetzt der Weg zu weit. Die Wolke von den Zigarren der zwei Offiziere hatte die wilde Gier in mir erweckt. Ich mußte sie befriedigen, ich mußte etwas zu rauchen haben.

Hinter der Sperre zischten die Lokomotiven, aufgeregte Menschen liefen hin und her, aus einem Lautsprecher gab eine brüchige Männerstimme die Abfahrt eines Zuges bekannt. Was interessierte mich die Ferne? Verdammt, weshalb gab es hier nichts zu rauchen? In Kentucky, in Virginia, in Griechenland und Bosnien hatte ich Millionen und abermals Millionen von großen goldgelben Tabakblättern gesehen, weshalb wuchs diese Pflanze nicht bei uns? – In Spanien drehten sie sich ihre Zigaretten, in Persien saßen sie um die Wasserpfeife, in Amerika, Europa, Asien kaufte man sich Tabak, stopfte ihn in die Pfeife, kaute, schnupfte, rauchte ihn – warum hatte ich keinen? –

Ich drehte mich um und ging zurück in die Bahnhofswirtschaft. Die Polizisten waren verschwunden, es waren andere Mädchen da, die Ausländer tranken noch immer aus ihren Milchflaschen. Ich ging zu einem der herumlungernden Jungen und sagte:

»Hast du Tabak?«

»Welche Marke willst du?« fragte er.

»Was kostet er?«

»Achtzig Mark das Päckchen.«

»Du bist verrückt«, sagte ich und drehte mich weg.

Er kam hinter mir her.

»Ich habe auch deutschen«, sagte er. »Nicht so gut, aber auch gut. Vierzig Mark.«

»Ich habe nicht soviel Geld«, sagte ich.

Er sah mich grinsend an. »Warum fragst du dann so dämlich?« sagte er.

»Nur so«, sagte ich.

Er fuhr fort, mich grinsend anzusehen.

»Wann bist du entlassen worden?« fragte er.

»Es sind schon Monate her.«

»Wo warst du?«

»Amerika.«

»Etwa in Oklahoma?«

»Nein, in sechs anderen Staaten.«

»Und du hast nichts mehr zu rauchen?«

»Nein.«

»Ihr seid alle dumm«, sagte er verächtlich. »Warum macht

ihr es nicht so wie ich? Es ist eure eigene Schuld, wenn ihr nichts zu rauchen habt.«

Ich wollte gehen.

»Warte«, sagte der Junge. Er griff in die Tasche und holte ein Päckchen Tabak heraus. »Hier«, sagte er. »Hau ab damit.«

»Wieviel?«

»Ach, hau ab«, sagte er. »Ihr seid alle dumm. Wovon lebst du denn? Was treibst du so?«

»Ich schreibe ein Buch«, sagte ich.

Er kniff die Augen zusammen und sah mich prüfend an. »Was habe ich gesagt?« sagte er. »Ihr fangt alle an zu spinnen. Mein Alter ist in die neue Partei gegangen, der ist genauso dämlich. Ihr versteht alle nicht zu leben. Warum macht ihr es nicht so wie ich?«

»Der eine ist so, und der andere ist so«, sagte ich.

»Und was kommt dabei heraus?« fragte er. »Nichts. Genau nichts. Einer begaunert den anderen, das ist die Wahrheit. Du schreibst ein Buch und hast nichts zu rauchen, ha! Warum machst du es nicht so wie ich?«

»Ich habe es schon gesagt, der eine ist so, und der andere ist so.«

Er lachte.

»Und dann hast du nichts zu rauchen, he? Zu essen auch nichts, wie? Ich kenne euch. Ihr versteht nicht zu leben.« Er schob sich die Mütze in den Nacken und drehte sich langsam weg.

»Danke schön für den Tabak, Kamerad«, sagte ich.

»Ach, halts Maul«, sagte er und ging davon.

Ich verließ den Bahnhof, blieb draußen auf der Straße stehen und stopfte die erste Pfeife. Als die blaue Wolke mein Gesicht umspielte, fing ich leise wieder an zu singen. Ich schob die Hände in die Taschen und ging langsam in die Straße zurück, in der ich wohnte. Ich war glücklich, denn ich wußte, ich würde zwei Tage glücklich sein. Der Gedanke an das weiße Papier zu Hause ließ mich lächeln, ich beschleunigte meine Schritte. Der ganze Tag und das ganze Leben lagen vor mir.

Alles lag vor mir. Ich wußte, ich würde das Buch zu Ende schreiben und die Menschen würden es lesen. Es war eine herrliche Welt, es war wunderbar, in dieser herrlichen Welt zu leben.

XXI

Und so war diese Stadt.

Sie lag halb in Trümmern, aber deutlich war ihr Gesicht zu erkennen: Der gewaltige Dom mit seinen zwei Kuppeltürmen stand, das gotische Rathaus stand, der grüne Fluß schoß unter seinen Brücken weiter dem Norden zu. Die Hälfte ihrer jetzigen Bewohner war aus der Fremde gekommen, die Ureinwohner sahen sie nicht gern. Sie saßen eng nebeneinander in ihren beschädigten Wohnungen und knurrten. Es gab nicht genug zu essen, es gab nichts zu rauchen, das Leben hatte seinen Reiz verloren. Sie knurrten und sprachen oft von der früheren Zeit, als das Bier noch gut und die Menschen anders waren. Sie sagten: »Früher –«, und ihre Augen wurden wehmütig und traurig. Dann ballten sie die Fäuste in ohnmächtigem Zorn und fluchten sich ihre Enttäuschung von der Seele. Die Neuangekommenen saßen in überfüllten, freudlosen Zimmern, in Baracken, in Sälen, und sprachen von ihrem Leben vor der Katastrophe. Sie sagten: »Früher –«, und manchmal weinten sie. Ihre Lebensart und ihr Dialekt verrieten sie sofort. Sie fühlten die Unwilligkeit der Ureinwohner auf Schritt und Tritt, aber da sie nicht freiwillig gekommen waren und nirgendwo anders hingehen konnten, wurden sie mit der Zeit gleichgültig. In den Schlangen vor den Geschäften, vor den Türen der Ämter, in den überfüllten Straßenbahnen standen sie mit den andern Seite an Seite. Ihre Not war die gleiche, und trotzdem kamen sie einander nicht näher.

Durch die staubigen Straßen wälzte sich der Strom der Menschen, die von den letzten Jahren gezeichnet waren. Es gab in dieser Stadt kaum ein Mädchen mit ungestopften

Strümpfen, die Männer trugen ihre Soldatenmützen und umgearbeitete Uniformen. Krüppel humpelten auf blinkenden Metallkrücken vorüber, blasse Kinder dachten an Brot und Milch. Wo früher Schaufenster lockten, gähnten jetzt dunkle Löcher. Über den staubenden Asphalt dröhnten gewaltige graue Ungetüme, ihre Motoren heulten. Die Fahrer hatten Zigaretten im Mund, sie riefen sich in ihrer fremden Sprache lachend Begrüßungworte zu. Hinter den Ungetümen wälzten sich graue, stinkende Benzinwolken.

Das war die Stadt. Am Viktualienmarkt wurden Fische verkauft – die Frauen brachen des Nachts auf, um am Morgen die ersten in der Schlange zu sein. An den Zäunen hingen Plakate, die für die Ergreifung von Mördern und Saboteuren hohe Belohnungen versprachen. Am Bahnhof konnte man Anzüge, Schuhe, Mehl, Speck, Zigaretten und Legitimationspapiere kaufen. Die Verkäufer standen in ganzen Rudeln beisammen. Es waren Jungen aus Hamburg und Berlin und Leipzig und Warschau. In ihrer Nähe drückten sich Mädchen herum, die sich mit der Syphilis abgefunden hatten, wie andere mit krummen Beinen. In den staubigen Trümmern arbeiteten ehemalige hohe Beamte und Berufsoffiziere mit ihren Frauen, sie schlugen die noch heilen Steine aus dem Schutt und reichten sie vorsichtig, als hielten sie kostbare Edelsteine in den Händen, in Ketten auf die Straße hinunter, wo sie aufgeschichtet und weggefahren wurden. Die Arbeiter der Stadt gingen des Morgens mißmutig und hungrig in ihre Werkstätten, sie arbeiteten mißmutig und hungrig ihre acht Stunden und gingen mißmutig und hungrig wieder nach Hause. Ihre Frauen setzten ihnen die gekochten Kartoffeln vor die Nase und sagten mürrisch: »Mehr habe ich nicht.«

Aber es gab Restaurants in dieser Stadt, in denen man essen und trinken konnte wie vor dem Kriege, und es gab Damen, die aussahen wie Pariser Huren zur Zeit der Ausstellung, und es gab das fette Lachen der Männer, die beim Kognak die weiße Asche von der Zigarre schlugen. Das war die Stadt. Die heiße Sonne dieses Sommers schien auf die blühenden Bäume und sandte ihre Strahlen in die Krater. Wenn es in jenen Nächten regnete, floß der weiche Schutt wie ein Lavastrom die Abhänge der eingestürzten Mauern hinunter und troff träge in die Gullys. Alte Leute gingen hilflos umher und konnten die Welt nicht begreifen. Viele setzten sich in ihre kahlen Wohnlöcher und verhungerten. Eine alte dürre Dame hielt mich eines Tages auf der Straße an. Sie streckte mir ihre klauenartige, in einem schmutzigen Spitzenhandschuh stekkende Hand entgegen und sagte mit pfeifender Stimme: »Ich bin die Frau des Generalmajors B...« – Ich antwortete nicht. Sie schrie plötzlich: »Hören Sie nicht, wer ich bin, Sie Lümmel? Ich bin –« Dann ging sie weinend weiter.

Das war die Stadt. In diesen Monaten schien die Sonne so warm und freundlich, wie sie es viele Jahre nicht getan hatte, und des Nachts zog der süße betäubende Duft der blühenden Bäume durch die ausgestorbenen Straßen. Ich ließ mich von der Sonne bescheinen und atmete den Duft gierig ein und dachte: Es ist schön zu leben, bei Gott, es ist wunderbar zu leben, trotz alledem –.

Manchmal des Nachts erwachte ich und dachte an die anderen Städte. An Amsterdam zum Beispiel. Ich ging ans Fenster und sah hinaus in die Nacht. Das Dunkel zerriß, und jäh unter mir lag die fremde Straße und mitten darin die Gracht. Auf dem schwarzen Wasser lag unbeweglich ein Kahn, auf den schmalen gepflasterten Rändern jedoch, die es säumten, zogen die Händler rufend ihre Karren. Ihre Stimmen klangen wie das Schreien hungriger Möwen, sie stellten sich neben den Karren auf, hoben den Blick und priesen ihre Waren an. Und da lagen sie auf den Karren, die Früchte, und bildeten bunte, leuchtende, singende Flecken. Apfelsinen und Erdbeeren, Blumenkohlköpfe, Pflaumen, Trauben, Tomaten und Bananen. Auf dem Kahn unter mir hängte eine Frau ihre Wäsche auf, die Bettlaken wehten wie riesige weiße Fahnen im Winde, ein Hund bellte, ein dicker Mann in Pumphosen zündete sich seine Pfeife an. Und von überallher kamen die

Rufe der Männer, die ihre Waren feilboten. Sie schrien lebende Fische aus und Butter, rote Käsekugeln lagen neben hellgelben Brotlaiben, auf einem Karren leuchteten die Leiber frischgeschlachteter junger Schweine. Das war Amsterdam. Ich lag im dunklen Fenster dieser trauernden, zertrümmerten Stadt, und der brennende Wunsch, hinunterzugehen, hinunter zu den Männern neben den Karren und einzukaufen, erfaßte mich. Ich dachte: Fünf Gulden müßte ich haben, fünf lausige Gulden, und die Männer würden meine Körbe füllen mit Fleisch, mit Butter, mit Gemüse, mit Früchten. Keuchend würde ich die kostbaren Schätze die steile Treppe hinauftragen, jubelnd würde ich sie zubereiten. Dann würde ich essen, immer nur essen, bis ich nicht mehr konnte. Das Fett sollte mir aus den Mundwinkeln triefen, ich würde immer noch mehr in mich hineinstopfen, immer mehr, bis wirklich nichts mehr hineinging.

Das war Amsterdam.

Ich sah aus dem Fenster. Aber das weiße Segel des Bettlakens auf dem Kahn verblaßte, es wurde dunkler und war nichts als eine schmutzige, rissige Häuserwand, die bunten Berge der Früchte wurden zu Schutthaufen, das Wasser der Gracht zur einsamen, verlassenen Fahrbahn, das Geschrei der Händler zu den merkwürdigen Sprachlauten sich streitender, betrunkener, nächtlicher Ausländer...

Oder ich ging in Gedanken über den Rathausplatz in Kopenhagen. Während ich im Dunkeln in meiner Bude auf dem Rücken lag, die Hände im Nacken verschränkt, den Blick gegen die unsichtbare Decke gerichtet, lächelte ich. Wie konnte man an Kopenhagen denken, ohne lächeln zu müssen! Alles in dieser Stadt lächelte, die Mädchen lächelten, die Frauen, die Männer, die Kinder, die Häuser, die Bäume und der helle nördliche Himmel. Ich ging über den Rathausplatz, und die bezaubernde Musik dieser hellen Traumstadt machte mich glücklich, wie sie Millionen anderer Menschen glücklich gemacht hatte. Die Schaufenster des Ströget barsten von ihren Auslagen, es gab Kleider und Schuhe und allerlei Gerät im Überfluß, auf Marmorplatten standen und lagen in märchenhafter Fülle die erlesensten Delikatessen, Braten und Salate und Majonäsen und Würste und wieder Braten und Torten und Schlagsahne und Schokolade, aus den Schnellrestaurants drang der tröstliche Duft herrlichen Kaffees und die festliche Musik eines Radios, vor den Kinos standen, russischen Phantasiegeneralen gleich, die Ausrufer, Fahrradboten fuhren spielerisch vorüber und pfiffen, die Seidenbeine junger Mädchen leuchteten, es roch nach gutem Tabak und sauberen, gepflegten Kleidern, und über allem, um alles wehte die wundersame, glückliche Luft dieser einzigartigen, herrlichen Stadt.

Ich bog in die Knabrosträde ein, und dort an der Ecke, neben dem Hause, in dem Friedrich Hebbel gelebt hatte, dort wohnte ich. Ich stieg die Treppen hinauf, und im zweiten Stock wurde die Tür aufgerissen, und das dicke freundliche Straßenmädchen Bodil sah heraus und sagte: »Hallo, Kleiner, willst du nicht ein Bier haben? Komm herein, setz dich eine Weile zu mir –« Sie hatte ein paar ungeheure Brüste und ein Gesäß, das an das Hinterteil eines holsteinischen Pferdes erinnerte, ihre Schenkel hatten die gleiche Spannweite, wie sie die Leiber anderer ausgewachsener Frauen hatten, ihr von weißblonden Locken umgebenes Gesicht war rosig und fett, und sie lächelte immer. »Komm herein«, sagte sie, »laß uns eine Weile plaudern –« Und da saß ich in ihrem Zimmer, das Bier schäumte, die Bücher auf den Regalen leuchteten bunt durch die Dämmerung des kühlen Raumes, die Gemälde, die ihr die tollen jungen Maler geschenkt hatten, strahlten Wärme und Verrücktheit aus.

Sie sagte: »Was hast du erlebt? Wie geht es dir bei uns? Kann ich irgend etwas für dich tun?« – Das war Bodil, die achtundzwanzigjährige Bodil aus der Knabrosträde in der wundersamen Stadt Kopenhagen, Bodil mit den unwahrscheinlich dicken Armen und Beinen und dem mütterlichen Lächeln in dem rosigen, von hellen Locken umspielten Gesicht. Ich verließ sie und stieg hinauf in mein Atelier, in

diesen verbauten, verwinkelten Raum, aus dessen drei Fen
stern man auf die roten Dächer und auf braune Masten sehen
konnte, auf die auch Andersen und Knut Hamsun und
Hermann Bang gesehen hatten – in dieses Atelier, wo der
schüchterne Spötter Sigfred Pedersen und der närrische Träu-
mer Jens Agust Schade manchmal zu mir kamen, und in dem
Lulu Ziegler mich einst besuchte, in den glücklichen Jahren
bevor.noch jemand an Krieg und Trauer und an häßliche
Ruinen dachte.

Das war Kopenhagen, die Stadt, in der acht belegte Brote
fünfundzwanzig Öre kosteten, in der die Maler lange Bärte
und bunte Halstücher trugen und pausenlos von irgendwelchen Revolutionen in der Kunst sprachen, in der die Dichter
von den hellen Sommernächten im Kornfeld sangen, wie es
ihre Urgroßväter auch schon getan hatten, und wo man sein
Fahrrad die Nacht über auf der Straße stehenlassen konnte,
ohne daß es einem einer wegnahm. In dieser lyrischen Stadt
des Lichtes und der vollen Mägen gab es alte Damen, die sich
zu Kaffeekränzchen zusammensetzten, um über die Unter-
drückung der Inder zu diskutieren, und Studenten, die eine
genau abgezirkelte Karriere vor sich hatten. Die Arbeiter
saßen auf Plüschmöbeln und lasen die Romane Ernest Hemingways und James M. Cains, und ihre Töchter sahen aus,
als wären sie die gepflegten Kinder wohlhabender Eltern.

Ich dachte an Kopenhagen, an diese glückliche Stadt, in der
ich lebte, als ich die Welt kennenlernen wollte, während ich
jetzt in meiner nächtlichen Bude inmitten der Seufzer der
Millionen lag – und ich wollte verzweifeln. Einmal nur,
dachte ich, sollten die Bewohner meines Landes so leben, wie
die Menschen da oben leben, einen Tag nur sollten sie so
denken, wie die Menschen da oben denken. Ich wollte, daß
sie so froh waren und daß sie so lächelten wie die anderen.
Das dachte und wollte ich in den Sommernächten des Jahres
1946, in jenen Nächten, in denen der laue Wind um die
schwarzen Ruinen spielte und man das Weinen der Bewohner
dieses Landes durch die brüchigen Mauern hören konnte.

XXII

Und da war Molly. Ich klopfte an ihre Tür und ging hinein. Es war Nachmittag. Sie saß auf dem Diwan und hatte die Beine unter sich gezogen. Als sie mich sah, legte sie das Buch, in dem sie gelesen hatte, fort und fragte: »Willst du eine Tasse Kaffee haben?«

Über ihr war das Bild des nackten Mädchens an die Wand gemalt. Von ihrem Fenster aus sah man die Dächer einiger halbwegs erhaltener Häuser, auf dem Fensterbrett stand ein Glas, und in diesem Glas blühte eine rote Blume. Die Sonne lag auf dieser Blume und ließ auch sie durchsichtig und wie aus Glas erscheinen.

»Ich habe auch ein paar Kippen«, sagte sie, »willst du sie dir in die Pfeife stopfen?«

»Sieh mal her!« sagte ich und zeigte ihr den Tabak, den mir der Junge am Bahnhof geschenkt hatte. »Für einige Zeit bin ich gerettet.«

»Ich lese einen ganz verrückten Roman«, sagte sie. »Ein Mann schlägt einen andern tot, und dann versucht man auf dreihundert Seiten ihn zu fangen. Alles strengt sich an, die Polizei, die Wissenschaftler und die Behörden. Alles arbeitet eine Woche lang, um einen einzigen Mann zu finden, der einen einzigen anderen Mann getötet hat. Ganz verrückt, aber sehr spannend.«

Sie stand auf und machte sich an die Zubereitung des Kaffees. »Hast du etwas Neues gehört?« fragte sie. »Kommen sie schon aus Rußland zurück?«

»Allmählich kommen sie zurück«, sagte ich.

»Wie soll mich meiner finden?« fragte sie. »Wir haben zuletzt in Allenstein gewohnt, das ist oben in Ostpreußen. Wie soll er wissen, daß ich hier unten bin?«

»Geh zum Roten Kreuz«, sagte ich, »die helfen dir.«

Sie schenkte den Kaffee ein und setzte sich wieder.

»Du hättest meine Flucht erleben sollen«, sagte sie. »Du denkst sicher, ich bin ein verkommenes Luder, aber ich hatte nach der ersten Vergewaltigung schon genug. Der Kerl stank, und er zerriß mir die ganzen Sachen. Ich schlug ihn mit einer Terrine über den Schädel, aber er machte ruhig weiter. Dann stand er auf und rieb sich den Schädel und lachte. Aber mir war gar nicht zum Lachen zumute. Nein. So ein Schwein. Stell dir vor, er lachte!«

Sie saß da, blond, vollbusig, mit gewaltigen Schenkeln, und sah sinnend vor sich hin.

»Dann nahm ich meinen Koffer in die Hand und kratzte die Kurve«, sagte sie. »Immer los, nach Westen. Ich schmiß den Koffer schon am ersten Tage weg. Ich hatte nie geglaubt, daß ein Mensch so etwas aushalten könnte. Einmal habe ich einen kleinen Jungen zehn Kilometer auf meinem Rücken geschleppt. Wer weiß, wo der Bengel jetzt steckt.«

Sie lächelte.

»Er hatte ein verkrüppeltes Bein und konnte nicht gehen«, sagte sie. »Ich gab ihn in Stettin einer alten Dame. Beinahe hätte ich ihn mitgenommen, aber was soll ich mit solch einem kleinen Jungen anfangen?«

»Wenn du nur einen hättest«, sagte ich. »Oder zwei, oder drei. Ich glaube, du wärest die richtige Frau für Kinder.«

Sie sah mich mißtrauisch an. »Werde nicht wieder frech«, sagte sie. »Was soll ich mit Kindern anfangen?«

»Ich glaube, du wärest eine gute Mutter.«

»Hör auf!« sagte sie. »Das kommt mir alles so verrückt vor wie das Buch, in dem ich eben gelesen habe. Erst schlagen sie Millionen tot, und kein Hahn kräht danach, und dann setzen sie die ganze Staatsmaschine in Bewegung, um einen einzigen Totschläger zu fangen. Und sie sprechen von Säuglingspflege und richtiger Ernährung für die Kinder und moderner Erziehung, und dann sterben hunderttausend, und kein Hahn kräht danach. Nein, ich will keine Kinder haben. In zwanzig Jahren gibt es wieder Krieg, und sie müssen wieder sterben, und was habe ich dann davon?«

Sie stand auf und sagte: »Alles ist Lüge. Ich weiß genau, wie die Dinge zusammenhängen, mir brauchst du nichts zu erzählen. Es sind alles nur schöne Worte. Steffi ist dumm, wenn sie arbeiten geht, niemand bezahlt sie dafür. Sie arbeitet und hat nichts vom Leben.«

»Was willst du denn vom Leben haben?« fragte ich.

»Ich will leben«, sagte sie, »ganz einfach leben, weiter nichts.«

Sie ging ans Fenster und sah über die beschädigten Dächer auf der anderen Seite der Straße. »Leben will ich«, sagte sie, »so wie es mir gefällt.«

»Das ist nicht einfach«, sagte ich.

Sie nahm die rote Blume aus dem Glas, hob sie an ihr Gesicht und drehte sie in ihren Fingern hin und her.

»Nein«, sagte sie, »das ist nicht einfach.«

Langsam drehte sie sich um und sah mir lange ins Gesicht.

»Ihr seid alle feige«, sagte sie. »Ihr habt alle Angst. Keiner will die Dinge sehen, wie sie in Wirklichkeit sind. Keiner von euch hat Mut genug, um die Dinge beim rechten Namen zu nennen. Aber ich habe den Mut. Mich hat das Leben gelehrt, die Dinge richtig zu sehen. Sieh mich an, hier, sieh mich an!« – Sie hob die Hände und legte sie an ihre Brüste. Sie lachte laut und sagte: »Das wollt ihr, ich weiß es, das wollt ihr und nichts andres. Alle Männer sind gleich, und alle wollen das gleiche. Ich habe es erkannt. Alles andere ist Lüge. Wenn sie es aber haben wollen, dann sollen sie es so teuer wie möglich bezahlen. Wer gibt dir heute etwas umsonst? Niemand. Ich auch nicht. Wollt ihr mich haben, dann bezahlt!«

Sie ließ die Hände plötzlich wieder sinken.

»Oh –«, sagte sie, »der Herr ist beleidigt.«

Sie setzte sich und lachte laut.

»Du bist nicht recht bei Trost«, sagte ich, »und ich weiß, daß du unrecht hast. Diese Zeit geht einmal vorüber, und dann bist du die Dumme. Wenn die Zeiten wieder normal sind, bist du die Dumme. Aber ich sage es nicht aus Vorsicht, und ich will nicht versuchen, dir einen Wechsel für die Zukunft auszuschreiben. Das, was du eben gesagt hast, ist

Blödsinn, du weißt es ganz genau. Du weißt genau so gut wie ich, daß du nicht glücklich bist, und daß das, was du Leben nennst, kein Leben ist.«

»Sei still«, sagte sie wütend. »Was kennst du vom Leben? Was weißt du, wie man lebt? Bist du eine Frau? Nein. Was hast du erlebt? Diesen dämlichen Krieg, das ist alles. Ich habe ihn auch erlebt, aber ganz anders als du. Mir machst du nichts mehr vor, mir erzählst du nichts. Ich soll eine Mutter werden, wie? Kleine Kinder aufziehen und meinem Mann die Pellkartoffeln unter die Nase setzen, wenn er abends müde nach Hause kommt, und seine schmutzigen Socken waschen, und sonntags an seinem Arm in dem Park spazierengehen, und ihm treu sein? – Sei still, sprich nicht weiter! Es ist Lüge, was du sagst, du kennst das Leben nicht. Aber ich kenne das Leben, es ist dreckig und gemein, und einer erschlägt am liebsten den andern. Ich will nicht verlieren, verstehst du? Laß die andern verlieren, ich werde es nicht tun!«

»Vielleicht verlierst du doch«, sagte ich.

Wieder stand sie auf. In ihrem bemalten Gesicht zuckte es, ihre emailleblauen Augen sahen mich groß und tot an.

»Wir werden sehen«, sagte sie.

In ihren Fingern hielt sie noch immer die rote Blume. Sie ging zum Fenster und stellte sie ins Glas zurück. Da am Fenster blieb sie stehen. Ihr Rücken war mir zugewandt. Ich wußte, was sie dachte. Aber ich hatte dieses Gespräch nicht gewollt, es hatte sich ganz von selbst ergeben. Ich hätte nichts sagen sollen, ich wußte, wie sie war. Aber es war so gekommen. Jetzt stand sie am Fenster, und ich wußte, was sie dachte. Sie war ein guter Mensch, und ich nahm mir vor, nie mehr etwas zu ihr zu sagen. Es war ihr Leben, das sie führte, nicht das meine, ich wollte mich nicht mehr hineinmischen. Ich war nach Hause und in diese Stadt gekommen und hatte sie zufällig getroffen. Wie leicht hätte ich sie nicht treffen können, wie leicht hätte ich eine Bude in einem andern Hause bekommen können. Dann wäre ich ihr vielleicht einmal auf der Straße begegnet, wir wären fremd aneinander vorübergegangen, und ich hätte nicht gewußt, wie sie dachte, und sie hätte nicht gewußt, was in mir vorging. Nein, ich wollte nichts mehr zu ihr sagen, es war ihre Sache, wie sie lebte, und vielleicht hatte sie recht, vielleicht war der Weg, den sie gefunden hatte, der richtige Weg für sie. Ich wollte nichts mehr sagen.

Sie drehte sich um und sagte ruhig: »Weshalb bist du eigentlich gekommen? Wolltest du mich nur besuchen?«

Da saß ich und sagte: »Nein, ich hatte einen ganz bestimmten Grund, zu dir zu kommen.« Zu einem andern Zeitpunkt wäre es mir vielleicht peinlich gewesen, meine Bitte vorzubringen. Aber jetzt freute ich mich, sie aussprechen zu können, denn ich wußte, meine Bitte würde die Spannung zwischen uns zerreißen, wir würden uns, nachdem ich sie ausgesprochen hatte, wieder auf ebenem Grund bewegen.

»Ich habe kein Geld mehr«, sagte ich, »und ich bin gekommen, dich zu fragen, ob du mir etwas leihen würdest. Ich weiß aber nicht, wann ich es dir zurückgeben kann.«

»Oh –«, sagte sie, »natürlich.«

Sie nahm ihre Tasche vom Tisch und kramte darin. »Hier sind hundert Mark«, sagte sie, »genügen sie dir? Ich habe im Augenblick nicht mehr bei mir.«

»Es ist genug«, sagte ich, »danke schön.«

»Ach, halts Maul«, sagte sie, genau so wie es der Junge am Bahnhof zu mir gesagt hatte.

Ich hielt den Schein in der Hand, und wir standen uns wortlos gegenüber. Als erriete sie meine Gedanken, sagte sie: »Hör her, wir wollen nicht mehr darüber sprechen. Sprich darüber, mit wem du willst, aber ich will davon nichts mehr hören. Was geht dich mein Leben an? Laß mich in Ruhe. Hab ich dich gefragt, ob du glücklich bist? Du lebst dein Leben, und ich lebe mein Leben, laß uns nicht mehr darüber sprechen.«

»Nein«, sagte ich.

So standen wir uns gegenüber.

Plötzlich lächelte sie und sagte: »Dein Kaffee ist kalt

geworden. Willst du ihn kalt trinken, oder soll ich dir einen neuen machen?«

»Du kannst ihn anwärmen«, sagte ich, »er ist noch nicht so alt. Du brauchst ihn nur etwas anwärmen. Ich möchte gerne noch eine Tasse trinken.«

Sie ging an den kleinen Gasherd und setzte die Kanne über die Flamme. Dort stand sie und hantierte herum, und ich dachte: Wenn er eines Tages nach Hause kommt, der Unteroffizier Fiedler, und macht sich auf die Suche und findet sie, und tritt dann ins Zimmer und sieht sie so am Gasherd stehen, was wird er dann denken? Und wenn sie seine Schritte hört und sich umdreht und ihn in der Türe stehen sieht, was wird sie dann denken? – Ich war froh, daß ich nicht der Unteroffizier Fiedler war. Aber vielleicht war er tot. Vielleicht war er von Kugeln oder Granatsplittern zerfetzt, oder vielleicht war er erfroren in der Hölle von Stalingrad und lag in irgendeinem Massengrab und konnte gar nicht mehr nach Hause kommen. Und vielleicht war es besser, daß er sie nicht mehr fand. Für viele war es sicher besser, daß sie ihre Frauen nicht mehr fanden. Auch die Frauen hatten den Krieg mitgemacht, und dieser Krieg hatte sie so verändert, daß ein Wiedersehen mit ihnen oft keine Freude war. Gott sei Dank war ich nicht der Unteroffizier Fiedler! Die Frau, die er in Allenstein verlassen hatte, war nicht die gleiche Frau geblieben. Die Frau, die mir jetzt den angewärmten Kaffee reichte, war eine ganz andere.

»Schmeckt er noch?« fragte sie. »Soll ich dir nicht doch frischen kochen?«

»Nein, danke, er ist ausgezeichnet«, sagte ich.

»Steck nur die Kippen in deinen Tabaksbeutel«, sagte sie. »Du kannst sie mit dem andern Tabak vermischen. Ich weiß es genau, morgen hast du wieder nichts und dann geht das Gejammere los.«

»Du hast recht«, sagte ich, »danke schön –«

XXIII

Wiederholt besuchte ich in jenen Wochen den Schlosser Bach und seine Familie. Er arbeitete in einer kleinen Werkstatt, und das Geld, das er verdiente, reichte gerade aus zum Leben. Ich wurde das Gefühl nicht los, als betrachtete er mich mit einem gewissen Mißtrauen. Die Verlagsanstalten seiner Partei fingen an, die Schriften der marxistischen Klassiker erneut herauszugeben, er kaufte einige Ausgaben doppelt und gab sie mir zum Lesen. Von irgendwoher erhielt er ein paar uralte Exemplare der Romane Max Kretzers und Upton Sinclairs, auch die gab er mir, ich mußte sie jedoch zurückbringen. Es fiel mir schwer, mit ihm darüber zu diskutieren. Er hatte seit 1933 nichts mehr gelesen, die Schriftsteller der Neuzeit verwirrten ihn, er konnte mit ihnen nichts anfangen. Mehr und mehr spürte ich, wie weit wir voneinander entfernt waren, uns schieden nicht nur die Jahre, uns schienen Welten oder Jahrhunderte zu trennen. Er nannte Heinrich Lersch »einen der Größten dieses Jahrhunderts« und sagte von Hemingways »In einem anderen Land«: »Was soll mich an diesem Buch ergreifen? Was habe ich mit den Leuten, die er beschreibt, gemeinsam? Ich habe den Ersten Weltkrieg mitgemacht und wir hatten damals ganz andere Probleme!« – Er nannte Ilja Ehrenburg einen »verfluchten Heuchler« und versicherte wiederholt: »Hätte Max Barthel sich nicht korrumpieren lassen, könnte er heute wie damals unser Sprachrohr sein. Was nützen mir Goethe und Schiller und Thomas Mann, wenn ich in ihnen nichts finden kann, das mir und meiner Klasse in unserem Kampf hilft? Ihre Schriften sind vielleicht gut für Leute, die weiter keine Sorgen haben, die sich um die zu zahlende Miete nicht zu kümmern und mit dem Metzger nicht herumzuärgern brauchen. Aber was soll ich mit ihnen anfangen?« – Er sprach es offen aus: Er betrachtete mich als vom bürgerlichen Gift verseucht und für die Arbeiterklasse verloren. »Warum reihen Sie sich nicht ein?« fragte er. »Warum kämpfen Sie nicht, wie wir es tun? Was ist los mit euch?«

Seine Wohnung war die einzige Stätte in dieser Stadt, die mich an die Zeit vor 1933 erinnerte. Die gesamte Atmosphäre um ihn war geradezu historisch, es tat weh, sie einzuatmen, und oft verließ ich ihn voller Wehmut. Die Jahre vor 1933 waren glückliche Jahre, sie waren Jahre des Glaubens und der Zuversicht gewesen, wir dachten damals, wie Bach heute noch dachte, und wir waren glücklich. Aber was sollte ich tun? Ich konnte die Atmosphäre jener bedingungslosen glücklichen Kampfstimmung von damals nicht in mich zurückzaubern, es war in der Zwischenzeit zuviel zusammengestürzt. Damals gingen wir singend und glühenden Herzens durch die grauen Straßen der gewaltigen Städte, in unseren Fäusten trugen wir Fahnen, in unseren Hirnen brannte der Wille zur Tat. Zuviel war geschehen, die Welt hatte sich verändert, wir hatten sie selbst verändert, und jetzt wollten wir keine Fahnen mehr tragen.

Und doch: Oft erfaßte mich die Sehnsucht, wieder wie damals die Fahne durch die grauen Straßen zu tragen und glücklich zu sein, noch einmal die Gesichter der Menschen zu sehen und ihren wilden Schrei zu hören. Welch ein Anblick: Einen Arbeiter zu sehen, sein mageres, entschlossenes Gesicht, seinen zerknitterten Anzug, die groben Fäuste, die plumpen Schuhe, um das Jackett jedoch das Koppel gebunden und auf dem Rücken den Karabiner tragend. Welch ein Laut: Der Schrei der gequälten, kämpfenden Masse, der den Groll der Entrechteten und Unterdrückten ausdrückte. Welch ein Glück: Die Lieder der kämpfenden, zornigen Arbeiter zu hören, die sie sangen, wenn sie durch die Straßen marschierten. Ich war einer der ihren gewesen, und ich war einer der ihren geblieben, aber die Welt hatte sich verändert, und ich wußte es, ich sah sie täglich auf der Straße: sie hatten sich mit mir verwandelt. Und neben ihnen stand die ungeheure Zahl derjenigen, die damals noch Kinder waren, als die Arbeiter ihre trotzigen Lieder sangen, und die sie nie gehört hatten. Was sollte man ihnen sagen?

In unserer Zeit war die Glut aus den Augen der Menschen

verschwunden, und wenn sie eine Fahne sahen, gingen sie eilig davon. Die Welt war eine andere geworden, und man mußte anders mit ihnen sprechen. Ich wußte es, denn ich wohnte mitten unter ihnen. Sie wollten nichts mehr von Programmen wissen, sie hatten Hunger, barbarischen Hunger, aber sie wollten nicht mehr so denken, wie sie vor 1933 gedacht hatten. 1933, das war das Ende einer Zeitrechnung, an das sie sich nur noch dumpf erinnerten, verwundert vielleicht und manchmal voller Scham. Die Zeitspanne, die seitdem verstrichen war, war nicht nach der kurzen Zahl ihrer Jahre zu bewerten, sie hatte die Entwicklung mit einem furchtbaren Griff auseinandergerissen, es gab kein Zurück mehr, man mußte versuchen, einen neuen Weg zu finden.

Das Merkwürdige war, daß Bach mich nicht zu verstehen schien, ja, daß er mißtrauisch war. Hatte er die Zeit, die hinter uns lag, nicht auch miterlebt? Mußte er sie nicht noch stärker erlebt haben als ich? Er war, während ich in den Deckungslöchern lag, hinter Stacheldraht, aber seine Leidensgenossen waren zum großen Teil Gesinnungsgenossen, während meine Kameraden junge Kerle waren, denen die Zeit vor der Katastrophe nichts bedeutete. Die Namen Franz Mehring und Upton Sinclair waren ihnen fremd, und von Karl Liebknecht und Ernst Thälmann sprachen sie mit jenem unbefangenen, grausamen Lächeln, an das man sich gewöhnen mußte, wußten sie von ihrem Leben doch nur, was ihnen deren Feinde erzählt hatten. Dieselben Menschen waren Männer geworden, sie gingen durch die Straßen, und sie hatten nichts gelernt als den Haß. Sie haßten alles, am meisten jedoch sich selbst, weil sie wußten, daß sie die Genarrten waren. Wie sollte man sich ihnen nähern? Ihre Sprache war nicht mehr die Sprache, die man vor 1933 sprach, wer half einem den Tonfall zu finden, auf den sie hörten? Die Sprache des Schlossers Bach war nicht ihre Sprache, das wußte ich, ihr Ton und seine Argumente erreichten sie nicht, es war die Sprache, die die Herzen vor dem Beginn des neuen Zeitalters entflammte. Weshalb war er mißtrauisch? Es gab nur eine Erklärung. Sie war hart, und ich hütete mich, sie ihm einfach ins Gesicht zu sagen. Er war alt und verstand uns nicht mehr. Er witterte in uns die Verräter seiner jahrzehntelangen Ideale. Aber wir waren keine Verräter, uns hatte dieses Leben nur gelehrt, seinen Rahmen zu sprengen. Ob das, was wir fühlten, richtig war, wußten wir noch nicht ganz genau, wir wußten aber, daß seine Gedanken nicht mehr die Gedanken unserer Zeit waren, und wir hatten uns von diesen Gedanken befreit. Im Wesen waren wir uns wohl einig, und doch waren wir uns fremd. Es war eine Tragödie, aber wir würden nicht die Trauernden sein, das eine war gewiß.

Und da war Eva, seine Tochter. In den Jahren, da wir in unseren jungen Fäusten die Fahnen durch die grauen Städte trugen, hockte sie auf dem Arm ihrer Mutter und sah uns von dort aus vorüberziehen. Unseren Schmerz im Jahre 1933 fühlte sie noch nicht. Ihr Leben war von dem unsrigen ebenso verschieden, wie das Leben ihres Vaters von dem unsrigen verschieden war. Obwohl sie jedoch aus einem Milieu stammte, das aus den Lebensformen der vergangenen Zeit zusammengesetzt war, hatte sie sehr wenig davon mitbekommen. Es war klar, sie war die Tochter ihres Vaters, und seine Gedankengänge, tausendmal in ihrer Gegenwart ausgesprochen, waren ihr vertraut. Aber sie hatten sie nicht weiter beeindruckt. Sie sah jetzt mit eigenen Augen, daß die Welt, in der sie lebte, eine ganz andere war als die, für die der Vater sein ganzes Leben lang gekämpft hatte. Die Menschen um sie sprachen eine andere Sprache als die theoretischen Schriften des Vaters. Mehr noch, seine Zeit lag so weit zurück, daß sie für sie bereits historisch war. Sie hatte mit ihr keine Verbindung mehr, ihr Leben hatte begonnen, als die alte Zeit bereits endgültig versunken war.

Und doch, sie war anders als ihre Gleichaltrigen. Der Haß, dieses Gemeingut unserer Jahre, war ihr fremd, und die Verzweiflung, dieses schleichende Gift der Nachkriegszeit, hatte auf sie keine allzu große Wirkung. Sie war tausendmal anders als ich es war, und doch fühlte ich, daß sie diejenige war, die mir am nächsten stand. Sie würde, das wußte ich, diese Zeit ebenso siegreich überstehen wie ich, und begierig sein, das Neue zu erleben, das Neue, von dem wir noch nicht wußten, wie es aussehen würde. Sie war im wahrsten Sinne des Wortes jung, und es gab in diesen Tagen so wenig wirklich junge Menschen in Deutschland.

Ich ging eines Abends, um sie zu besuchen. Es hatte den ganzen Nachmittag über geregnet und es wurde früh dunkel. Als ich zu Bachs in die Wohnung kam, war sie nicht da. Die Mutter sagte: »Setzen Sie sich und warten Sie, bis es aufgehört hat zu regnen.« Ich setzte mich ans Fenster und sah hinaus in die dunklen, vom Regen eingehüllten Ruinen. Der Vater saß vor einem Schachbrett und spielte mit sich selbst, er hatte ein Schachbuch neben sich liegen und versuchte, irgendeine schwierige Aufgabe zu lösen. Er blickte nur einmal flüchtig zu mir auf und senkte seinen bebrillten Kopf gleich wieder über die Steine. »Lassen Sie mich Ihnen helfen«, sagte ich, aber er knurrte zurück: »Stören Sie mich nicht, dies hier ist meine Partie.« Die Mutter lächelte und sagte: »Er sitzt schon ein paar Tage daran, lassen Sie ihn in Ruhe. Wenn er einmal über seinem Schachbrett sitzt, will er von den andren Menschen nichts mehr wissen.«

Bach sagte verdrießlich: »Warum laßt ihr mich nicht spielen?«

»Aber so spiele doch«, sagte sie.

Ich fragte sie: »Glauben Sie, daß Eva bald nach Hause kommt?«

»Ich kann es Ihnen nicht sagen«, meinte sie. »Sie sagte, sie wolle mit irgend jemanden ins Kino gehen, vielleicht ist sie bald wieder da. Warten Sie nur, bis es nicht mehr so stark regnet.«

Sie kam kurz darauf. Von ihrer blauen Regenhaut tropfte das Wasser, hinter ihr trat ein junger Mann in die Stube, er trug kurze Hosen und eine lederne Ärmelweste. Seine hellen Haare waren an die Stirn geklebt, über seine nackten Beine rieselte das Regenwasser in kleinen Bächen. Sie lärmten und lachten beide aus vollem Halse, Eva zog einen Kamm aus der Tasche und begann sich zu kämmen, der junge Mann sagte: »Es war wunderbar im Regen, wir sind den ganzen Weg gegangen!«

»Ihr werdet euch erkälten«, sagte die Mutter.

»Wir?« Er lachte. »Erst erkälten sich andere!«

Er kam auf mich zu und schüttelte meine Hand. »Ich kenne Sie schon«, sagte er freundlich. »Eva hat mir von Ihnen erzählt.« Sein Händedruck war warm und kräftig.

»Nicht so laut, Paul«, sagte Eva lächelnd. »Vater streitet mit Doktor Lasker. Sprich leiser, wenn du nicht willst, daß er für ewig dein Todfeind wird.«

»Laßt mich in Ruhe«, knurrte der Alte.

»Um Gottes willen –«, sagte Paul erschrocken.

Der alte Bach stand plötzlich auf, nahm das Schachbrett vorsichtig an zwei Enden und trug es wortlos ins Nebenzimmer.

»So«, sagte die Mutter, »jetzt habt ihr ihn aufgescheucht. Hoffentlich nimmt er es nicht zu tragisch.« Sie ging an den Herd und setzte Wasser auf. »Ich werde uns einen Tee machen«, sagte sie, »man soll mit seiner Gesundheit nicht spaßen.«

»Wir haben ihn gestört –«, sagte Paul ängstlich.

Eva lächelte. »So ist er gar nicht«, sagte sie.

Als er aus dem Nebenzimmer zurückkam, ging sie lachend auf ihn zu und umarmte ihn. »Bist du böse?« schrie sie. »Haben wir dich gestört? Sei wieder gut, das nächste Mal lassen wir dich allein.«

»Schon gut«, brummte er.

»Du bist doch böse«, sagte sie.

»Keine Spur«, sagte er. »Ich wäre mit der verdammten Partie doch nicht fertig geworden. Es ist gut, daß ihr gekommen seid, im anderen Falle wäre ich vielleicht schwermütig geworden.«

Er lächelte.

»Setzt euch und trinkt Tee«, sagte die Mutter. »Vater ist nicht mehr böse. Wenn er böse ist, kriegt er meine Meinung zu hören. Setz dich hin, Robert, und sei ein bißchen nett zu den jungen Leuten.«

»Ich sitze ja schon«, sagte er.

Eva saß an meiner Seite. Sie wandte sich mir zu und sagte: »Du hättest den Film sehen sollen. Es war der reinste Unsinn. Aber wir haben Tränen gelacht...« Sie beugte sich über den Tisch und sagte lachend zu Paul: »Weißt du noch, wie er versuchte, den viel zu kleinen Hut aufzusetzen?«

»Er schlug zuletzt mit der Faust drauf«, sagte Paul.

»Der Hut war zehn Nummern zu klein!« schrie sie.

»In meinem ganzen Leben habe ich noch nie so gelacht«, sagte er. »Stell dir mal vor, alle Menschen trügen solche Hüte!«

»Ich würde sterben vor Lachen«, sagte sie.

»Wie schön, daß ihr euch so gut amüsiert habt«, sagte die Mutter. »Es gibt heutzutage so wenig, worüber man richtig lachen kann.«

»Auf dem ganzen Weg hierher haben wir noch gelacht«, sagte Eva. »Von Zeit zu Zeit blieben wir im Regen stehen, und Paul sagte nur: Der Hut – da fingen wir schon wieder an.«

»Wie kann man über einen Hut so lachen?« sagte Bach.

»Ach – du alter Schachspieler«, sagte die Mutter lächelnd. »Wir haben früher auch über alles gelacht.«

»Ihr würdet heute noch lachen«, sagte Eva.

Ich beobachtete sie von der Seite. Ihr Gesicht war gerötet, und ihre Augen blitzten. Ihre Bewegungen schienen mir viel freier als sonst, auch schien es mir, als hätte ich sie nie so hübsch gesehen, wie sie es heute war. Ich dachte: Ich habe sie geküßt und sie hat mich wieder geküßt! – aber dieser Gedanke machte mich nicht froh. Ich stellte mir vor, wie sie beide durch den Regen liefen, wie sie stehenblieben, sich ansahen und lospruschten vor Lachen. Hätte ich ebenso gelacht? Während Eva und ich durch die abendlichen Straßen gingen, hatten wir nur über Dinge gesprochen, über die man nicht lachen konnte, über unseren Gesprächen lag Traurigkeit. Ich hatte sie nicht zum Lachen bringen können, ich hatte über ihren Gang, ihr Lächeln und über das, was sie sagte, nachgegrübelt, und war in Gedanken versunken wieder nach Hause gegangen. Nie vorher war sie so glücklich gewesen wie an diesem Abend, ich sah es, aber ich wußte auch, daß der Grund dazu nicht der lächerliche, viel zu kleine Hut war, den sie im Film gesehen hatten.

Paul saß an der anderen Seite des Tisches. Seine Haare waren jetzt trocken und fielen ihm in weichen Locken in die Stirn. Alles an ihm schien zu lachen, seine blauen Augen, sein glattes Gesicht, seine ganze Gestalt. Er war beinahe zwanzig Jahre jünger als ich, und für ihn waren meine Erlebnisse ebenso unwirklich wie für Eva. Sicher brauchte ich sie nicht zu beneiden – ob sie mich wohl beneideten? Ich sah in ihre jungen Gesichter und dachte: Was würde Rinka mit ihnen anstellen, oder Molly? Uns hatten die Erlebnisse der letzten grausamen Jahre geformt, hatten sie ihre Spur auch in ihnen hinterlassen?

Plötzliche Traurigkeit überfiel mich, ich konnte ihrer nicht Herr werden. Ich gehöre nicht zu ihnen, dachte ich, ich gehöre zu Rinka, zu Molly und zu Steffi. Es trennt mich von den jungen Leuten eine Reihe von Jahren, in Wirklichkeit aber trennt uns die ungeheure Anhäufung wilder Gedanken, die in diesen Jahren gedacht werden mußten, und die nicht hinweggelöscht werden kann. Unsere Sprache wird ihnen ebenso unverständlich sein, wie ihnen die Sprache des alten Bachs unverständlich ist. Zuviel ist geschehen, was weder sie noch er gefühlt haben.

Die Mutter räumte den Tisch ab. Ich stand auf und wollte mich verabschieden. Eva sah mich erstaunt an.

»Warum willst du schon gehen?« fragte sie.

»Es ist spät«, sagte ich unbeholfen.

»Du hast dich nie darum gekümmert, ob es spät ist oder nicht«, sagte sie.

Ihr unbefangenes Lachen war verschwunden. Sie sah mich prüfend an, ihre Stirn umwölkte sich.

»Gut«, sagte ich, »ich bleibe noch ein wenig.«

»Bis es aufgehört hat zu regnen«, sagte die Mutter, »setzen Sie sich wieder. Es ist noch nicht spät.«

Der Alte ließ sich in seinen Lehnstuhl am Fenster fallen und zündete die Pfeife an. »Was macht die Arbeit in der Gewerkschaft?« fragte er Paul.

»Es geht gut«, sagte Paul. »Bei uns sind sie alle organisiert. Aber in die Versammlungen geht kein Mensch.«

»Das graphische Gewerbe war doch sonst immer gut?«

»Sie sind auch alle drin in der Gewerkschaft«, sagte Paul, »aber kein Mensch tut etwas. Ich weiß auch nicht, woran es liegt. Ich selbst renne mir die Hacken ab, und die Kollegen zahlen ihren Beitrag und glauben damit genug getan zu haben.«

»Ihr tut eben zu wenig«, sagte der Alte. »Ihr müßt propagandistisch besser arbeiten. Mehr Veranstaltungen zum Beispiel.«

»Ach«, sagte Paul, »wenn Sie wüßten, was wir alles tun –«

»Ihr tut zu wenig«, sagte der Alte.

Sie stritten sich eine Weile herum. Der Alte saß vornübergebeugt, er kaute an seiner Pfeife und schlug sich, während er sprach, mit der Faust aufs Knie. Paul blickte wiederholt auf Eva. Es war klar, er hätte sich lieber mit ihr unterhalten. Sie hatte mit ihrer Mutter die Tassen gespült und saß jetzt und stopfte an einem Strumpf. Draußen strömte der Regen noch immer. Die Fenster standen offen, und die perlenden Strähnen glänzten im Schein der Lampe. Dann hörte es plötzlich auf. Vereinzelte Tropfen noch schwebten golden durch das Dunkel, das Rauschen verebbte.

»Es hat aufgehört zu regnen«, sagte die Mutter. »Hoffentlich bekommen wir eine gute Ernte. Die Zeitungen schreiben, daß es überall Rekordernten geben soll. Von unserer Brotration kann kein Mensch leben.«

»Ich möchte wieder einmal Schlagsahne essen«, sagte Eva

verträumt. »Eine ganze Schüssel voll möchte ich essen —«

Paul drehte sich von dem Alten weg und sagte: »Ich auch. Ich würde mich krank essen.«

»Wenn wir nur genug Brot bekämen«, sagte die Mutter. »Brot ist die Hauptsache, alles andere ist nicht so wichtig. Am anderen überißt man sich leicht, aber von Brot kann man nie genug bekommen.«

»Pfannkuchen möchte ich auch essen«, sagte Eva.

»Zehn Stück auf einmal. Mit Marmelade obendrauf —«

»Ich esse sie lieber nur mit Zucker«, sagte Paul.

»Und du?« fragte mich Eva. »Was möchtest du am liebsten essen?«

»Ein Schweinekotelett mit Rotkohl«, sagte ich. »Dazu dicke fette Soße und Bratkartoffeln.«

»Verdammt!« rief Paul. »Sie haben das Richtige getroffen! Ich könnte zwei verdrücken.«

»Es darf nicht zu fett sein!« schrie Eva. »Und dann muß es gut durchgebraten sein!«

»Hört auf«, knurrte der Alte.

Die Mutter seufzte. »Wie gerne würde ich euch etwas machen«, sagte sie. »Aber ich habe nichts.«

»Wir haben nur so gesprochen«, sagte ich.

»Natürlich haben wir nur so gesprochen«, sagte auch Paul. »Machen Sie sich nichts daraus, Frau Bach.«

»Ich habe auch rein gar nichts im Hause«, sagte sie bekümmert. »Nicht einmal eine trockene Scheibe Brot kann ich euch anbieten.«

»Das fehlte auch noch«, schrie Eva lachend.

»Ach, schweig«, sagte die Mutter. »Noch nicht einmal eine Scheibe trockenes Brot kann man seinen Gästen anbieten!« Sie sah hilflos in die Runde. »Früher war immer etwas im Hause. Manchmal kriegten unsere Freunde noch mitten in der Nacht Hunger, und dann machte ich ihnen rasch ein paar belegte Brote —«

»Hör auf, davon zu sprechen«, knurrte der Alte. »Davon kriegst du auch nichts in die Küche.«

»Es war immer so gemütlich –«, sagte sie.

Ich ging auf sie zu und sagte: »Wir haben nur Spaß gemacht, Frau Bach. Jeder weiß, daß niemand etwas zum Verschenken hat.«

»Ich habe überhaupt keinen Hunger«, sagte Paul.

Wir verabschiedeten uns. Paul hielt Evas Hand eine Weile in der Hand und fragte sie: »Wann hast du wieder einmal Zeit?«

»Ich bin immer zu Hause«, erwiderte sie. »Komm nur herauf zu uns. Wenn ich nicht da bin, mußt du eine Weile warten.«

Sie sah ihn an und lächelte. Er sagte: »Ich habe fast jeden Abend mit der Gewerkschaft zu tun. Aber manchmal bin ich frei.«

»Komm nur rauf«, sagte sie.

Sie brachte uns bis an die Tür. Als sie mir die Hand gab, sagte sie: »Und wir? Wann sehen wir uns wieder?«

»Wann du willst«, sagte ich.

Sie begann zu lächeln. »Du kannst mich ja wieder einmal abholen«, sagte sie. »Dann gehen wir wieder in den Park oder sonstwohin.«

»Ich komme gern«, sagte ich.

Paul und ich gingen hinunter auf die Straße. Die Nacht war dunkel, in den Pfützen spiegelten sich die Sterne. Der gelbe Schein, der aus den Fenstern der Häuser drang, lag wie auseinandergeschmierte leuchtende Farbe auf den mattglänzenden Pflastersteinen. Manchmal fielen noch vereinzelte Tropfen aus den nassen Zweigen der Bäume, in den Ruinen sang leise das herabsickernde Wasser. Er wohnte in meiner Gegend, und wir hatten eine große Strecke gemeinsamen Weges. Erst gingen wir schweigsam nebeneinander her, dann sagte er plötzlich: »Sind es nicht prächtige Leute?«

»Ja«, sagte ich, »ich kann sie sehr gut leiden.« Er lachte. »Ich dachte erst, er würde böse werden, weil wir ihn in seiner Schachpartie störten«, sagte er. »Aber er ist ein feiner Mann.«

»Wie alt sind Sie?« fragte ich ihn.

»Achtzehn«, sagte er. »Ich bin noch nicht alt.«

»Dann waren Sie nicht beim Barras?«

»Nein, ich kam gerade noch so vorbei. Aber mein Bruder ist gefallen. Bei Cherbourg.«

»Seien Sie froh«, sagte ich.

Er sah mich von der Seite an. »Ich habe auch allerlei mitgemacht«, sagte er. »Die Bombennächte waren auch kein Vergnügen. Dann kriegte meine Mutter einen Nervenzusammenbruch, und ich mußte alles im Hause machen. Ich habe noch eine Schwester von vierzehn Jahren.«

»Seien Sie trotzdem froh.«

»Natürlich bin ich froh«, sagte er. »Ich meine nur, Sie brauchen sich nicht allzuviel darauf einzubilden, daß Sie Soldat waren. Wir haben auch allerhand mitgemacht. Es ist nur ein Zufall, daß ich nicht eingezogen wurde, sonst hätte ich dasselbe erlebt wie Sie. Oder meinen Sie, ich wäre ein schlechterer Soldat gewesen?«

»Um Gottes willen, nein«, sagte ich.

»Ich will damit natürlich nicht sagen, daß ich eifrig für Hitler gekämpft hätte«, meinte er. »Das widerspricht meiner politischen Anschauung. Ich bin Sozialist und Pazifist. Aber hätte ich Soldat werden müssen, wäre ich bestimmt kein Versager gewesen. Bilden Sie sich nur nicht allzuviel auf Ihre Erlebnisse ein. Es ist alles nur Zufall.« Er schwieg. Die Straßen, durch die wir gingen, waren dunkel. Es kamen uns nur vereinzelte Passanten entgegen. Ein Jeep fuhr vorbei. Zwei behelmte Amerikaner saßen drin, aus dem eingebauten Lautsprecher scholl eine laute, monotone Stimme. Die zwei Amerikaner rauchten, ihre Zigaretten glühten, Funken lösten sich und tanzten hinter dem Auto her.

»Sie wären also ein guter Soldat gewesen?« fragte ich.

Es dauerte eine Weile, ehe er antwortete. Dann sagte er: »Sie haben kein Recht, so von oben herab mit mir zu sprechen, nur weil Sie älter sind als ich. Ich habe es schon einmal gesagt, auch wir haben unseren Teil mitgemacht. Und was haben wir getan, daß es uns jetzt so geht? Wir können die ganze Geschichte jetzt mit ausbaden.«

»Es tut mir leid«, sagte ich, »ich wollte nicht von oben herab mit Ihnen sprechen.«

»Das tut ihr alle, ob ihr es wollt oder nicht«, sagte er. »Ihr bildet euch alle etwas darauf ein, daß ihr an der Front wart, ob ihr es wahrhaben wollt oder nicht. Ihr glaubt, wir seien Kinder, die noch in den Windeln liegen. Dabei geht es uns ebenso dreckig wie euch, vielleicht noch schlimmer.« Plötzlich lachte er. »Kein Grund, sich aufzuregen«, sagte er, »nicht wahr?« Er sah mich von der Seite an. »Eines ist sicher, es geht euch ebenso dreckig wie uns.«

»Ihr seid besser dran«, sagte ich.

»Vielleicht«, erwiderte er. »Ich weiß es nicht. Wenn wir nur mehr zu fressen hätten. Diese verfluchte Jagd nach der Fresserei macht mich verrückt. Ich könnte manchmal Steine fressen.«

»Aber Sie können lachen«, sagte ich. »Ich habe seit Jahren niemanden so lachen hören wie Sie. Darin sind Sie uns voraus.«

»Humor ist, wenn man trotzdem lacht«, sagte er.

Keine fünfzig Schritt vor uns stand eine dicke Frau unter einer Laterne. Sie hielt eine Handtasche unter den Arm gepreßt und schien auf jemanden zu warten. Als wir an ihr vorbeigehen wollten, sagte sie: »Na, wie ist es mit euch beiden?«

»Wie bitte?« fragte Paul erstaunt.

»Wollt ihr mitgehen?« fragte sie. »Ich wohne gleich hier um die Ecke. Geht beide mit, dann ist es billiger.

»Vergebliches Bemühen«, sagte ich. »Auf Wiedersehen.«

»Wie denn?« fragte Paul. »Was ist denn —«

»Laß uns weitergehen«, sagte ich.

»Ja, aber was will sie?«

»Frage nicht so lange und geh mit«, sagte die Frau. »Ich werde dir später schon erklären, was ich will. Bist wohl noch Jungfrau, wie? Komm, ich mache es billig.«

»Pfui Teufel!« rief Paul leise. Sein Gesicht lief dunkelrot an, er wandte sich hastig und lief davon. »Nicht so stürmisch«, sagte ich und ging hinter ihm her. Die dicke Frau rief: »Der Kleine geniert sich, wie?« – Sie sah lachend in die gelbe Laterne. Ihr Gesicht und die dicken Beine leuchteten weiß, ihr plumper Körper warf einen runden Schatten auf die feuchten Steine des Bürgersteiges.

»Pfui Teufel!« sagte Paul noch einmal, als ich ihn eingeholt hatte. »Haben Sie gesehen, wie alt sie war? Sie war mindestens fünfzig. Pfui Teufel! Ich wußte zuerst gar nicht, was sie wollte. So ein altes Weib!« – Er schüttelte sich.

»Eine junge Hure werden Sie in dieser Stadt nicht finden«, sagte ich. »Die jungen Frauen verdienen sich heutzutage ihr Geld leichter.«

»Hören Sie auf«, sagte er. »Man kann an allem verzweifeln, wenn einen so eine Großmutter anspricht.« Er machte eine Pause, dann sagte er zögernd: »Erzählen Sie, bitte, Eva nichts davon.«

»Wie kommen Sie darauf?«

»Sie hat mir erzählt, Sie sprechen über alle möglichen Sachen mit ihr. Erzählen Sie ihr nichts von der dicken Frau.«

»Warum sollte ich das tun?«

»Sie leidet unter häßlichen Dingen mehr als Sie denken«, sagte er. »Ich kenne sie genau. Man sollte ihr nur schöne und lustige Sachen erzählen. Wenn wir beide zusammen sind, ist immer gute Stimmung zwischen uns. Ich kann sie sehr gut leiden.« – Er wandte mir sein Gesicht zu, als warte er auf die Wirkung seiner Worte. Ich sagte: »Seien Sie beruhigt, ich werde ihr nichts von der dicken Frau erzählen und auch sonst aufpassen, was ich sage.«

Er schien erleichtert. »Sie sind viel älter als Eva«, sagte er, »und sie ist ein Mädchen...«

»Seien Sie nur unbesorgt«, sagte ich.

»Finden Sie nicht, sie ist ein herrliches Mädchen?« fragte er. Er lächelte. »Man kann mit ihr über alles sprechen, und sie hat so gesunde Ansichten.« Er ging plötzlich schneller, als jagten ihn seine Gefühle vorwärts, er fuchtelte mit den Armen in der Luft herum, sein Gesicht leuchtete durch die Dunkelheit. »Haben Sie schon einmal beobachtet, wie sie geht? Vielleicht lachen Sie jetzt, aber wenn ich sie gehen sehe, vergesse ich meinen ewigen Hunger und alles andere.«

»Ich muß hier links abbiegen«, sagte ich. »Gehen Sie weiter geradeaus?«

»Ich muß eigentlich geradeaus gehen«, sagte er, »aber wenn Sie nichts dagegen haben, begleite ich Sie noch ein Stückchen.«

»Müssen Sie nicht morgen sehr früh aufstehen?«

»Ja, aber lassen Sie mich nur noch ein Stückchen mitgehen...«

Wir bogen um die Ecke. Es fing erneut an zu regnen. Ich schlug meinen Jackenkragen hoch, steckte die Hände in die Taschen und ging, so schnell ich konnte, durch die dunkle Straße. Paul lief neben mir, der Regen lief ihm übers Gesicht, seine nackten Beine glänzten. Er rief: »Wenn ich mit ihr zusammen bin, vergesse ich die ganze Misere. Manchmal singen wir zusammen, haben Sie sie schon einmal singen hören? Kennen Sie das Lied vom Doktor Eisenbart?«

»Natürlich kenne ich das Lied«, sagte ich plötzlich wütend. »Ich kenne es schon seit dreißig Jahren. Es ist eines der blödesten Lieder, die es gibt.«

»Dann müssen Sie hören, wenn Eva es singt«, sagte er. »Sie lachen sich kaputt.« Er fing an zu singen: »Zu Ulm kurier' ich einen Mann –«

Ich blieb stehen und sagte: »Gehen Sie um Gottes willen nach Hause. Ich habe keine Lust, durchweicht zu werden. Ich laufe jetzt, was ich kann. Laufen auch Sie nach Hause.«

»Der Regen macht mir nichts«, lachte er.

»Aber mir!« sagte ich. Ich drehte mich um und setzte mich in Trab. Ich sah eine Blechbüchse mitten auf der Straße liegen, sie glänzte dunkel. Als ich sie erreicht hatte, stieß ich mit dem Fuß nach ihr, sie flog scheppernd ins Dunkel.

»Auf Wiedersehen!« schrie Paul hinter mir. Er lachte.
Lach nur, dachte ich, immer lache –.

XXIV

Schon auf der Treppe hörte ich, daß oben etwas los war.
Sicher hatte Molly Gäste. Als ich aber ganz oben war, wußte
ich, daß der Lärm aus meiner Bude kam. Ich öffnete wütend
die Tür, und da saßen Rinka und Molly auf meinem Diwan
und waren besoffen. Molly sang, das Haar fiel ihr wüst in
die Stirn, in ihren emailleblauen Augen standen Tränen, sie
hatte den Mund wie ein Karpfen geöffnet und sang das
blöde Lied vom Edelweiß. Rinka richtete sich halb auf, als er
mich sah, und murmelte: »Wo bleibst du? Komm her und
trink mit uns –«

Er sah mitgenommen aus. Sein Gesicht war unrasiert, sein
Anzug verbeult, seine Augen stierten mich tot und glasig an.

»Was machen Sie hier?« fragte ich. »Was treiben Sie sich
hier herum? Was macht die Zeitung?«

»Scheiß was auf die Zeitung«, sagte er.

»Machen Sie denn nicht mit?«

»Scheiß was drauf.«

»Sie verfluchter Hund!« sagte ich.

Er grinste und sagte: »Regen Sie sich nicht auf und trinken
Sie mit. Molly ist ein gutes Mädchen, sie hat allerlei herangeschafft. Bist du nicht ein gutes Mädchen, Molly?«

»Ich weiß, daß du mich nicht liebst«, sagte Molly.

»Wer spricht hier von Liebe? Gib ihm ein Glas.«

»Nein, du liebst mich nicht, und ich gebe ihm kein Glas.
Du hast mich nie geliebt –« Sie fing an zu weinen.

»Was ist hier los?« fragte ich. Sein verquollenes Gesicht,
sein Grinsen machten mich rasend. Ich fragte noch einmal:
»Was macht die Zeitung? Sind Sie Redakteur oder nicht?
Haben Sie die Stellung angenommen?«

»Gehen Sie zum Teufel mit Ihrem dämlichen Blatt«, sagte

er. »Ich bin kein Clown. Suchen Sie sich einen anderen Kämpfer für die Freiheit. Kommen Sie und trinken Sie, Molly ist ein Prachtmädel, sie hat allerlei herangeschafft.«

Seine Worte trafen mich wie Schläge. »Aber Sie haben es mir versprochen«, sagte ich. »Damals im Park versprachen Sie es. Erinnern Sie sich nicht?«

»Ich war besoffen«, sagte er. »Genauso besoffen wie jetzt. Habe ich Ihnen etwas erzählt? Habe ich Rilke zitiert und von der Umerziehung der Nation gefaselt?« Er lachte sein häßliches, lautes Lachen, dieses Lachen, das ich in Amerika nicht an ihm gekannt hatte.

»Gut«, sagte ich. »Dann sind wir also miteinander fertig.«

»Nicht so feierlich«, sagte er. »Sie haben einen Hang zum Dramatischen. Setzen Sie sich und trinken Sie, was Molly uns beschert hat.«

»Machen Sie, daß Sie rauskommen«, sagte ich.

»So spricht man nicht mit seinem Gast«, schrie Molly. »Warum so grob? Er liebt mich nicht, aber er ist in Ordnung. Oh, warum liebst du mich nicht?«

»Nehmen Sie Ihre Molly und verschwinden Sie!« sagte ich. »Machen Sie, daß Sie rauskommen, ich will Sie nicht mehr sehen. Sie sind der größte Scheißkerl, dem ich je begegnet bin. Ich dachte erst, es ginge Ihnen nur schlecht und wir würden wieder gute Freunde werden, aber Sie sind der gleiche Schlappschwanz geblieben, der Sie waren, als ich Sie das erstemal in der Heimat traf. Machen Sie, daß Sie rauskommen, und lassen Sie sich bei mir nicht mehr blicken!«

»Genauso, wie ich es erwartet habe«, sagte er. Er lehnte seinen Kopf an die Wand und sah mich grinsend an. »Der Wandervogel in Ihnen protestiert gegen mein offenes Bekenntnis zum Leben und seine Gemeinheit!«

»Ich habe keine Lust mehr, mir Ihr Gefasel anzuhören«, sagte ich. »Verschwinden Sie.« Meine Wut legte sich, ich war sehr niedergeschlagen. »Molly«, sagte ich, »geht rüber in eure eigene Bude, laßt mich allein.«

»Laß uns rübergehen, Richard«, sagte sie. »Laß ihn allein,

er versteht keinen Spaß. Drüben ist Steffi, aber Steffi ist vernünftiger als er.«

Er stand unsicher auf und stützte sich auf sie. »Gehen wir«, sagte er. »Die bürgerliche Welt ist kaputt und tritt ab. Vergessen Sie nicht, den Vorhang fallen zu lassen.«

»Was für einen Vorhang?« fragte Molly. »Ich glaube, du bist besoffen. Was für einen Vorhang? Wir sind hier nicht im Theater.«

»Frage ihn«, sagte Rinka. »Er wird dir erklären, daß wir doch im Theater sind. Er wird es dir sogar beweisen. Aber er macht einen Fehler. Er glaubt, ich sei Hamlet, und dabei bin ich Caligula.«

»Du bist besoffen«, sagte sie.

Er begann zu singen. Seine Stimme war tief und melodisch, er sang: »Die bange Nacht ist nun herum, wir reiten still, wir reiten stumm —«

»Oh«, sagte ich, »haun Sie doch endlich ab.«

»Hinein in den Morast!« schrie er und ging.

Ich setzte mich dahin, wo er gesessen hatte und dachte nach. Die ganze Geschichte machte mich krank. Soll er zum Teufel gehen, dachte ich, aber ich war nicht glücklich dabei. Plötzlich sah alles dunkel und hoffnungslos aus. Die Heimat hat ihn fertiggemacht, dachte ich, wie kann dieses verfluchte Leben in der Heimat einen Menschen wie ihn kaputt machen? – Soll er zugrunde gehen, es ist nicht meine Sache. Ich war mit ihm in der Gefangenschaft zusammen gewesen, und wir hatten in den heißen Nächten zwischen den Baracken gelegen und über Deutschland gesprochen, und jetzt ging er kaputt. Gut. Es ist nicht meine Sache. Aber ich war nicht glücklich dabei.

In dieser Nacht kam Steffi zu mir ins Bett. Sie legte sich neben mich und sagte: »Laß mich bei dir bleiben, ich werde sonst verrückt.« Wir lagen eine Weile schweigend nebeneinander, dann sagte sie etwas sehr Sonderbares. »Ich habe Angst«, sagte sie. »Dein Freund Rinka sitzt drüben und spricht davon, bei Kostler einzubrechen und ihn zu berauben.«

»Sei still«, sagte ich erschrocken. »Er hat kein Wort davon

gesprochen, es ist alles nicht wahr, hörst du?«

»Aber ich habe es selbst gehört«, sagte sie. »Er sagte, der Stärkere wird siegen, und er sei ein Tier im Dschungel, und er werde siegen.«

»Und Molly?«

»Ach, Molly«, sagte Steffi, »Molly schläft schon lange. Er führt Selbstgespräche. Ich habe es nicht mehr ausgehalten. Glaubst du, daß er es tun wird?«

»Um Gottes willen, nein«, sagte ich. »Das wird er nicht tun. Nein, nein! Er wird es nicht tun.«

»Aber er hat es gesagt«, flüsterte sie.

Es ging mich nichts an. Ich lag eine lange Weile in der Dunkelheit und versuchte, nicht daran zu denken. Immer wieder tauchte sein Gesicht vor mir auf, dieses verquollene, unglückliche Gesicht, und ich hörte sein häßliches, lautes Lachen. Dann hielt ich es nicht mehr aus. Ich stand auf und wollte meine Bude verlassen. Steffi flüsterte: »Wo willst du hin? Willst du zu ihm?«

»Schsch –«, machte ich. »Bleib liegen.«

»Geh nicht«, flüsterte sie. Sie richtete sich auf. »Geh nicht, sage ich dir. Was geht er dich an? Ich habe immer gesagt, daß er nicht zu uns gehört. Laß ihn tun, was er will. Schmeiße ihn raus, wenn er sich noch einmal blicken läßt.«

»Bleib liegen«, sagte ich noch einmal und ging.

Drüben war es dunkel. Ich öffnete vorsichtig die Tür und ging hinein. Durch das Dunkel glühte ein rötlicher Punkt, da mußte er sitzen. Ich rief leise:

»Rinka!«

»Kommen Sie herein«, antwortete er. »Setzen Sie sich. Was wollen Sie?«

Ich versuchte nirgendwo anzustoßen, manövrierte mich durch die Möbel und setzte mich auf einen Stuhl. Im Bett lag leise schnarchend Molly. Rinka saß im Dunkeln vor mir und rauchte.

»Haben Sie Sehnsucht nach mir gehabt?« fragte er. Ich

konnte sein Gesicht nicht erkennen, aber ich wußte, daß er grinste.

»Was erzählen Sie für Märchen?« sagte ich. »Was erzählen Sie über Kostler und darüber, daß Sie ihn ausnehmen wollen?«

Es war eine Weile still. Dann sagte er: »Ich werde den alten Halunken besuchen. Stört Sie das?«

»Was wollen Sie mit ihm tun?«

»Das wird sich zeigen. In einer von diesen Nächten besuche ich ihn.«

»Und dazu rühren Sie vorher die Reklametrommel? Ich glaube Ihnen nicht.«

»Es gibt allerlei bei ihm abzustauben. Ich weiß es, ich kenne seine Wohnung besser als er selbst. Er braucht den ganzen Plunder nicht, aber ich brauche ihn.«

»Sind Sie vollkommen verrückt geworden?«

Er lachte leise. »Der verdammte Hund hat es verdient«, sagte er, »und ich brauche Geld. Das Leben ist teuer geworden in Deutschland.«

»Sie machen nur Spaß«, sagte ich unglücklich.

Wieder lachte er leise. »Wollen Sie einen trinken?« fragte er. Ich sah ihn im Dunkeln herumwühlen, dann hörte ich das leise Gluckern der Flasche. Wir saßen uns lange schweigend gegenüber. Ich dachte: Laß ihn allein, es ist seine Sache und es geht dich nichts an, laß ihn kaputt gehen, wenn er es selbst will. Aber ich ging nicht. Wieder kam jenes merkwürdige Gefühl über mich, Zeuge eines spannenden Dramas zu sein, aber diesmal war ich beteiligt. Ich sah Doktor Rinka versinken, und meine Rolle in diesem Drama war, ihn festzuhalten, zu verhindern, daß er versank. Ich wollte es wenigstens versuchen, ich wollte alles tun, was ich konnte, um ihn am Versinken zu verhindern.

Als erriete er meine Gedanken, sagte er plötzlich: »Ihnen kommt dabei die Moral in die Quere, wie? Jahrelang waren Sie Soldat und haben allerlei unmoralischen Unfug getrieben, und jetzt tut Ihnen der alte Halunke leid, bei dem ich ein wenig abstauben möchte.«

»Ich glaube Ihnen nicht«, sagte ich. »Hätten Sie es wirklich im Sinn, würden Sie es nicht vorher jedem erzählen.«

Er lachte verächtlich. »Sie werden nichts erzählen«, sagte er, »und die beiden Mädchen auch nicht. Ich sage Ihnen noch mehr: Auch der alte Halunke wird nichts sagen, wenn er entdeckt, daß ihm etwas fehlt. Sie nehmen es ihm sowieso weg. Vielleicht hat er den wertvollsten Plunder schon auf die Seite gebracht. Ich werde ihm dabei nur ein wenig helfen.«

»Damals im Park sprachen Sie anders.«

»Ich habe mich von Ihnen bequatschen lassen«, sagte er. »Vielleicht war es auch der Abend an sich, der mich sentimental werden ließ.«

Er stand schwankend auf und lachte leise. »Sie tun mir eigentlich leid«, sagte er. »Sie geben es nicht auf, wie ein Jugendbewegter zu denken. Ich habe mich endgültig davon befreit. Ich werde den Hunden schon zeigen, welche wirklichen Gesetze in diesem verfluchten Land gelten.«

»Welchen Hunden wollen Sie es zeigen?«

»Euch allen. Keine Angst, ich werde mich schon durchschlagen. Ich habe allen Ballast endgültig von mir geworfen. Auf wen kommt es dabei an? Auf mich! Verstehen Sie? Auf mich, auf mich! Richard Rinka, den man bis jetzt an der Nase herumgeführt hat, wird euch die Faust aufs Auge setzen. Richard Rinka, Doktor phil., Sohn achtbarer Eltern, nach vier Jahren Krieg und zwei Jahren Gefangenschaft heimgekehrt, hat beschlossen, den Kampf allein aufzunehmen gegen die Umwelt. Und Richard Rinka wird siegen!«

»Sie eingebildeter Affe«, sagte ich, »Sie sind ja besoffen.« Aber ich wußte, daß ich verloren hatte. Sollte er zum Teufel gehen, gut. Ich war müde und enttäuscht. Das spannende Drama, in dem ich Zeuge und Mitspielender war, interessierte mich nicht mehr. Sollte er zum Teufel gehen. Ich mußte die Gefangenschaft vergessen, ich mußte alles vergessen, was gewesen war. Dieses Leben paßte mit dem alten Leben nicht mehr zusammen.

Ich wollte gehen und stand auf. Rinka lehnte sich gegen

mich, sein Atem stank nach Schnaps, und er schwankte, durch das Dunkel glomm das Weiße seiner Augen, er war wahnsinnig vor Einsamkeit und Alkohol. Sollte er zum Teufel gehen.

»Lassen Sie mich los«, sagte ich grob.

Er flüsterte leiser: »Ich werde siegen —«

Ich stieß ihn zurück und ging hinüber in meine Bude. In dem dunklen Gang draußen blieb ich stehen. Mein Herz klopfte stark und ich zitterte. Ich zog den Tabaksbeutel und meine Pfeife aus der Tasche und wollte sie mir stopfen, aber ich hatte keinen Tabak mehr. Minutenlang blieb ich in dem dunklen Gang stehen, dann ging ich in meine Bude. Vom Diwan her kamen die leisen Atemzüge Steffis. Ich legte mich vorsichtig neben sie und versuchte zu schlafen.

XXV

In jenen Tagen wurde von einem Mord nicht viel Aufhebens gemacht. Die Zeitungen brachten in ihren halbwöchentlichen Ausgaben einen kleinen Einspalter: »Aus dem Polizeibericht«, und in diesem kleinen Einspalter summierten sie dann auf, was in den letzten drei Tagen alles geschehen war: Überfälle, Schiebungen, Einbrüche, Morde, Vergewaltigungen, Razzien, Schießereien, Plünderungen. Ich las die wenigen Zeilen über die Ermordung Kostlers zufällig in diesem kleinen Einspalter, eines Tages, als ich mich mit vielen anderen um den Glaskasten in meiner Straße drängte, hinter dem eine Zeitung ausgehängt war. Die wenigen Zeilen lauteten: Unbekannte Täter ermordeten in der Nacht zum Freitag den Druckereibesitzer Theodor Kostler in seiner Wohnung. Allem Anschein nach hat K. Diebe, die bei ihm einbrachen, überrascht und ist von diesen erschlagen worden...

Das war alles.

Ich entfernte mich von dem Glaskasten, ging zu dem großen Platz und setzte mich auf eine Bank. Es war eine Woche, nachdem mich Rinka besucht hatte. Ich wußte, daß er der Täter war. Der Zeitungsbericht sprach von »Tätern«, aber ich wußte, daß Rinka es allein getan hatte. Ich hatte ihn endgültig verloren.

Auf dem großen Platz ging das Leben weiter, wie ich es nun schon eine ganze Weile kannte. Ausländer und alte Leute saßen auf den Bänken herum, Kinder spielten im harten Sande, auf der Straße donnerten die Riesenautos der Amerikaner vorbei, vor dem Brotladen handelte ein Junge mit Lebensmittelmarken. Ich suchte das kleine Mädchen mit den dünnen Beinen, sie war nicht bei den anderen Kindern, ich sah sie endlich etwas weiter weg an einem Baume stehen. Sie hatte die linke Hand auf den Rücken gelegt, in der Rechten hielt sie ein kleines buntes Papier. Sie hielt den Kopf gesenkt und starrte sinnend auf dieses Papier. Ihre Füße waren schmutzig, die Beine dünn wie Hölzer, der Saum des Kleides war zerfranst, weiter oben hatte es ein Loch. Die Augen waren zu groß für das Gesicht, die Nase zu dünn, der Mund zu traurig. Ich dachte: Rinka hat sie nicht gesehen. Kostler hat sie gesehen. Kostler sprach unbewegt von sich selbst weiter, als er sie sah. Was hätte Rinka getan?

So gehen unsere Gedanken von einem zum anderen, wenn wir etwas sehen, was uns ergreift, wenn uns eine Melodie peinigt, oder eine schmerzliche Erinnerung in uns hochsteigt. Wo war die Verbindung zwischen jenem kleinen Mädchen und dem Morde Rinkas? Es war merkwürdig, aber ich fühlte, daß ich sie beschützen mußte gegen ein Leben, das ihr so wenig Freude schenkte und das Rinka krank werden ließ vor Einsamkeit. Ich mußte etwas tun, was sie lachen machte. Sie sollte runde braune Beine haben, und ihr Mund sollte den traurigen Zug verlieren. Sie sollte nie mit Männern wie Rinka oder Kostler in Berührung kommen, sie sollte ihre Kindheit nicht auf diesem Platz verbringen, auf dem harten Sand, der ihre Füße schmutzig machte und der schwarz getreten war von Stiefeln, die Erwachsene getragen hatten.

Langsam ging ich an ihr vorbei und durch die heißen brüllenden Straßen. Ich dachte: Wieviel Mörder gehen an mir vorbei? Wer von euch hat Schädel eingeschlagen, gewürgt, erschossen, erstochen, zertreten, zerfleischt. In der Nähe von Zara sah ich, wie ein Unteroffizier einer alten Frau das Bajonett in den Leib stieß, weil sie ihr Schwein nicht hergeben wollte. Sie umklammerte das Bajonett noch, als ihr seine Spitze schon zum Rücken heraussah, und murmelte etwas, das niemand verstand. Vielleicht ging der Mörder neben mir, ich hatte sein Gesicht vergessen. Vielleicht war es der Mann, der sich eben zu seiner Frau niederbeugte. Vielleicht war es jener, der, die Pfeife im Mund, am Haus stand und in der aufgeschlagenen Zeitung las. Wo war Rinka jetzt? Vielleicht beugte er sich über eine Frau, vielleicht las er die Zeitung. Ob er sich unbehaglich fühlte? Ich glaubte es nicht. Er hatte gesagt: »Wir sind alle zum Tode verurteilt. Wir werden alle untergehen!« – Er hatte unrecht, wir würden nicht untergehen, ich würde nicht untergehen, ich würde weiterleben, ich würde diese Zeit überstehen, und das kleine Mädchen mit den dünnen Beinen, und Eva und Steffi und Paul würden weiterleben und durchkommen.

Ich ging nach Hause und in die Bude der beiden Frauen und sagte zu Steffi: »Hast du es gelesen? Kostler ist ermordet worden!«

Sie war allein. Bei meinen Worten sprang sie auf und sagte: »Er hat es getan –«

Ihr Gesicht war blaß, und sie zitterte.

»Davon steht nichts drin«, sagte ich.

»Oh, mein Gott«, flüsterte sie, »er hat es getan.«

»Davon steht nichts drin«, sagte ich noch einmal. »Ich habe es in der Zeitung gelesen. In dem Bericht steht etwas von einigen unbekannten Tätern. Wo ist Molly?«

Sie ließ sich in einen Stuhl fallen und fing an zu weinen. Sie zitterte, es war, als hätte ich ihr die Nachricht vom Tode eines nahen Verwandten überbracht.

»Sie ist nicht hier«, sagte sie.

»Und wann ist sie weggegangen?«

»Sie ist schon seit gestern nicht hier.«

»Hast du eine Ahnung, wo sie hingegangen ist?«

»Ich weiß es nicht.«

Ich setzte mich.

»Steffi«, sagte ich. »Wir wissen von nichts, hörst du? Wenn sie uns fragen sollten, wissen wir von nichts. Rinka hat uns manchmal besucht, und ich war mit ihm zusammen in der Gefangenschaft, aber weiter wissen wir nichts von ihm. Wir haben mit dieser Sache nichts zu tun. Vielleicht ist er es gar nicht gewesen und wir regen uns umsonst auf. Was hat er zu Molly gesagt?«

»Sie kommt nicht wieder«, flüsterte Steffi.

»Was sagst du?«

»Sie ging gestern abend weg und sagte zu mir, ich solle nicht auf sie warten. Sie nahm ihren Koffer mit sich und hatte es sehr eilig.«

»Meinst du –«

»Ich weiß nichts«, sagte sie. »Sie ging nur weg.«

»Er ist es nicht gewesen«, sagte ich wütend. »Du bildest es dir nur ein. So verrückt ist er nicht. Er hat es nur zum Spaß erzählt. Ich kenne ihn seit langem. Du hättest ihn in Amerika sprechen hören sollen. Er ist einer der gebildetsten Menschen, die ich je gekannt habe.«

»Warum lügst du?« fragte sie. »Du weißt ebenso wie ich, daß er es war. Was nützt es, daß er klug ist? Ich habe vom ersten Augenblick an gewußt, daß er ein schlechter Mensch ist.«

»Er ist kein schlechter Mensch.«

Ihre Antwort war sehr sonderbar. »Vielleicht hast du recht«, sagte sie. »Um einen Mord zu begehen, braucht man kein schlechter Mensch zu sein. Auch ich möchte manchmal morden, und auch du möchtest manchmal morden. Einmal habe ich den Tod Kostlers gewünscht, und du hast es vielleicht auch getan.«

»Ich habe ihn nicht erschlagen«, sagte ich.

Aber hätte ich ihn erschlagen können? Hätte ich ihn erschlagen können? Nicht um mich zu bereichern – ich hatte tausend andere Gründe in mir gefühlt. Unsere Granaten platzten bei Nettuno in die Reihen der jungen Männer aus Kentucky und Georgia und Kalifornien, und ich lag in meinem Loch und hatte das Mikrophon am Munde und gab die Kommandos durch. Sie starben, und ich hatte sie nie gesehen. Kein Grund für den Mord. Und Kostler? Er saß auf der Bank neben mir und sagte: »Warten Sie nur ein Weilchen, junger Freund, es kommt wieder anders«, und ich erwiderte: »Man soll sie lieber aufhängen, das wäre auf jeden Fall besser für uns!« Es waren tausend Gründe da. Aber ich hatte es nicht getan. Was war das, ein Menschenleben? Wäre die Revolution über Deutschland gegangen, er wäre gestorben. Er hätte sein Leben an einem Laternenpfahl, an einer schmutzigen Mauer, unter den Knüppeln hungernder Weiber ausgehaucht. Er starb, weil Rinka ihm etwas wegnehmen wollte und er sich dagegen wehrte. Welch dummer, sinnloser Tod! Und welch erbärmliches Motiv für den Mörder!

Ich wollte nichts mehr davon wissen. Er war tot. Millionen waren gestorben. Vielleicht starben sie noch zu Hunderttausenden in der kommenden Zeit, der Schrecken war noch lange nicht vorüber. Ich mußte durchkommen durch diese wahnsinnige Zeit.

»Steffi«, sagte ich, »laß uns nicht mehr davon sprechen. Wir wissen nichts. Vielleicht war es Rinka, vielleicht war er es nicht. Kostler ist tot, wir hatten nichts mit ihm gemeinsam. Es sterben so viele Menschen –«

»Er hat hier in diesem Zimmer gesessen«, sagte sie, »und wir sind durch die Straßen gegangen, und er erzählte mir, daß er einsam sei.«

»Ich war mit Rinka zusammen«, sagte ich, »und ich habe nie in meinem Leben einen Menschen gesehen, der einsamer war als er. Wir müssen sie vergessen. Wir müssen sie ganz einfach vergessen und nicht mehr von ihnen sprechen.«

»Und Molly?« fragte sie. »Molly ist auch weg. Ich habe ein

ganzes Jahr mit ihr zusammen gelebt.«

»Vielleicht kommt sie zurück.«

»Nein, sie kommt nicht zurück. Sie ist mit deinem verdammten Freund abgehauen, das steht fest.«

Sie stand auf und ging aufgeregt im Zimmer hin und her.
»Oh«, flüsterte sie, »dieses Leben, dieses verfluchte Leben.«

»Was wirst du jetzt tun?« fragte ich.

»Ich weiß es nicht«, sagte sie. »Es ist mir alles gleich. Am
liebsten möchte ich sterben.«

Sie blieb am Fenster stehen und sah hinaus in die Ruinen.
Plötzlich drehte sie sich mir zu. »Ihr habt es leicht!« sagte sie
heftig. »Ihr geht in den Krieg, und wenn ihr Hunger habt,
schlagt ihr einfach einen anderen tot. Was machen wir? Was
machen wir mit unseren Sorgen und unserem ganzen anderen
Krempel?« – Als erwarte sie, ich falle ihr ins Wort, schrie sie
aufgebracht. »Schweig! Ich weiß, was du sagen willst! Ich
kenne alle deine Worte!«

Es war schwierig, mit ihr zu sprechen, aber sie war ein gutes
Mädchen. Der Tod Kostlers lastete auf uns beiden, und beide
dachten wir an Rinka. Sie hatte ihn nie leiden mögen, und
auch Kostler war ihr gleichgültig gewesen, aber es war ein
Mord geschehen, und sie hatte den Mörder und den Ermordeten gekannt. Das genügte. Plötzliches Mitleid mit ihr
erfaßte mich. Ich sagte: »Gut, die Sache ist geschehen, und
Molly ist weg. Aber ich bin immer noch da, und du kannst
immer zu mir kommen, wenn du nicht allein sein willst.«

»Ich weiß es«, sagte sie, »verzeih, daß ich dich so ange-
schrien habe.«

Wir lächelten beide.

»Es wird alles gehen«, sagte ich.

Um ihren Mund zuckte es, sie sagte leise: »Ich weiß, ich
benehme mich nicht so, wie ich sollte, aber ich weiß nicht, wie
ich es anders machen soll.«

»Du bist in Ordnung«, sagte ich, »mach dir nur kein
Kopfzerbrechen über dein Benehmen.«

»Ich bin manchmal ein Luder«, flüsterte sie.

»Hör auf, literarisch zu werden«, sagte ich. »Sag mir lieber, ob du mit mir essen gehen willst!«

»Essen gehen?« Sie sah mich an. Ihre Augen waren gerötet, ihr Mund bebte, sie hatte sich noch nicht von dem Schlag erholt. Dann lachte sie nervös. »Wir brauchen nicht essen zu gehen«, sagte sie eifrig, »ich habe genug Brot im Hause, einen Fisch auch. Ich kann ihn zurechtmachen, und wir können hier essen.«

Von Rinka und Kostler sprachen wir nicht mehr. Aber sie standen zwischen uns an diesem Abend, und ich hatte es schwer, mich von ihren Blicken zu befreien. Rinka grinste böse und Kostler sah mich mit müden, vorwurfsvollen Augen an. Manchmal überfiel mich die Traurigkeit so heftig, daß ich schnell redete, schnell und laut. Ich lachte, um nicht an das böse Grinsen Rinkas denken zu müssen, an unsere Diskussionen zwischen den Baracken in Louisiana und an jene Nacht im Park. Und Steffi half mir, sie war ein gutes Mädchen. Wir sprachen viel an diesem Abend, und als ich ging, war es sehr spät. Ich ging in meine Bude und setzte mich sofort an den Tisch. Ehrlich sein, dachte ich, als ich anfing zu schreiben, nicht sich bestechen lassen durch schöne Worte. Schreib ehrlich, erzähle ganz einfach, versuche so einfach zu erzählen wie möglich. Dann schrieb ich bis gegen Morgen. Als es hell wurde, lehnte ich mich aus dem Fenster und sah hinaus in die erwachende Stadt. Es war sehr still, und ich war sehr müde. Der klare Himmel und die Luft versprachen einen schönen Tag.

XXVI

Gegen Mittag ging ich auf die Straße hinunter. Die Bürgersteige waren leer, die zerrissenen Schatten der Häuser fielen auf einsame, verwaiste Steine. Eine Straßenbahn klapperte vorüber, auf der Plattform des letzten Wagens stand ein einzelner Mann, er hatte den Hut ins Genick geschoben und las die Zeitung. Es war Sonntag.

Ich ging zu den Bachs und wollte Eva besuchen. Aber schon auf der Treppe hörte ich ihre Stimme. Sie kam mir mit Paul entgegen, ich dachte: Verdammt, sie ist nicht allein! – und wollte wieder umkehren, aber sie hatte mich schon entdeckt.

»Willst du mich besuchen?« schrie sie. »Komm mit, wir gehen in den Park.«

»Ja, gehen Sie mit«, sagte auch Paul.

Sie standen beide vor mir auf der Treppe und lächelten. Ich dachte: Vielleicht singen sie das verrückte Lied vom Doktor Eisenbart und lachen, wenn ich mit ihnen gehe, was soll ich dabei?

»Ich kam nur so vorbei«, sagte ich.

Sie nahm meinen Arm und sagte: »Du gehst mit, fertig!«

»Natürlich geht er mit«, sagte Paul.

Wir gingen hinunter auf die Straße. Unten sagte Eva leise: »Hast du das von Kostler gelesen?«

»Gestern«, sagte ich.

»Wer ist Kostler?« fragte Paul.

»Er ist einmal mein Chef gewesen«, antwortete sie. »Er ist vor einigen Tagen umgekommen.«

»Durch ein Unglück?«

»Nein, jemand hat bei ihm eingebrochen, und dabei haben sie ihn erschlagen.«

»Erschlagen? Deinen Chef?«

»Er war früher mein Chef.«

»So etwas kommt heute täglich vor«, sagte Paul. »Ihr braucht euch nur die Zeitung anzusehen. Dauernd ist etwas los. Hast du ihn gut gekannt?«

»Wenn er doch mein Chef war!«

»Natürlich, dann mußt du ihn gekannt haben. War er alt oder jung?«

Sie unterhielten sich eine Weile über den Fall. Ich fragte sie: »Ist die Polizei bei euch im Büro gewesen?«

»Ja«, sagte sie. »Sie haben eine Weile herumgefragt und sind dann wieder gegangen.«

»Die kriegen nichts raus«, sagte Paul. »Was glaubt ihr, wieviel Mörder frei herumlaufen. Die ganze Stadt wimmelt von ihnen, darauf könnt ihr euch verlassen.«

»Was sagt der Rothaarige?« fragte ich.

»Er sagt, er glaube nicht an die Einbrecher«, antwortete Eva, »seiner Meinung nach hat der Mord einen politischen Hintergrund. Bei meinem Chef sind früher allerlei merkwürdige Menschen verkehrt, bekannte Leute und auch andere. Er sagte, die Mörder hätten nur einen Einbruch vorgetäuscht, um die Geschichte zu verwischen.«

»Und die Polizei?«

»Es sieht so aus, als glaube auch sie an diese Theorie. Sie haben uns nach allerlei Leuten gefragt, die früher bei ihm verkehrten. Mich haben sie auch gefragt, aber ich kannte keinen.«

»Wer weiß, was dahintersteckt«, sagte Paul. »Heutzutage mordet jeder jeden, wie soll sich da die Polizei zurechtfinden.«

Allmählich begannen sich die Straßen zu füllen. Die Leute gingen sich gegenseitig in ihren Sonntagskleidern besuchen. Sie gingen so, als wäre nichts geschehen, ihre Kleider waren geputzt, ihre Mienen feierlich, die Kinder liefen vor ihnen her und versuchten, sich nicht schmutzig zu machen. Manchmal blieben sie vor halbvernagelten Geschäften stehen und sahen sich die kümmerlichen Auslagen an. Sie hatten fünfzig Gramm Fleisch zu Mittag gegessen und würden vielleicht wieder fünfzig Gramm Fleisch zum Nachtmahl essen, ihre Röcke rochen nach Mottenpulver, die jungen Mädchen und Frauen trugen Kostüme aus Leinwand, ihre Beine waren nackt und von der Sonne braungebrannt, in den Händen trugen sie abgetragene Handtaschen.

Wir gingen über die Brücke und in den Park hinein. Paul sagte: »Eva erzählte mir, daß Sie viel herumgereist sind. Aber ist es bei uns nicht auch ganz nett?«

»Ja, hier ist es schön«, sagte ich.

Wir gingen den Weg entlang, auf dem Eva und ich einmal

durch die Nacht spaziert waren. Irgendwo in der Nähe mußte die Stelle sein, an der Rinka und ich im Grase gelegen und in die Sterne geblickt hatten. Es war jetzt alles ganz anders. Auf den Bänken saßen die sonntäglich gekleideten Spaziergänger, im Grase lagen junge Menschen und ließen sich von der Sonne bescheinen. Ein alter, weißhaariger Mann hockte an einem Baumstamm und las in einem Buch. Er hatte Damenschuhe an den Füßen, seine Hosen waren zerfranst, neben ihm lag ein Lexikon. Dann schimmerte der See durch die Bäume, über das Wasser klang leise Musik. Eva sagte lächelnd: »Hört ihr die Musik? Drüben tanzen die Amerikaner.«

»Die Musik ist toll«, sagte Paul.

Wir blieben stehen und lauschten hinüber. »Ich möchte tanzen«, sagte Paul. Er faßte Eva um die Taille. Sie sagte lachend: »Bist du verrückt?«

»Sie tanzen Jitterbug«, sagte Paul. »Kennt ihr den Tanz? Er geht so.« Und er machte einige Schritte.

»Laß mich los!« schrie Eva lachend.

»Schade«, sagte Paul. »Es ist ein fabelhafter Tanz. Ich kenne ihn von meiner Schwester.«

»Die Leute sehen schon nach uns«, sagte Eva.

»Laß sie ruhig schauen«, rief Paul. »Warum sollen wir nicht tanzen? Ich habe genug Ärger und Arbeit die Woche in der Fabrik und in der Organisation.« Er wandte sich an mich. »Meinen Sie nicht auch?«

»Immer tanzt«, sagte ich.

Paul sah mich prüfend an. »Wenn ich nur klug werden könnte aus Ihnen«, sagte er. »Haben Sie was dagegen, wenn wir tanzen, oder nicht?«

»Was geht es mich an?« sagte ich. »Von mir aus können Sie ins Wasser springen.«

Er sah mich verblüfft an.

»Warum so unfreundlich?« fragte er.

»Verzeihen Sie«, sagte ich, »es war nicht so gemeint.«

»Warum gönnen Sie es uns nicht?« fragte er.

Ich dachte: Wo mag Rinka stecken? Was denkt er in dieser Minute? Vielleicht denkt er an mich. – »Es war nicht so gemeint«, sagte ich noch einmal. »Machen Sie sich nichts aus dem, was ich Ihnen sage.«

Von der anderen Seite des Sees klang noch immer die Musik. Ich sah ihn plötzlich vor mir: Er ergriff den bronzenen Briefbeschwerer und schlug ihn Kostler über den Schädel. Kostler sank in die Knie und murmelte: »Ist das Ihr Dank?« und Rinka schrie: »Ich werde es euch zeigen! Ich, ich bin der Sieger –«

»Sei nicht so feierlich«, sagte Eva. »Ist es nicht schön hier draußen? Laß uns doch einmal die ganze traurige Geschichte vergessen!«

Wir schlenderten über eine Wiese und setzten uns in den Schatten. Ein paar Schritt von uns entfernt spielte eine Mutter mit ihrem kleinen Mädchen. Die Mutter bohrte ihm den Finger in den Bauch und sagte: »Dickedickedicke –«, und die Kleine krähte vor Vergnügen. Mir fiel plötzlich ein, daß Steffi allein zu Hause saß. Ich hatte sie verlassen und war zu den Bachs gegangen, ohne an sie zu denken. Ich kam mir vor wie ein Verräter – sie saß zu Hause, ihre Gedanken kreisten um Kostler und Molly und Rinka, und ich war davongelaufen. Ich wurde unruhig. Mein Gott, ich hatte sie vergessen und war mit den beiden hier spazierengegangen, und wir hatten uns über den Tanz gestritten! –

»Wie ist die Lage der arbeitenden Klassen in den Vereinigten Staaten?« fragte Paul höflich. Er hatte sich aufgesetzt und sah mich ernst an, seine Stirn war gerunzelt.

»Gut«, sagte ich, »besser als hier.« –

Und ich dachte: Heut ist Sonntag, was interessieren dich heut am Sonntag die Bedingungen, unter denen die amerikanischen Arbeiter leben? Warum bin ich mitgegangen? Sie sitzt zu Hause und wird von ihrer Einsamkeit zerfressen, und Kostler ist schon begraben, und Rinka und Molly treiben sich irgendwo herum. Heut ist Sonntag, verdammt, heut ist Sonntag, ihr seid beinahe zwanzig Jahre jünger als ich und habt nie so von Deutschland gesprochen wie wir, für euch sieht alles ganz anders aus, ihr seid noch Kinder, für euch fängt alles erst an, Eva, es hat keinen Zweck, du hast noch nie mit einem Einbeinigen zusammengelegen, und dein Kind ist nicht von einem Splitter getötet worden, es ist Unsinn von mir, mich bei dir anzubiedern, es hat keinen Zweck, du bist ein guter Kerl, aber ich bin auf Brdo vier Wochen lang von Titos Partisanen eingeschlossen gewesen und habe bei Montone einem toten Engländer die Apfelsinen aus dem Brotbeutel genommen und habe vor dreiunddreißig rote Fahnen durch die Straßen getragen, Eva, ich muß an das Gesicht Rinkas denken, wenn die Musik spielt, und an das grünseidene Kleid Steffis, zwischen uns sind die verfluchten zwölf Jahre, sind hundert Jahre, sind tausend Jahre, leb wohl, Eva, laß es dir gut gehen, Paul, freut euch über den Sonntag. –

»Seid nicht böse, wenn ich schon gehe«, sagte ich zu den beiden und sprang auf.

Eva sah mich verärgert an. »Was ist los?« sagte sie. »Hat dich jemand beleidigt?« Sie lachte gezwungen. »Sind wir dir nicht ernst genug? Müssen wir immer von unserer Schuld und von unserer Sühne reden?«

»Nein, nein«, sagte ich hastig. »Verstehe mich nicht falsch. Ich muß wirklich gehen. Ich habe eine Verabredung mit Steffi. Ich muß sie sehen –«

»Oh«, sagte sie, »wie geht es ihr?«

Mir brannte der Boden unter den Füßen. Ich murmelte einen Gruß und ging eilig über die Wiese davon.

»Er ist ein merkwürdiger Kauz –«, hörte ich Paul noch sagen. Es war sein gutes Recht, das zu sagen.

Ich ging zwischen den Bäumen hindurch, hinter mir her klang die Musik, an seinen Stamm gelehnt saß noch immer der Alte mit den Damenschuhen und las. Ich dachte: Sie ist allein zu Hause mit ihren Gedanken, sie ist ganz allein, sie sitzt in ihrer Bude und ist ganz allein, an den Wänden sind die Bilder, die der tote Maler gemalt hat, auf dem Fensterbrett steht die Vase mit der roten Blume, sie ist ganz allein und denkt an Hannes und Ännchen und an ihr sinnloses Leben. –

Die Straßen waren heiß und staubig, noch immer gingen die Menschen sonntäglich geputzt an den alltäglichen Ruinen vorbei, die Röcke rochen nach Mottenpulver, die Handtaschen der jungen Mädchen glänzten schäbig. Ich erreichte unser Haus, sprang schwitzend die Treppen hinauf und klopfte an ihre Tür.

Aber es rief niemand »Herein!« Sie war nicht zu Hause.

Wo mag sie sein? dachte ich und erschrak. Warum ist sie nicht zu Hause? Ich ging in meine Bude, schnitt mir ein Stück Brot ab und stopfte es in mich hinein. Wo mochte sie sein? – Das Haus war still, unten fuhr ein Auto vorbei. Peinigende Unruhe ergriff mich. Wo mochte sie sein? – Ich hielt es nicht mehr aus und ging wieder auf die Straße hinunter. Wo konnte sie sein? Steffi, dachte ich, wo bist du? Warum bin ich nicht bei dir geblieben, warum mußte ich mit den anderen in den Park gehen? Ich schwöre dir, ich habe an nichts gedacht, als ich es tat, ich habe deine Einsamkeit vergessen, was gehen mich die beiden jungen Menschen an, ich tat es unabsichtlich, glaube es mir.

Und ich ging suchend die Straßen entlang.

XXVII

Sie hatte mich gehört, als ich gegen Mittag die Treppen hinunterging. Sie lag im Bett und hörte meine Schritte verklingen, die Schritte wurden undeutlicher, und dann wurde es ganz still um sie. Eine Weile lag sie regungslos und starrte gegen die Wand, an der das Bild des toten Malers hing. Warum klopft mein Herz so stark? dachte sie.

Das Haus war still, nur leise, verworrene Geräusche drangen durch das Gemäuer. Sie dachte: Ich bin allein, die leisen Geräusche gehen mich nichts an, ich bin allein, und es ist Sonntag, jetzt müßte man sein bestes Kleid anziehen und in den Wald fahren, man müßte sich in das Moos legen und zuschauen, wie die Vögel durch die Zweige huschen, er müßte sagen: Komm, laß uns ins Wasser gehen, man müßte seine Kleider von sich werfen und in den Fluß springen, er müßte lachen, und sein Gesicht müßte glänzen von dem Wasser, ich müßte rufen: Hannes, nicht so weit. –

Sie drehte ihr Gesicht weg von der Wand und sah gegen die Decke. Warum klopft mein Herz so stark, dachte sie. Die Decke kam auf sie herab und drückte sie tief in die Kissen hinein – sie stieß das Bettzeug von sich und breitete die Arme aus. So lag sie da und fühlte den Druck und lauschte auf die leisen, fernen Geräusche. Vom Hof her kam der Schrei eines Kindes. Der Schrei irrte durch die Sonne, drang durch das Fenster und blieb an der Decke in Steffis Zimmer hängen. Sie stand mechanisch auf und goß sich Wasser in die Waschschüssel. Sie dachte: Es hat nicht nach mir gerufen, es hat nach jemand anderem verlangt – und sie wusch sich und machte sich ein paar Brote zurecht. Sie schob einen Bissen in den Mund und ging zu ihrem Schrank und untersuchte ihre Garderobe. Aber es war nicht viel zu untersuchen, sie nahm das grünseidene Kleid vom Bügel und streifte es sich über. Sie kaute, während sie es zurechtzupfte, und dachte: Warum soll ich es nicht anziehen? – Dann setzte sie sich vor den Spiegel und begann sich zurechtzumachen. Warum soll ich mich nicht malen? dachte sie. Ihr Gesicht blickte sie grell und herausfordernd aus dem Spiegel an. Ihr Herz hörte nicht auf, stark zu klopfen. Sie stand wieder auf und ging ratlos im Zimmer auf und ab. Jetzt müßte es klopfen, dachte sie, irgend jemand müßte draußen stehn und nach mir fragen. Irgend jemand – ein junges Mädchen, ein alter Mann, ein Blinder, ein Krüppel, eine alte Jungfer, ein Straßenbahnschaffner, der Mann, den ich gestern sah.

Sie lauschte. Durch das Gemäuer klangen die leisen, verworrenen Geräusche, von der Treppe, von dem langen Gang kam kein Laut. Sie öffnete vorsichtig die Tür und sah hinaus. Durch ein schmales Dachfenster fiel ein Streifen Sonne in den Gang, in den schrägen Strahlen spielte der

Staub. Sonst bewegte sich nichts. Steffi sagte: »Niemand ist da!« und schloß die Tür wieder.

Dann stand sie dicht hinter der Tür und sah in das rissige Holz, von dem die Farbe abgeplatzt war. Das Holz roch nach bitteren Mandeln, sie drückte die Nase dagegen, die Risse verschwanden. Das Blut sang in ihren Ohren. Sie sagte laut: »Heut ist Sonntag, Sonntag ist heut, heut ist der Tag des Herrn –.«

Plötzlich rannte sie an den Tisch, nahm hastig ihre Handtasche und verließ das Zimmer. Sie ging eilig die Treppe hinunter. (»Laß sie denken, ich habe eine Verabredung, laß sie denken, jemand wartet auf mich und ich muß mich beeilen, weil er sonst wieder weggeht –«), ihre Absätze klapperten auf den Stufen, sie dachte: Ich muß meinen Brusthalter enger machen, aber es ist egal, es ist ganz egal – habe ich Geld bei mir, niemand wird auf der Straße sein, wir sind des Sonntags immer hinausgefahren, er konnte es nicht aushalten, den ganzen Tag zu Hause zu sitzen, auch als ich schon im achten Monat war, sind wir hinausgefahren, wir tranken Bier, und die Blasmusik spielte, und Hannes lächelte, und ich hatte ein weißes Kleid an mit aufgestickten Blumen.

Die Straße war leer. Sie ging links herunter, zwei Männer kamen ihr entgegen, der eine hatte einen braunen Bart, der andere war glatt. Der Glatte sagte: »In Frankfurt ist es genau so belämmert, es ist alles nur dummes Gerede von ihm.« Der mit dem braunen Bart sagte: »Aber er hat mir acht Meter besorgt –« Sie lauschte gierig, aber die Stimmen der Männer verklangen. Die Straße war wieder leer. Sie stellte sich in den Schatten einer Ruine und wartete. Es kam niemand, und sie ging langsam weiter. In der nächsten Straße sind mehr Menschen, dachte sie, ich muß in die andere Straße gehen. Molly, warum bist du nicht hiergeblieben, warum bist du mit ihm weggegangen, ich habe ihn nie leiden können, er hat das gewöhnliche Volk immer verachtet, warum bist du mit ihm mitgegangen –

Ja, in der nächsten Straße waren mehr Menschen, es waren

weniger Ruinen und mehr Menschen. Sie gingen auf der Schattenseite, sie unterhielten sich, einige lächelten – es war Sonntag. Die Männer sahen Steffi unverhohlen an, ein dürrer Mann fuhr zusammen, als er sie sah, es war, als sehe er von Angesicht zu Angesicht sein schlechtes Gewissen, er drehte sich wie ertappt um, als sie vorüber war, und seufzte. Sie fühlte alle diese Blicke auf sich, sie dachte: Immer glotzt nur, aber warum seid ihr so fremd? – Wenn einer gelächelt hätte, sie hätte zu ihm zurückgelächelt, und wenn er sie angesprochen hätte, sie hätte zurückgesprochen und wäre mit ihm gegangen, ganz gleich, wohin er gehen wollte. Wenn er gesagt hätte: Wir fahren in einer halben Stunde nach Hamburg!, sie wäre mit ihm gefahren, aber er hätte lächeln müssen, richtig lächeln, und seine Stimme hätte einen ehrlichen Klang haben müssen, es wäre ihr ganz gleich gewesen, was er sagte und was er verlangte.

So ging sie durch die Straßen, das grünseidene Kleid leuchtete, in der Hand hielt sie ihre Tasche. Niemand wußte, was Steffi dachte und was in ihr vorging. Die Frauen sahen sie an und dachten: Ein freches Frauenzimmer – und sie klammerten sich an ihre Männer. Steffi sah sie an und dachte: Ihr könnt sprechen, zu wem ihr Lust habt, ihr könnt mit euern Männern streiten, ihr Glücklichen, sie müssen euch anhören, ihr könnt ihnen das Essen bereiten und die Hemden bügeln, und ihr könnt sie fragen, wie sie sich fühlen –

Es war heiß. Sie ging eilig, als müßte sie irgendwo zu einer bestimmten Zeit sein. Als sie zu einer Straßenbahnhaltestelle kam, blieb sie stehen. Die Straßenbahn klapperte heran, sie stieg ein, löste einen Fahrschein und fragte den Schaffner: »Wie lange dauert es bis zum Bahnhof?«

»Nicht länger als zehn Minuten«, sagte der Schaffner.

»Bestimmt nicht länger?« fragte sie.

»Sie kommen schon zurecht«, sagte er und lachte. »Haben Sie es so eilig?«

»Ja, ziemlich –«

»Er wird schon warten«, sagte der Schaffner. Er zwinkerte

mit den Augen. »Ich würde warten«, sagte er.

Ein Mann hinter ihr sagte: »Ich auch.«

Sie drehte sich um. Der Mann hinter ihr war kahl und hatte ein rotes, schweißbedecktes Gesicht. Neben ihm stand eine kleine Frau, sie lachte freundlich und sagte: »Das könnte dir so passen, wie?« Beide lachten.

Steffi öffnete und schloß ihre Handtasche und sah auf die Straße hinaus. Der Mann sagte: »Ach ja, wenn man noch einmal so jung sein könnte –«

»Hör doch auf!« rief die kleine Frau lächelnd.

Der Schaffner sagte: »Ist noch jemand ohne Fahrschein? Fräulein, grüßen Sie ihn von mir und sagen Sie, wir seien extra schnell gefahren.«

Steffi sah ihn ernst an und nickte.

Der Bahnhof kam, und sie sprang vom Trittbrett. Vor ihr lag der große, öde Platz, ein paar Autos schliefen in der grellen Sonne, am zertrümmerten Haupteingang standen ein paar Leute. Sie überquerte den Platz und ging in die große Halle. »Vielleicht wirst du lachen«, erzählte sie mir später, »aber ich ging in diese Halle wie in eine Kirche.« – Sie ging hinein, Kühle umwehte sie, es roch modrig, das gedämpfte Sprechen der Reisenden, der Lärm der kleinen Gepäckwagen, das dumpfe Gestöhne einer fernen Lokomotive klang feierlich. Steffi flüsterte: »Gelobt sei Jesus Christus, laß mich einen freundlichen Menschen finden, der mir über die Haare streichelt und dem ich die Tür öffne, wenn er nach Hause kommt –« Jemand stieß sie an. Sie blieb stehen und flüsterte lautlos weiter: »Ich will nur wenig, nur ganz wenig, ich will nur ein stilles Leben führen, ein Zimmer und eine kleine Kammer genügen, und eine winzige Küche, ich will mich nie in die Politik mischen, und wenn sie wieder einen Krieg anfangen, werde ich mich dagegen wehren, ich will immer nur zuhören, wenn sich die anderen streiten, ich werde unsere Wäsche waschen und das Essen kochen, ich werde mir nie etwas aus den schreienden Plakaten machen und vielleicht einmal in der Woche ins Kino gehen und versuchen, gut zu sein zu den anderen Menschen, lieber Herr Jesus Christus, ich bin noch jung und werde deine Gebote halten, für meinen Mann sorgen und fleißig sein –«

Langsam ging sie weiter in die Halle hinein. Eine Traube Menschen stand vor einem großen Fahrplan, sie stellte sich zu ihnen und sah auf die gedruckten Städte und Abgangszeiten. Eine Frau neben ihr fragte sie: »Fährt dieser Zug direkt nach Hamburg?«, und sie hielt ihren Finger auf ein Feld.

»Nein, Sie müssen den Zug um achtzehn Uhr nehmen«, sagte ein Mann neben ihr. »Gehen Sie aber jetzt schon auf den Bahnsteig, sonst bekommen Sie nie im Leben einen Platz.«

»Danke«, sagte die Frau und lief davon.

»Was?« sagte Steffi. »Dieser Zug hier ist kein direkter Zug nach Hamburg?«

»Nein«, antwortete der Mann. »Mit dem müssen Sie umsteigen.«

»Um Gottes willen«, sagte Steffi.

»Auch Ihnen rate ich, den anderen zu nehmen«, sagte der Mann höflich. »So ist es. Mit diesem Zug hier kommen Sie sechs Stunden später an.«

»Mein Mann wartet in Hamburg auf mich«, sagte Steffi.

Der Mann sah sie lächelnd an. »Um so beser«, sagte er. »Nehmen Sie den Zug um achtzehn Uhr. Sie tun gut, auch schon auf den Bahnsteig zu gehen.«

Es war ein alter Mann mit einem goldenen Zwicker auf der Nase, in der Hand trug er ein kleines Köfferchen. Er drehte sich um und ging verloren durch die große Halle.

»Bleiben Sie –«, flüsterte Steffi.

Aber der alte Mann verschwand.

Er ist gegangen, dachte sie unglücklich und sah sich in der weiten Halle um. Ein paar trübe Gestalten schlichen in die Bahnhofswirtschaft, sie seufzte und schloß sich ihnen an. Aus der Tür schlug ihr der dumpfe Geruch schlechten Essens entgegen. Sie wollte wieder hinausgehen. Da sah sie die Frau.

Die Frau hockte an der feuchten Wand der Bahnhofswirtschaft, ihre beiden Arme hatte sie beschützend auf zwei schmutzige Bündel gelegt, die neben ihr lagen, um den Kopf trug sie ein Tuch gebunden, wie es die Frauen aus dem Osten tragen, die Füße, die unter langen wollenen Röcken hervorsahen, staken in hohen, festen Stiefeln. Das Gesicht der Frau schien starr zu sein vor Müdigkeit, zwischen stumpfen, triefenden Augen schoß eine spitze Nase hervor, der Mund war wie im Krampf zusammengekniffen.

Steffi lächelte. Sie ging lächelnd die wenigen Schritte bis zur Wand und beugte sich nieder. »Brauchen Sie etwas?« fragte sie eifrig. »Soll ich etwas für Sie tun?«

Die Frau fuhr zusammen. Sie musterte Steffi mit einem blitzschnellen Blick, dann senkte sie den Kopf.

»Mach, daß du wegkommst«, flüsterte sie. »Laß mich in Ruhe.«

»Laß mich in Ruhe.«

In Steffi schoß plötzlich heiße Zärtlichkeit hoch. Sie hockte sich neben die Frau und murmelte: »Ich sehe doch, daß Sie müde und abgespannt sind, ich sehe doch, daß Sie Angst haben, von Ihren Bündeln wegzugehen, soll ich Ihnen etwas zu essen holen? Ein Glas Bier?« – Sie hob schüchtern die Hand, als wolle sie sie auf die Schulter der Frau legen. Sie war in diesem Augenblick sehr glücklich.

Die Frau fuhr zusammen, als habe man sie mit einem glühenden Eisen berührt. Sie preßte ihre Bündel an sich und zog den Kopf zwischen die Schultern. Ihre Augen zwinkerten, sie sagte zitternd vor Wut: »Geh, geh, du Hure! Laß mich allein! Geh, und verdiene dir dein Geld. Der Teufel soll dich holen!«

»Nein«, flüsterte Steffi, »nein –«

»Ich kenne euch«, sagte die Frau. »Ich kenne euch von Warschau an. Auf allen Bahnhöfen treibt ihr euch herum. Der Teufel soll euch holen! Geh hin und zeige ihnen deine Beine und deinen Hintern, was willst du bei mir? Willst dich wohl lustig machen über mich, wie?«

»Nein«, flüsterte Steffi, »nein –« Sie lächelte noch immer, aber ihre Lippen bebten. »Hören Sie«, sagte sie. Sie beugte sich noch tiefer. »Sie sind allein, nicht wahr? Niemand kümmert sich um Sie, Sie sind ganz allein. Ich bin auch allein. Wissen Sie nicht, wo Sie hin sollen? Gehen Sie mit mir nach Hause. Lassen Sie mich Ihre Bündel tragen. Sie können bei mir zu Hause schlafen, ich habe Platz, es ist ein Bett frei, bei mir hat meine Freundin gewohnt, die ist weggegangen und kommt nicht wieder. Sie können in ihrem Bett schlafen. Kommen Sie.«

Die Frau schrumpfte noch weiter in sich zusammen. Sie hielt ihren Blick gesenkt und zischte: »Mich fängst du nicht, ich kenne euch, ich habe einen Hof gehabt mit acht Kühen und zwei Pferden. Geh zu den anderen Huren und laß mich allein, mich fängst du nicht. Aber der Herrgott wird euch strafen, er wird die Spreu von dem Weizen scheiden – geh, du Hure!« schrie sie plötzlich. Ihre Augen funkelten vor Haß. Wie Klauen klammerten sich ihre dürren Hände in den Bündeln fest, sie stöhnte.

Ein Mann hinter Steffi lachte. Sie schnellte hoch. Vor ihr stand ein großer Mann in zerrissenen Soldatenkleidern, sein Gesicht war von roten Bartstoppeln bedeckt, seine Füße staken in zerbrochenen Holzschuhen.

»Was willst du von der Alten?« sagte er. »Sie sitzt schon ein paar Tage hier. Sie ist verrückt.«

»Lachen Sie nicht so«, flüsterte Steffi.

Der Mann öffnete seinen Mund weit, seine Zähne waren schwarz und uneben, seine Lippen glänzten feucht. Er lachte dröhnend. »Bist du auch verrückt?« fragte er.

Zwei andere Männer stellten sich zu ihm. Der eine sagte: »Was ist los, Anton, was will sie?« Er hatte einen schmierigen amerikanischen Drillichanzug an und trug Augengläser.

Der andere sagte: »Ich habe sie nie hier gesehen.« Er trug einen verbeulten blauen Anzug, die eine Gesichtshälfte bedeckte ein häßlicher Ausschlag. »Was macht sie hier?« fragte er. »Geht sie auf den Strich?«

Der Mann mit dem verschmierten amerikanischen Drillichanzug senkte den Blick, er ließ seine bebrillten Augen von Steffis Fußspitzen langsam bis in ihre Brusthöhe wandern und murmelte: »Sie hat eine ordentliche Figur.«

Die Frau mit dem Kopftuch hob den Blick und sagte triumphierend: »Habt ihr euch gefunden? Hast du einen neuen Fang gemacht? Geh mit ihnen, nimm gleich alle drei, mein schönes Fräulein, es bezahlt sich besser!«

»Ach, halt die Fresse«, sagte der mit den roten Bartstoppeln.

Die Frau hob die dürre Faust. »Gott wird euch strafen«, schrie sie leise. »Mir macht ihr nichts vor, ich kenne euch von Warschau an! Ich habe einen Hof gehabt mit acht Kühen und zwei Pferden. Der Teufel soll euch holen!«

»Halt die Fresse, Josephine«, sagte der Stoppelige noch einmal, »du bist verrückt.« Er hatte seine Augen nicht von Steffi abgewandt. »Was willst du von der Verrückten?« fragte er. »Bist du hier noch nicht gewesen? Ich habe dich nie vorher gesehen?«

»Sie ist nie hier gewesen«, sagte der mit der Brille.

Steffi ließ ihre Blicke von einem zum anderen wandern. Sie machte eine gewaltsame Anstrengung, und ihr Mund, ihr bebender Mund, wurde still.

»Laßt sie in Ruhe«, sagte sie.

Sie wandte sich und ging langsam dem Ausgang zu. Der Stoppelige holte sie mit ein paar Schritten ein. »Was ist los, Maruschka?« sagte er. Er ergriff ihren Arm. »Renn nicht davon. Sie ist verrückt. Du brauchst dir aus ihrem Gerede nichts zu machen. Komm, mein Kind, wir setzen uns, ich habe dir allerlei zu erzählen.«

»Laßt mich in Ruhe«, sagte Steffi.

»Jetzt sei mal vernünftig, Maruschka«, sagte der Mann. »Ich sehe dir genau an, was mit dir los ist. Dahinten sind Tische. Wir setzen uns und besprechen die Sache in aller Ruhe. Du kannst ruhig Vertrauen zu mir haben, Marokko hat noch niemanden übers Ohr gehauen, Marokko versteht alles. Na?«

»Nichts verstehst du«, sagte Steffi tonlos.

»Was?« sagte der Mann. »Ich verstehe nichts? Ich verstehe keine Frauen?« Er beugte sich zu ihr herunter und flüsterte:

»Ich habe schon einen Haufen Menschen getröstet, einen Haufen, sage ich dir. Marokko versteht alles. Was fehlt dir? Du bist allein, wie? Du brauchst Menschen? Komm zu Marokko. Er wird dir helfen. Wie heißt du?«

So standen sie in dem übelriechenden, schmutzigen Wartesaal des Bahnhofes. Der Mann, der sich Marokko nannte, hielt die Fäuste in den Taschen seiner zerrissenen Hose vergraben, seine roten Bartstoppeln glänzten, sein großer Mund war halb geöffnet, Steffi sah an seinen Schultern vorbei die Frau am Boden hocken, ihre Hände waren noch immer an die Bündel gekrallt, sie stierte mit triefenden Augen vor sich hin.

»Hör zu, Marokko«, sagte Steffi. »Ich bin hierhergekommen, weil ich jemand suche. Ich habe ihn aber nicht gefunden. Du bist nicht derjenige, den ich suche.«

»Wen hast du gesucht?«

»Ich weiß es nicht.«

»Wie kannst du es nicht wissen? Wie kann man nicht wissen, wen man sucht?«

»Ich dachte, ich finde jemanden.«

»Vielleicht bin ich doch derjenige, den du suchst?«

»Nein, du bist es nicht.«

»Bist du dir ganz sicher?«

»Ja, ganz sicher.«

Er zog die Hände aus den Taschen und sagte: »Sie ist sich ganz sicher −«

Steffi lächelte und verließ den Wartesaal. Sie ging wie eine Traumwandlerin durch die riesige halbdunkle Halle und trat auf die gleißende, staubige, trostlose Straße. Ich halte es nicht mehr aus, dachte sie, noch immer lächelnd.

Ich sah sie vor der Bahnhofshalle stehen, ihr grünes Kleid leuchtete in der Sonne, ihr Gesicht war der einzige lebende Punkt in der Wüste. Aber es tat weh, dieses nackte Leben zu begreifen. Ich erschauerte.

»Steffi«, sagte ich.

Sie kam mir entgegen, ihr Gang war unsicher, wie der eines

Kindes. »Geh nicht wieder weg von mir«, sagte sie. »Ich friere.«

XXVIII

Dies alles geschah keine zwanzig Stunden bevor Hannes nach Hause kam. Aber das wußten wir an jenem Sonntagabend noch nicht. Ich führte Steffi über den freudlosen Bahnhofsplatz in eine der Seitenstraßen und sagte: »Warum soll ich dich alleine lassen? Ich habe lange nach dir gesucht, endlich habe ich dich. Nein, ich lasse dich nicht allein. Jetzt bleiben wir beisammen.«

Es begann langsam Abend zu werden, die Straßen waren fast leer. Wir gingen durch eine lange Trümmerstraße. Die zerrissenen Zacken der Ruinen warfen lange, einsame Schatten über das Geröll, ein kleiner Hund spielte mit einer verrosteten Blechbüchse. Steffi sagte: »Bleibe wenigstens heute mit mir zusammen.«

Die Häuser waren zertrümmert, aber etwas weiter standen ein paar griechische Säulen, und dahinter war ein weiter, fliesenbelegter Platz, die Bomben hatten die Säulen verschont. Am Rande des Platzes standen lange steinerne Bänke. Wir setzten uns und sahen über die weite viereckige Öde. Manchmal fuhr ein Auto vorbei oder ein Fußgänger ging vorüber, dann wirkte der Platz noch größer und verlassener.

Wir hatten keine Ahnung, daß Hannes in zwanzig Stunden zu Hause sein würde. Während wir auf der langen, warmen, steinernen Bank saßen und über den viereckigen Platz sahen, hockte er in irgendeinem Wartesaal und wartete auf den Anschluß seines Zuges. Die Erdkugel flog durch den unendlichen Raum des Weltalls, und er hockte in einem Wartesaal und wir hier, und wir wußten nichts voneinander. Der Abend kam, wir sahen die Lichter aufleuchten. Nicht weit von uns setzte sich ein Liebespaar. Der Mann nahm das

Mädchen ohne alle Umschweife in die Arme und küßte es. Bald saß es auf seinem Schoß, seine bestrumpften Beine schimmerten matt durch die Dämmerung. Zwei junge Mädchen schlenderten über den Platz und erzählten sich lachend irgend etwas. Ihr Lachen perlte wie fremde süße Musik über die glatten kahlen Fliesen. Über den dunkelblauen Himmel zogen brummend ein paar Flugzeuge.

Mit schmerzhafter Deutlichkeit fühlte ich, daß ich lebe. Das Lachen der Mädchen, der blaue Himmel und die weiche Luft des Abends wurden Ausdruck meines Selbst. Ich gehörte dazu, ich war das Leben, der Himmel, die Luft, ich war die Stadt und das Land, der Hunger und die sehnsüchtige Freude. Steffi sagte: »Sie lachen, hast du gehört, sie lachen –« Ihre Stimme bebte. Sie legte ihre Hand auf meine Schulter und murmelte: »Es ist so warm und so schön, und sie lachen –«

Ein Auto fuhr über den großen Platz, seine Lichter glitten suchend vor ihm her. Aus dem Auto klang Musik, es war ein amerikanisches Auto. Steffi sah ihm traumverloren nach – dann stand sie auf.

Wir gingen wie verzaubert durch dunkle Straßen, die Bäume dufteten süß. Steffi fing plötzlich an zu erzählen. »Wir trafen uns immer auf der Straße«, sagte sie. »Hannes war achtzehn und ich war siebzehn. Eines Tages sahen meine Mutter und ich aus dem Fenster, und wir sahen ihn auf der anderen Straßenseite vorbeispazieren, er wartete auf mich. Ich wollte hinuntergehen, und meine Mutter sagte: ›Warum treibt ihr euch immer auf der Straße herum, bring ihn doch einmal mit herauf!‹ Als ich es Hannes erzählte, fuhr er vor Schreck zusammen. Aber dann nahm ich ihn mit hinauf. Er trat in die Stube, und meine Mutter sagte freundlich: ›Guten Tag‹, und er wußte vor Angst und Verlegenheit nicht, was er machen sollte. Er wußte zum Beispiel nicht, was er mit seiner Mütze machen sollte, und als ich sie ihm abgenommen hatte, wußte er nicht, was er mit seinen Händen machen sollte. Meine Mutter sagte: ›Setzen Sie sich doch und trinken Sie eine Tasse Kaffee‹, und er sagte: ›Ich bin so frei‹, und wurde rot. Solche Angst hatte er vor meiner Mutter. Und dabei war sie die freundlichste Frau auf der Welt.«

Sie lächelte.

»War er so ängstlich?« fragte ich.

»Nur zu Anfang«, sagte sie eifrig. »Nachher wurden sie die besten Freunde. Man hätte eifersüchtig werden können.«

Ich dachte: Immer laß sie erzählen. Sie schien die Geschehnisse der letzten Stunden zu vergessen, während sie erzählte. Einmal lachte sie laut. Ich fragte: »Ist das wahr? Ist das wirklich wahr?« – und sie antwortete: »Ja, es ist so, wie ich es sage.«

In einer Ecke der dunklen Straße war ein Restaurant. Wir stießen die Tür auf und gingen hinein. Drinnen war Musik, ein Haufen junger Leute tanzte. Wir fanden einen Platz, und Steffi sagte: »Laß uns bleiben, hier ist Musik.« Der Kellner brachte uns etwas zu essen, er war ein alter Mann mit einer Glatze. An unserem Tisch saßen noch zwei junge Mädchen. Manchmal standen sie auf und tanzten zusammen. Sie preßten ihre Busen mit müden, gleichgültigen Gesichtern aneinander und tanzten ohne Freude. Wenn sie nicht tanzten, saßen sie auf ihren Stühlen und sahen mit gleichgültigen Gesichtern vor sich hin.

Steffi schien den Nachmittag fast vergessen zu haben. Sie saß mit fiebernden Augen neben mir und sagte: »Hör nur, wie die Musik spielt«, und summte die Melodie mit. Ein Mann mit langer karierter Jacke und langen, sich im Nacken kräuselnden Locken kam zu unserm Tisch und sagte: »Gestatten Sie, daß ich mit der Dame tanze?«

Es war ein Ausländer.

»Fragen Sie die Dame selbst«, sagte ich.

»Meinst du?« fragte Steffi. »Soll ich tanzen?«

»Ich bin nicht dein Vormund«, sagte ich.

Sie stand schnell auf und ging mit dem Karierten davon. Sie zwängte sich in das Gewühl der Tanzenden. Er legte seinen

Arm um sie, senkte den Kopf und schloß die Augen. Manchmal flüsterte er irgend etwas. Steffis Gesicht glühte, sie lächelte. Ich dachte: Vielleicht sollten wir doch wieder verschwinden.

Das eine der Mädchen, das neben mir saß, sagte: »Wann ist es denn soweit?«

»Ende August«, sagte die andere. »Vielleicht aber wird es auch erst Anfang September. Ich kann auch nichts dagegen tun, auch ich hätte viel lieber, es würde keine Jungfrau, sondern eine Waage werden. Aber da ist nichts zu machen.«

»Wenn es ein Mädchen wird, wird es sehr unglücklich in der Ehe sein«, sagte das erste Mädchen. »Vielleicht findet es einen Stier, ein Stier ist gut für eine Jungfrau.«

»Ein Steinbock auch«, sagte die erste.

»Nein«, sagte die andere. »Nur kein Steinbock. Die sind viel zu ernst. Steinböcke und Widder sind nichts.«

Sie saßen eine Weile und lauschten mit gleichgültigen Gesichtern auf die Musik. Dann sagte das Mädchen neben mir: »Rudolf ist ein Skorpion. Deshalb ist es nicht gegangen.«

»Doch nicht einer mit schlechten Sonnenstrahlen?« fragte die andere.

»Doch. Deshalb ist es ja nicht gegangen.«

»Er sah sonst ganz gut aus.«

»Ja, aber es ging nicht.«

»Wenn dein Kind eine Jungfrau wird, hat es nichts zu lachen.«

»Das ist mir egal. Ich kann ja doch nichts daran ändern.«

Steffi kam zurück. Ihr Gesicht glühte. Sie setzte sich und legte ihre Hand auf meinen Arm. »Er tanzt wie ein Gott«, sagte sie.

»Dann tanz doch weiter«, sagte ich.

»Warum bist du so unfreundlich?« fragte sie. »Gönnst du mir nicht, daß ich tanze?«

Ich sah den Karierten auf der anderen Seite der Tanzfläche stehen. Die Musik machte eine Pause. Er stand dort und sah andauernd herüber. »Drüben steht der Affe«, sagte ich. »Er sieht aus, als hätte er Magenschmerzen.«

»Ach, hör auf«, sagte Steffi.

Die Musik setzte wieder ein. Die beiden Mädchen standen auf und mischten sich unter die Tanzenden.

»Da kommt dein Romeo«, sagte ich.

Steffi wurde plötzlich blutrot. In ihre Augen traten Tränen. Sie sagte: »Und ich tanze doch!« Sie trocknete hastig das Feuchte aus den Augen und stand lächelnd auf. Der Karierte sagte: »Sind das gnädige Fräulein traurig?«

»Nein«, sagte Steffi lächelnd, und sie ging mit ihm davon.

Ich saß eine Weile auf meinem Stuhl und ging dann hinaus auf die Toilette. Ich dachte: Was soll ich nur mit ihr anstellen? Ich hatte ja keine Ahnung, daß Hannes am nächsten Morgen da sein würde. Was soll ich mit ihr anstellen? dachte ich. Ihre plötzlichen Tränen bedrückten mich.

Neben mir stand ein kleiner Mann. Er sagte: »Haben Sie die vielen Juden im Lokal beobachtet? Ist es nicht eine Schweinerei? Man ist bald überhaupt nicht mehr unter sich.«

»Lassen Sie mich in Ruhe«, sagte ich.

Er sah mich von der Seite an. »Was sind Sie denn für einer?« sagte er. »Man weiß bald nicht mehr, ob man noch unter sich ist.«

»Ich bin nicht einer der Ihren«, sagte ich.

»Aha, sind Sie so einer«, sagte er mißtrauisch.

Ich hatte keine Lust, mit ihm zu diskutieren und ging. Über die Tür hatte einer geschrieben: Amerikaner gebt acht, die SS ist auf der Wacht! Darunter stand: Nieder mit den UNRRA-Faschisten! Und ein paar pornographische Gedichte. Ich ging. Der Mann rief mir hinterher: »Unser Unglück sind die Russen, damit Sie es wissen!« Er war betrunken.

Steffi tanzte noch, als ich zurückkam, aber die beiden Mädchen saßen wieder auf ihrem Platz. Als ich mich setzte, sagte die eine: »Passen Sie auf, sonst läuft Ihnen Ihre Braut davon.«

Sie hatte lange dunkle Haare und trug eine rote Bluse. Ihre Zähne waren zu groß, aber sie war nicht häßlich.

»Es ist nicht meine Braut«, sagte ich.

Sie lächelte vielsagend.

»Tanzen Sie nicht?« fragte sie.

»Ich habe keine Ahnung davon«, sagte ich.

Wieder lächelte sie.

»Man könnte es ja lernen«, sagte sie.

»Zeigen Sie es mir«, sagte ich.

Wir standen auf und gingen auf die Tanzfläche. Sie preßte sich an mich und sagte: »Ich dachte, es wäre Ihre Braut, und der Bulgare hätte sie Ihnen ausgespannt.«

Rinka, dachte ich, warum haben Sie es getan?

Steffi tanzte an uns vorbei. Ihr Gesicht war verkrampft, sie versuchte zu lächeln. Der Karierte hatte die Augen wieder geschlossen und flüsterte irgend etwas. Sie tat mir leid, und ich fühlte mich unglücklich, wie ich so mit der Rotblusigen an ihr vorübertanzte. Ich dachte: Warum ist das alles so, können selbst wir beide nicht ehrlich miteinander sein? Ganze Völker reden aneinander vorbei, aber warum führen wir beide keine einfache, klare Sprache?

Das Mädchen sagte: »Wenn Sie mit ihr nicht verlobt sind, dann sind Sie wohl allein?«

Ich sah, wie der Karierte Steffi an unseren Tisch zurückführte. Sie setzte sich, und er blieb unschlüssig neben ihr stehen.

»Entschuldigen Sie«, sagte ich zu dem rotblusigen Mädchen, »lassen Sie uns aufhören zu tanzen.«

»Was ist los?« fragte sie mißmutig.

Wir gingen an unseren Tisch zurück. Als wir uns durch die Stühle zwängten, murmelte sie: »Also doch eifersüchtig?«

Ich setzte mich neben Steffi und fragte leise: »Ist dir nicht wohl? Sollen wir gehen?«

»Es ist alles egal«, flüsterte sie.

»Vielleicht sollten wir wieder gehen.«

»Es ist alles egal.«

Ich rief den Kellner. Der Karierte fragte höflich: »Langweilt sich die Dame?« Er hatte ein dunkles Gesicht, vielleicht war er ein netter Kerl. Aber warum trug er einen so lächerlichen Anzug?

Als wir aufstanden, sagte das rotblusige Mädchen laut: »Komische Männer das. Entweder wollen sie das eine oder das andere.«

»Sie wollen nur das eine«, sagte das andere Mädchen.

Der Kellner stand hinter uns. Er rechnete etwas auf seinem Block zusammen und sagte mit müder Stimme: »Halt lieber dein Maul, Rosa. Wenn du noch weiter so schreist, fliegst du raus.«

Auf der dunklen Straße blieben wir eine Weile stehen, um uns zu orientieren. Zwei Männer verließen hinter uns das Lokal. Der eine sagte: »Lieber heute als morgen, sage ich dir. Lieber gleich zuschlagen. Vielleicht ist es in zwei Jahren schon zu spät.«

»Aber wenn sie dich fragen würden«, sagte der andere. »Wenn sie dich fragen würden, würdest du dann mitmachen?«

»Sie brauchen mich nicht zu fragen«, sagte der andere. »Ich gehe freiwillig. Gegen die Bolschewisten ziehe ich noch heute los. Sofort würde ich mich melden. Wozu habe ich meine Ausbildung?«

»Ich weiß nicht«, sagte der erste. »Ich habe die Schnauze voll vom Kriege. Mir sollen sie alle zusammen den Buckel runterrutschen. Du siehst ja, wohin das geführt hat.«

»Aber wenn es gegen den Iwan geht, verdammt noch mal!«

»Ich habe keine Lust, weder für den einen noch für den anderen zu kämpfen. Mir hat der Iwan nichts getan. Ich bin kuriert.«

»Und die Kultur, Gerhard?«

»Ich scheiße auf die Kultur. Was geht mich die Kultur an? Ich will mehr zu fressen haben, das ist es. Kannst du mir mit der Kultur auch nur ein Pfund Kartoffeln verschaffen?«

»Ich glaube doch, dir fehlt die richtige Einstellung, Gerhard.

Fühlst du denn gar nicht mehr national? Hast du jetzt schon dein Soldatentum vergessen?« – Die Stimmen verloren sich.

Steffi und ich gingen langsam nach Hause. Wie sollten wir wissen, daß Hannes zur gleichen Stunde in einem dunklen Zug saß, in die vorbeibrausende Nacht starrte und daß sein Inneres von tausend Fragen, Hoffnungen und Zweifeln zerrissen wurde? Hätten wir das gewußt, wir würden uns anders aufgeführt haben. Aber wir wußten es nicht. Wir gingen, jeder einsam, nebeneinander her und hingen unseren Gedanken nach. Wir gingen durch diese Stadt, in der Hunderttausende von Menschen in ihren Zimmern saßen oder durch die Straßen schlichen, und kannten niemanden. Im Gewühl der Häuser und Ruinen waren zwei Räume, in diesen Räumen lebten wir, innerhalb ihrer Wände erklangen unsere Worte, unsere Seufzer und unser Lachen. Wir zogen uns in diese Räume zurück. Ich wußte nicht, wie ich ihre Einsamkeit überwinden sollte, ich wußte nicht mehr, wie ich mich ihr nähern sollte. Das war es. Ich wußte nicht mehr, wie wir miteinander sprechen sollten. Ich hatte sie gesucht und gefunden an diesem Nachmittag, aber dann hatten wir uns wieder verloren.

XXIX

Ich erkannte Hannes sofort. Er stand auf der gegenüberliegenden Straßenseite, hielt ein Stück Papier in der Hand, und seine Augen tasteten die Häuserfronten ab. Er war ein gewöhnlicher Landser, seine Uniform war zerschlissen und verbeult, seine Schuhe waren zerrissen. Ich weiß nicht, woher es kam, ich hatte nie ein Bild von ihm gesehen, und trotzdem wußte ich sofort, daß es Hannes war. Ohne Zögern ging ich hinüber auf die andere Straßenseite. Da stand er und sah mich durch seine Brillengläser hindurch fragend an. Weiß der Teufel, woher ich wußte, daß es Hannes war. Mir begann das Herz zu schlagen, als ich ihn so stehen sah. Sein

Gesicht war eingefallen und sehr blaß. Es war ein großer Bursche mit groben Gliedern, der Kopf saß ihm viereckig und sicher auf den breiten Schultern. Ich stellte mich vor ihm auf und sah ihn eine Weile an.

»Was suchst du?« fragte ich. »Vielleicht kann ich dir helfen.«

Er blickte auf das zerknüllte Papier in seiner Hand. »Ich suche eine Hausnummer«, sagte er. »Überall sind die Hausnummern heruntergerissen von diesen Häusern. Haben sie noch immer nicht Zeit gehabt, neue Nummern anzumachen?«

Seine Stimme klang müde. Er hob den Blick und sah mich fragend an. »Warum fragst du?« sagte er.

»Vielleicht kann ich dir helfen«, sagte ich.

»Hier steht vierundachtzig«, brummte er. »Wo ist die Nummer vierundachtzig?«

»Gerade gegenüber«, sagte ich.

Er machte einen Schritt vorwärts, dann blieb er stehen.

»Gerade gegenüber?« fragte er.

Seine Stimme hatte den müden Klang behalten, aber sie zitterte. Er wandte mir sein Gesicht zu, und ich sah jetzt, daß seine Augen hinter den Gläsern der Soldatenbrille rot umrändert waren. Die Blässe in seinem Gesicht hatte sich noch vertieft. Sein Mund war halb geöffnet, am Kinn standen dicke schwarze Bartstoppeln.

»Bist du Hannes?« fragte ich. Mein Herz klopfte.

Er starrte mich mit seinen rotumränderten Augen an.

»Welcher Hannes«, sagte er unsicher. »Welchen Hannes meinst du?« Er machte eine Pause. »Ich heiße auch Hannes«, sagte er.

»Geh nur rüber«, sagte ich aufgeregt. »Sie wartet auf dich. Du mußt ganz hoch bis in den vierten Stock gehen.«

»Von wem sprichst du?« fragte er tonlos.

»Steffi wartet drüben«, sagte ich. »Sie wartet auf dich seit Stalingrad. Es ist höchste Zeit, daß du nach Hause kommst.«

»Was?« fragte er.

Die Menschen hasteten an uns vorüber. Sie sahen sich nicht nach uns um. Wir waren zwei entlassene Landser, die sich unterhielten. Wie sollten sie wissen, daß es Hannes war, und daß Steffi auf der anderen Straßenseite auf ihn wartete, krank vor Trauer und Sehnsucht, verzweifelt in ihrer Einsamkeit.

»Ja«, sagte ich. »Mach endlich, daß du rüberkommst. Sie wohnt oben im vierten Stock.«

Plötzlich wurde sein Gesicht dunkelrot. Er hob die Hand und schob sich die Mütze in den Nacken. Es war eine hilflose Geste. Die andere Hand hing schlaff an seiner Seite herunter. Es war eine klobige viereckige Hand. Ich dachte aufgeregt: Genauso hat er sein sollen, genauso mußte er sein, selbstverständlich war es Hannes, den ich sofort erkannte!

»Drüben?« sagte er. »Im vierten Stock?«

Er drehte sich weg und ging ein paar Schritte bis zum Rinnstein. Sein Rücken war etwas gebeugt, er stürmte nicht vorwärts, er raste nicht lachend über die Fahrbahn, er ging langsam über die Straße, blieb einen Augenblick vor dem Hause stehen und verschwand im Eingang. Ich blieb stehen und sah ihn in Gedanken die dunklen Stufen hinaufsteigen. Er ist zu Hause, dachte ich. Der Gedanke machte mich froh und traurig zugleich. Jetzt hast du ihn, Steffi, dachte ich, jetzt beginnt dein Leben von vorn. Was kümmern dich jetzt die anderen. Er ist zurückgekommen, wie ich es dir gesagt habe, und du kannst die dunkle Zeit vergessen.

Dann ging ich weg.

Aber in allen Straßen, durch die ich ging, hing sein Gesicht vor mir, sein viereckiges, stoppeliges Gesicht mit den rotumränderten Augen hinter der Soldatenbrille. Und hundertmal sagte ich mir: Hannes ist nach Hause gekommen! Und je öfter ich es sagte, desto wunderbarer kam es mir vor. Ich kam an der Kneipe vorbei, in der Steffi an dem Abend zuvor mit dem Ausländer getanzt hatte, und ging über den Platz, auf dem wir in der Dämmerung gesessen hatten. Dann kam der Bahnhof. Ich ging hinein, und da saßen die Verjagten, die Heimatlosen und die Speckjäger. Da standen die entlassenen Landser und die Huren herum und warteten darauf, daß der Tag verging.

Sie waren noch nicht zu Hause, vielleicht wollten sie nicht nach Hause gehen. Aber Hannes war zu Hause. Ich hatte es selbst gesehen, er war in das Haus gegangen, in dem seine Frau Steffi wohnte. Rinka war verschwunden, und ich wußte, daß ich ihn nie wiedersehen würde. Aber Hannes war da.

Den ganzen Tag trieb ich mich in der Stadt herum, dann ging ich hinauf in meine Bude. Ich blieb nicht lange allein. Steffi kam und sagte: »Er ist da.«

»Ich habe ihn schon gesehen«, sagte ich.

Sie trug das verdammte grünseidene Kleid, aber es machte heute nichts aus. Ihr Gesicht, verweint und blaß von der ungeheuren Erschütterung des Wiedersehens, ließ alles andere an ihr vergessen. Die Augen waren groß und von dunklen Ringen umschattet, ihre Lippen waren lächelnd geöffnet.

»Er ist da«, sagte sie noch einmal. »Heute morgen ist er gekommen —«

Wir blickten uns eine Weile lächelnd an.

»Steffi«, sagte ich dann, »ist es jetzt nicht völlig gleichgültig, was geschehen ist?«

»Ach«, sagte sie, »ich weiß es nicht. Ich weiß nur, daß er da ist.«

Ich saß auf meinem Bett, sie kam zu mir und flüsterte: »Plötzlich stand er im Zimmer. Er sagte nur: ›Da bin ich!‹ und blieb an der Tür stehen...«

»Nicht weinen«, sagte ich.

»Ich weine nicht«, flüsterte sie. »Warum sollte ich weinen?«

»Nein, nicht weinen, jetzt ist alles gut.«

»Nicht mehr an die Abende denken und an die Tage, du weißt schon —«

»Nein, ich werde sie vergessen.«

»Hannes ist wieder da.«

»Ja«, sagte sie.

Sie wandte sich ab von mir und begann wieder zu lächeln, jenes schöne, tapfere Lächeln, das ich an ihr liebte. »Ja, Hannes ist wieder da.«

»Ich würde ihn gern kennenlernen«, sagte ich.

»Deshalb bin ich gekommen«, sagte sie eifrig. »Ich wollte dich holen. Er sitzt drüben und wartet auf dich.« Sie zögerte.

»Was ist es?« fragte ich.

»Glaubst du, ihr könntet Freunde sein?« fragte sie.

»Was für eine Frage. Warum denn nicht?«

»Und wenn er dich fragen würde? Wenn er fragen würde...?«

»Er wird es nicht tun.«

»Aber wenn er doch fragen würde?«

»Was könnte ich ihm denn erzählen«, sagte ich. »Er wird nicht von gestern sein, so sieht er nicht aus. Er wird schon wissen, daß sich auch in der Heimat allerlei abgespielt hat.«

»Mach, was du willst«, sagte sie.

Wir gingen über den langen Gang. Vor der Tür zu ihrem Zimmer hielt sie mich noch einmal an. Sie legte ihre Hand auf meine Schulter und wollte irgend etwas sagen. Aber sie fand keine Worte und sah mich nur schweigend mit geröteten Augen an. Ich nahm ihre Hand herunter und drückte sie. »Schon gut«, sagte ich. Dann gingen wir hinein.

Als er mich sah, stand er auf und lächelte. Jetzt, im Zimmer, kam er mir noch größer und breiter vor als auf der Straße. Er hatte seine Uniformjacke ausgezogen und die Ärmel seines grünen Hemdes aufgekrempelt. Seine Wangen waren frisch rasiert, die Augen hatten die roten Ränder verloren, sicher hatte er sich den Tag über ausgeruht. Er hatte sich ebenso ausgeruht wie damals Rinka, nachdem ihm Molly zu essen gegeben hatte, an jenem Tage, als er, verkommen wie ein verjagter Landstreicher, zu mir gekommen war.

»Setz dich nur«, sagte Hannes. »Wir kennen uns ja schon.«

Ich setzte mich auf Mollys Bett.

»Lange unterwegs gewesen?« fragte ich etwas unbeholfen.

»Ja«, sagte er. »Eine ganze Weile. Am längsten in dieser Stadt. Der Weg vom Bahnhof bis hierher hat verdammt lange gedauert.«

»Ich weiß Bescheid«, sagte ich.

Er wandte sich an Steffi. »Mach bitte das Fenster auf, Steffi.«
Sie erhob sich. Er sagte: »Ich kann es ja selbst tun, entschuldige!« und ging zum Fenster. Seine Bewegungen waren klobig und vorsichtig, als fürchte er, überall anzustoßen. Er öffnete das Fenster und atmete tief die Luft ein. Von dort, wo ich saß, beobachtete ich ihn aufmerksam. Er hatte sich wieder umgedreht und lehnte sich mit dem breiten Rücken gegen das Fensterkreuz. Er sah abgemagert aus, aber seine Arme sahen sehnig und kräftig aus. Die Schultern waren breit und eckig, und in seinem Gesicht war kein schwacher Zug.

»Was hast du beim Iwan gemacht?« fragte ich nach einer Weile.

»Ach alles«, antwortete er. »Am längsten habe ich in der Landwirtschaft gearbeitet.«

»Auf einer Kolchose?«

»Ja. Wo sonst?«

»Wie war das Essen?«

»Besser als zuletzt an der Front...« Er unterbrach sich und sagte unvermittelt: »Warum liegt hier noch überall der Schutt auf der Straße?«

»Wer soll ihn wegräumen?« fragte ich verdutzt.

»Wer? Wenn du nichts dagegen hast, räume ich die Front vor diesem Hause allein auf.«

Ich mußte lachen.

»Du mußt dir zuerst einen Spaten besorgen«, sagte ich.

»Was ist hier los?« sagte er. »Seid ihr alle verrückt? An der Front haben wir jahrelang ein Loch neben dem anderen gegraben, haben jahrelang unter Lebensgefahr geschleppt und geschuftet, bis wir umfielen, für nichts und wieder nichts. Und du willst mir erzählen, daß es hier keinen Spaten gibt?«

»Du wirst es noch merken«, sagte ich. »Draußen haben sie dir befohlen zu bauen. Hier befiehlt kein Mensch.«

»Es braucht mir niemand befehlen, mir den Hals zu waschen«, sagte er heftig. »Ist das nicht dasselbe?«

»Du bist erst ein paar Stunden zu Hause«, sagte ich. »Man merkt es deutlich.«

»Was willst du damit sagen?«

»Als ich nach Hause kam, ging es mir genau so wie dir. Jetzt habe ich mich schon so langsam dran gewöhnt.«

Er machte ein paar große Schritte und setzte sich neben Steffi. An der Art, wie sie einander berührten, sah ich, daß sie miteinander gesprochen hatten. Sie hatte von Ännchen erzählt, von Kostler und von ihrer Zeit mit Molly. Diese kurze Berührung ihrer Hände, die Sekunde, in der ihre Augen ineinander tauchten, waren überhaupt die ersten Zeichen ihrer Verbundenheit in meiner Gegenwart. Er hatte mit mir gesprochen wie einer, dem Erschütterungen seit langem nichts mehr angetan hatten. Und doch wußte ich Bescheid. Ich hatte ihn ja unten auf der Straße getroffen. Ich hatte gesehen, mit welcher Geste er an seiner Mütze herumrückte. Und außerdem war ich ja selbst nach Hause gekommen, auch hinter mir hatte sich ein Stacheldrahtzaun geschlossen, ich hatte in einem Zug gesessen und durch die Fenster auf das Land gestarrt. Doch während ich damals wie halbbetäubt durch die Straßen irrte, und eine wachsende Einsamkeit mich zu erdrücken drohte, sprach er schon in den ersten Stunden vom Schutt in den Straßen, den er wegräumen wollte. Hätte ich ihn nicht vor mir stehen sehen, als er sprach, hätte es mir ein anderer erzählt, ich würde es nicht geglaubt haben.

Aber vielleicht sprach er deshalb so, weil Steffi mit ihm von Kostler und Molly und Ännchen gesprochen hatte? Wie konnte ich wissen, was er gedacht hatte, als sie ihm von dem Splitter erzählte, der Ännchen tötete? War die Heftigkeit, mit der er mir jetzt widersprach, nichts anderes als ein Ausdruck seines Schmerzes?

Er sagte: »Ich bin nur eine Stunde durch die Straßen gegangen, aber diese Stunde hat mir genügt. Ich habe sie auf den Bahnhöfen gesehen und ich weiß Bescheid. Du hast dich daran gewöhnt, sagst du? Wie kann man sich daran gewöhnen? Ich werde mich nie daran gewöhnen!«

Er stand auf und ging wieder ans Fenster.

»Nein«, sagte er. »Fünf Jahre war ich in Rußland. Alle

diese Jahre habe ich an zu Hause gedacht. Und jetzt soll ich mich an das hier gewöhnen?«

»So war es nicht gemeint«, sagte ich verwirrt.

Wie sollte ich es ihm erklären? Er kam mir vor, wie einer, der nicht mit seinem Herzen sprach. Niemand hätte mir je erzählen können, daß das die Worte eines eben heimgekehrten Soldaten waren. Und doch hatte er sie ausgesprochen, hier in diesem Zimmer. Ich sah Steffi an. War das der Mann, den sie erwartet hatte? War das der Hannes, von dem sie mir tausendmal erzählt hatte? Sie hatte Angst gehabt, daß er sie über die Jahre seiner Abwesenheit ausfragen würde. Es sah nicht aus, als interessierte es ihn. War er sich überhaupt bewußt, daß er zu ihr zurückgekehrt war?

Er stand am Fenster und sah auf die Straße hinunter. Noch hatte er dieselben Sachen an, die er auch hinterm Stacheldraht getragen hatte. Es waren keine anderen Sachen da, die er hätte anziehen können. Sie waren gebürstet und gesäubert, aber es waren die gleichen Sachen. Vielleicht war er immer noch gefangen.

»Du solltest dich erst einmal ausruhen«, sagte Steffi zaghaft.

Er drehte sich schnell um, ging auf sie zu und setzte sich neben sie. »Ja, ja«, sagte er. »Ich werde mich ausruhen.« Sein Blick war schuldbewußt. Er nahm ihre Hand und drückte sie. »Ja, ja«, sagte er.

»Jetzt ist alles anders«, sagte sie.

Er saß da und hielt ihre Hand, und er kam mir vor wie ein Fremder, der zufällig auf Besuch war. Seine Blicke glitten über die nackten Mädchen an der Wand und über die Möbel. Aber seine Gedanken waren nicht in diesem Zimmer. Die Jahre der Trennung waren noch nicht beendet, sein Weg in die Heimat hatte erst begonnen.

Sie lächelte.

»Weißt du noch, Hannes, früher –«, sagte sie.

Sein unsteter Blick wurde plötzlich traurig. Er ließ ihre Hand los und stand langsam auf. »Ach, früher«, sagte er leise. »Damals waren wir noch Kinder.«

»Hannes —«, flüsterte sie.

»Verzeih«, sagte er. »Ich wollte dir nicht wehe tun.«

War das die Sprache eines heimgekehrten Soldaten? Von Millionen Menschen erträumt, sah sie anders aus. Was blieb aus den Träumen, in qualvoller Einsamkeit entstanden, wenn sie Wirklichkeit wurden? Was war von den wilden Träumen, die in den eisigen Erdlöchern, im Gebrüll der Schlacht, hinter dem Stacheldraht geträumt wurden, geblieben? Es gab Millionen Antworten. Ich kannte meine Antwort, die Antwort Rinkas, und hörte jetzt die Antwort von Steffis Mann, Hannes. Er sprach sie aus, als er vor seiner Frau stand. Er sagte: »Ja, damals waren wir noch Kinder. Es ist zuviel geschehen in der Zwischenzeit.«

Er bewegte sich wie ein gefangenes Tier in der Enge des Zimmers und warf sehnsüchtige Blicke durchs Fenster, als warte draußen die Freiheit, auf die er solange gewartet hatte. Und er war noch nicht einmal einen Tag zu Hause.

Steffi sagte: »Ja, es ist soviel geschehen in der Zwischenzeit—« Aber in ihrer Stimme klang ein anderer Ton. Es war die Stimme einer Mutter, die das Gerede ihres Kindes erschreckt, die dann aber herausfindet, daß alles halb so schlimm ist. Sie versuchte es sich einzureden, ihre Augen sahen mich hilfeflehend an, sie erwartete, daß ich sie unterstütze. Aber ich wußte, daß sie bei mir keine Hilfe mehr finden würde. Hannes war da, und plötzlich war alles anders geworden. Er würde seinen langen Weg nach Hause beenden. Was hatte ich denn noch mit ihr zu tun?

Es begann dämmerig zu werden im Zimmer, von der Straße klangen die verworrenen Geräusche des Abends herauf, und das Zwielicht drohte die Stimmung der Einsamkeit, die uns alle drei ergriffen hatte, zu vertiefen. Hannes hatte seine ruhelosen Bewegungen aufgegeben und stand unbeweglich am Fenster. Woran dachte er? Vielleicht störte ihn meine Gegenwart. Ich sagte zögernd: »Wenn du jemanden brauchst, dem es so ähnlich wie dir erging, und der schon eine Weile zu Hause ist, dann weißt du ja, wo du mich finden kannst —.«

»Ja«, sagte Steffi, »geh zu ihm.«

Hannes griff in die Tasche, holte Tabak und Papier hervor und drehte sich langsam eine Zigarette. Er steckte sie in den Mund und entzündete sie. Das aufleuchtende Streichholz beleuchtete für einen Moment sein eckiges Gesicht. Er hatte die Augen halb geschlossen, und ich erkannte für diesen Augenblick in ihm alle die Tausende von Männern und Knaben, die mit mir marschiert waren, die mit mir geweint und gelacht hatten. Und wie ich Rinka verstanden hatte, verstand ich auch ihn. Er war mir viel näher als Rinka, auch das wußte ich – Rinka, mit dem ich ein paar Jahre zusammen lebte, und der mir soviel gegeben hatte.

Er stand am Fenster und sagte: »Wir würden schon zusammen auskommen –« Dann, nach einer Weile, fügte er unbeholfen hinzu: »Es war fein von dir, daß du dich soviel um Steffi gekümmert hast –«

»Es war halb so schlimm«, sagte ich.

»Doch«, sagte er. »Sie hat mir heute morgen alles erzählt.«

»Jetzt bist du Gott sei Dank da«, sagte ich.

»Ja«, sagte er, »jetzt bin ich da.«

Steffi saß im Halbdunkel des Zimmers und sagte nichts. Ich konnte ihr Gesicht kaum noch erkennen. Sie saß mit dem Rücken gegen die Wand gelehnt, die Hände lagen in ihrem Schoß. Nur einen Tag vorher war sie durch die Straßen geirrt und hatte jemanden gesucht. Es war ihre letzte einsame Wanderung gewesen, hoffentlich waren es die letzten Tränen, die sie geweint hatte.

Ich verließ die beiden und ging über den langen Gang in meine Bude. Drinnen schaltete ich das Licht an. Die Birne warf ihren grellen Schein auf das Bett, auf den Stuhl und auf den Tisch. In der Wand stand das schwarze Viereck der Nacht, die Luft kam weiß und süß ins Zimmer geflossen. Ich untersuchte die Schublade, aber es war kein Brot mehr drin. Dann setzte ich mich an den Tisch und begann zu schreiben.

Nachwort

Ein etwas unsicheres Gefühl erfaßt mich, wenn ich dieses Buch, das ich vor vierzig Jahren geschrieben habe, heute als neu aufgelegtes Taschenbuch vor mir sehe. Was habe ich damals, als ich es schrieb, gedacht...

Es war, als die Nachkriegsgeschichte begann. Die jungen Soldaten, sie, die aus vielen Ländern, in denen sie gekämpft und gelitten hatten, als Kriegsgefangene nach Hause kamen. Was war das für ein Zuhause? Die Städte waren zerstört, in der Heimat wüteten Hunger und Elend, in ihnen selbst herrschte Ratlosigkeit. Sie waren »noch einmal davongekommen« – was nun? Ebenso stark, vielleicht noch stärker als in ihrer Umwelt, war das Gefühl der Sinnlosigkeit, der schmerzenden Gewißheit, daß alles Tun der Vergangenheit auf Betrug und böser Ausnutzung bestanden hatte, daß man sie betrogen hatte, daß sie jetzt die Rechnung begleichen sollten, die von anderen aufgestellt worden war, schamlos und gerissen. An was sollten sie glauben? Sie kamen zurück in eine Wüste. Alle Träume, die sie geträumt hatten, waren zerbrochen. Die Gegenwart war ein Kampf ums Überleben. Sollte das der Sinn ihres Daseins sein?

Ich fürchte, daß die Menschen unserer Tage, besonders die Jugend, nicht mehr verstehen, was damals geschah, was in den Menschen vorging und was sie dachten. Die Vergangenheit wird verdrängt, man will sie nicht mehr wahr haben. Deshalb könnte es nichts schaden, wenn sie daran erinnert werden.

5.3.1987   W. K.

Bertolt Brecht
im Suhrkamp Verlag und
im Insel Verlag

Gesammelte Werke. Dünndruckausgabe in zehn Bänden. Herausgegeben vom Suhrkamp Verlag in Zusammenarbeit mit Elisabeth
Hauptmann. Leinen und Leder

Band I: Stücke 1. Stücke 1918-1931
Band II: Stücke 2. Stücke 1931-1945
Band III: Stücke 3. Stücke bis 1956. Bearbeitungen, Einakter,
            Fragmente
Band IV: Gedichte 1913-1956
Band V: Prosa 1
Band VI: Prosa 2
Band VII: Schriften zum Theater
Band VIII: Schriften zur Literatur und Kunst, Politik und Gesell-
            schaft
Supplementband I: Texte für Filme 1920-1956
Supplementband II: Gedichte aus dem Nachlaß 1913-1956
Werkausgabe in zwanzig Bänden. Diese Ausgabe ist textidentisch mit
der Dünndruckausgabe. Leinenkaschiert
– Supplementbände I-IV zur Werkausgabe. Leinenkaschiert
Arbeitsjournal 1938-1955. Herausgegeben von Werner Hecht.
    3 Bände. Leinen
– Arbeitsjournal 1938-1955. 2 Bände. Leinenkaschiert
Briefe. Herausgegeben und kommentiert von Günter Glaser.
    2 Bände. Leinen
Tagebücher 1920-1922. Autobiographische Aufzeichnungen 1920 bis
    1954. Herausgegeben von Herta Ramthun. Leinen, kartoniert und
    es 979
Versuche. 4 Bände in Kassette
Erste Gesamtausgabe in 41 Bänden von 1953 ff.:
    Die Einzelbände dieser Ausgabe sind nur noch teilweise lieferbar,
    sie werden nicht mehr neu aufgelegt, da der Text für die Gesammel-
    ten Werke 1967 nochmals revidiert wurde.

Einzelausgaben:
– Aufstieg und Fall der Stadt Mahagonny. es 21
– Ausgewählte Gedichte. es 86
– Ausgewählte Gedichte Brechts mit Interpretationen. Herausgege-
    ben von Walter Hinck. es 927
– Baal. Drei Fassungen. Kritisch ediert und kommentiert von Dieter
    Schmidt. es 170

Bertolt Brecht
im Suhrkamp Verlag und
im Insel Verlag

11/2/1.87

Bertolt Brecht
im Suhrkamp Verlag und
im Insel Verlag

11/4/1.87

Bertolt Brecht
im Suhrkamp Verlag und
im Insel Verlag

11/5/1.87

suhrkamp taschenbücher
Eine Auswahl